Présence du Futur/500

Une collection d'*Inédits* au format de poche

À l'ouest d'octobre

DU MÊME AUTEUR
AUX MÊMES ÉDITIONS

Chroniques martiennes
L'homme illustré
Les pommes d'or du soleil
Le pays d'octobre
Un remède à la mélancolie
La foire des ténèbres
Les machines à bonheur
Je chante le corps électrique
Théâtre pour demain... et après
Bien après minuit
Un dimanche tant bien que mal
La Colonne de feu

●

Café irlandais
Le vin de l'été
La solitude est un cercueil de verre

RAY BRADBURY

À l'ouest d'octobre

nouvelles traduites de l'américain
par Alain Dorémieux et Jacques Chambon

DENOËL

L'ÉDITION ORIGINALE DE CET OUVRAGE A ÉTÉ TIRÉE À 1000 EXEMPLAIRES SUR CENTAURE IVOIRE DES PAPETERIES ARJOMARI, DONT 970 EXEMPLAIRES NUMÉROTÉS DE 1 À 970 ET 30 EXEMPLAIRES HORS COMMERCE MARQUÉS H. C. I À H. C. XXX.

Titre original :
THE TOYNBEE CONVECTOR
(Alfred A. Knopf, New York)

ISBN : 0-394-54703-9

30, rue de l'Université, 75007 Paris
ISBN 2-207-30500-7
B 30500-6

Celui-ci est dédié avec amour
à mes petites-filles,
Julia,
Claire,
Georgia
et Mallory.

À l'ouest d'octobre

Les quatre cousins, Tom, William, Philip et John, étaient venus rendre visite à la Famille à la fin de l'été. Comme il n'y avait pas de place dans la grande vieille maison, on les avait relégués sur de petits lits de camp dans la grange, qui brûla peu après.

Il faut dire que la Famille n'était pas une famille ordinaire. Chacun de ses membres était encore plus extraordinaire que le précédent.

Indiquer que la plupart d'entre eux dormaient le jour et exerçaient d'étranges activités la nuit ne nous avancerait en rien.

Remarquer que certains d'entre eux pouvaient lire dans les pensées et d'autres voler avec les éclairs pour toucher terre avec les feuilles serait une litote.

Ajouter que certains ne se reflétaient pas dans les miroirs tandis que d'autres pouvaient se rencontrer sous une multitude de formes, tailles et textures dans le même verre, ne ferait que répandre de ces racontars qui se transforment en vérité.

Il y avait des oncles, des tantes, des cousins et des grands-parents, aussi nombreux que champignons en forêt, bons et mauvais confondus.

Ils étaient à peu près de toutes les couleurs que vous pouviez mélanger en une nuit agitée.

Les uns étaient jeunes, d'autres étaient là depuis le jour où le Sphinx avait enfoncé ses pattes de pierre dans le va-et-vient du sable.

Au total, en nombre, antécédents, goûts et talents, une clique aussi incroyable que miraculeuse. Et le phénomène le plus incroyable de tous était :

Cecy.

Cecy. Elle était la raison, la véritable raison, la raison centrale qu'avait n'importe quel membre de la Famille de venir en visite, et pas seulement pour rendre visite mais pour faire cercle autour d'elle et rester. Car elle était aussi multiple que pépins de grenade. Elle ne possédait qu'un talent, mais kaléidoscopique. Elle était tous les sens de toutes les créatures au monde. Elle était tous les cinémas, tous les théâtres et tous les musées du temps. Vous pouviez lui demander pratiquement n'imporrte quoi et elle vous en faisait cadeau.

Lui demander de vous arracher votre âme comme une dent douloureuse et de la faire flotter dans les nuages pour vous calmer, et arraché vous étiez, entraîné tout là-haut dans ces nuages qui sèment la pluie pour faire pousser l'herbe et monter les fleurs en graine.

Lui demander de se saisir de cette même âme et de l'emprisonner dans la chair d'un arbre, et vous vous réveilliez le matin suivant avec des pommes jaillissant de vos branches et des oiseaux en train de chanter dans votre tête de feuilles vertes.

Lui demander d'habiter une grenouille et vous passiez des jours à nager et des nuits à coasser d'étranges chansons.

Lui demander d'être pluie cristalline et vous tombiez sur chaque chose. Lui demander d'être la lune et soudain vous regardiez en bas et voyiez votre pâle lueur conférer à des villes perdues la couleur des tombes, des tubéreuses et des spectres.

Cecy. Qui extrayait votre âme, déchevillait votre sagesse et pouvait la transférer dans un animal, un végétal ou un minéral ; à vous de choisir votre poison.

Rien d'étonnant si la Famille venait. Rien d'étonnant s'ils restaient longtemps après le déjeuner, bien au-delà du dîner, jusqu'à des minuit et plus la semaine d'après et la suivante.

Nos trois cousins étaient donc là, venus en visite.

Et à la tombée du premier jour, chacun d'eux y alla effectivement de son : « Eh bien ? »

Ils étaient alignés auprès du lit de Cecy, dans la grande maison, où elle restait allongée de longues heures, de jour comme de nuit, parce que ses talents étaient très demandés par la famille comme par les amis.

« Eh bien, dit Cecy, les yeux clos, un sourire flottant sur sa jolie bouche. Qu'est-ce qui vous ferait plaisir ?

— Je…., dit Tom.

— Peut-être…, dirent William et Philip.

— Pourrais-tu…, dit John.

— Vous emmener à l'asile de fous du coin, devina Cecy, histoire de jeter un coup d'œil dans des têtes tout ce qu'il y a de bizarre ?

— Oui !

— Aussitôt dit, aussitôt fait ! lança Cecy. Allez vous allonger sur vos lits dans la grange. » Ils se précipitèrent. S'allongèrent. « C'est ça. Silence, debout et… dehors ! » cria-t-elle.

Comme des bouchons, leurs âmes sautèrent. Comme des oiseaux, elles s'envolèrent. Comme d'invisibles aiguilles de lumière, elles pénétrèrent dans tout un assortiment d'oreilles à l'intérieur de l'asile juste en bas de la colline, de l'autre côté de la vallée.

« Ah ! » s'écrièrent-elles, ravies de ce qu'elles découvraient et voyaient.

En leur absence, la grange brûla.

Au milieu des cris et de la confusion, de la ruée vers l'eau, de l'hystérie générale, tout le monde oublia ce qu'il y avait dans la grange, où les cousins volants pouvaient se baguenauder, ou ce que Cecy, endormie, trafiquait. Si profond était le sommeil de la petite chérie qu'elle n'entendit pas les flammes, ni l'horrible moment où les murs s'effondrèrent sur quatre torches humaines. Durant quelques instants, les cousins eux-mêmes ne sentirent pas les répercussions de la transformation de leur corps en fumée. Puis un coup de tonnerre silencieux éclata dans toute la région, ébranla les cieux, souffla, tel un moulin à vent, les essences de cousin perdu dans les arbres, tandis que Cecy, étranglant un cri, se dressait dans son lit.

Elle se précipita à la fenêtre, regarda dehors et lança un hurlement qui fit revenir les cousins au bercail. Tous les quatre, au moment de la secousse, se trouvaient dans diverses parties de l'asile du comté, occupés à ouvrir dans des têtes en bataille des trappes par où ils apercevaient des tourbillons de confetti, s'émerveillaient des couleurs de la folie et du noir bigarré du cauchemar.

Toute la Famille se tenait devant la grange écroulée, assommée. Au cri de Cecy, tout le monde se retourna.

« Il est arrivé quoi ? s'écria John par la bouche de sa cousine.

— Oui, quoi ? dit Philip, commandant ses lèvres.

— Mon Dieu, hoqueta William en regardant par ses yeux.

— La grange a brûlé, s'exclama Tom. Nous sommes *morts !* »

La Famille, avec ses visages noirs de suie dans la cour

fumante, ressemblait au cortège funéraire de quelque Al Jolson ; étourdie par le choc, elle leva des yeux ronds vers Cecy.

« Cecy ? s'enquit la Mère d'une voix affolée. Y a-t-il quelqu'un *avec* toi ?

— Oui, moi, Tom ! cria Tom par ses lèvres.

— Et moi, John !

— Philip.

— William ! »

Les âmes répondirent à l'appel par la bouche de la jeune femme.

La Famille attendit.

Puis, à l'unisson, les voix des quatre jeunes gens posèrent la question ultime, la plus terrible : « N'avez-vous pas sauvé au moins un corps ? »

La Famille s'enfonça de trois centimètres dans le sol, écrasée par une réponse qu'elle était incapable de donner.

« Mais... » Cecy s'agripppa les bras, se toucha le menton, la bouche, le front, à l'intérieur duquel quatre fantômes bien vivants jouaient des coudes pour se faire une petite place. « Mais qu'est-ce que je vais faire d'eux ? » Ses yeux parcouraient tous ces visages en bas dans la cour. « Mes cousins ne peuvent pas rester ici. Pas question qu'ils prennent leurs quartiers dans ma *tête !* »

Ce qu'elle cria après cela, ou ce que les cousins bredouillèrent, coincés comme autant de petits cailloux sous sa langue, ou ce que répondit la Famille, qui courait comme poulets échaudés dans la cour, se perdit dans la nature.

Dans un tonnerre de Jugement dernier, le reste de la grange s'écroula.

Avec un ronflement caverneux le feu grimpait dans la cheminée de la cuisine. Un petit vent d'octobre venait s'appuyer ici et là sur le toit, attentif à la discussion de toute la Famille dans la salle à manger, un étage plus bas.

« C'est ce qu'il me semble, disait le Père.

— C'est *impératif !* » rectifia Cecy, les yeux tantôt bleus, tantôt jaunes, tantôt noisette, tantôt bruns.

« Il faut caser les jeunes cousins. Leur trouver temporairement asile, jusqu'à ce qu'on puisse mettre le grappin sur de nouveaux corps...

— Le plus tôt sera le mieux, fit une voix par la bouche de Cecy, tantôt haut perchée, tantôt basse, tantôt entre les deux.

— Joseph pourrait être confié à Bion, Tom donné à Leonard, William à Sam, Philip à... »

Tous les oncles nommés se hérissèrent et firent craquer leurs bottes.

Leonard résuma la pensée des individus concernés. « Trop de travail. Débordés. Bion avec sa boutique, Sam avec sa ferme.

— Garg... » Toute la misère du monde jaillit de la bouche de Cecy sous la forme d'un canon à quatre voix.

Le Père s'assit dans l'obscurité. « Juste ciel, il doit bien y avoir parmi vous *quelqu'un* qui ait plein de temps à perdre, une petite case à louer dans l'arrière-fond de son subconscient ou le grenier de son Ça ! Des volontaires ! *Debout !* »

La Famille respira un air glacé, car Grandman s'était soudain dressée sur ses pieds, mais pour pointer son balai de sorcière.

« Cet homme ici présent a tout le temps du monde. En conséquence de quoi je le requiers, nomme et désigne, *lui !* »

Comme si leurs têtes étaient attachées au même fil, tous se tournèrent, l'œil clignotant, vers Grandpa.

Celui-ci bondit, à croire qu'il venait de recevoir un coup de fusil. « Non !

— Chut. » Grandman ferma les yeux sur le problème et croisa les bras, ronronnante, sur sa poitrine. « Tu as tout le temps du monde.

— Non, par tous les dieux !

— Ceci », Grandman balaya l'air de la main en se fiant à son intuition, « est la Famille. Des comme nous, il n'y en a pas deux au monde. Nous sommes de drôles de numéros. Nous dormons le jour, nous promenons la nuit, chevauchons l'air et les vents, courons les orages, lisons les pensées, détestons le vin, aimons le sang, pratiquons la magie, vivons des éternités ou un millier d'années, peu importe l'ordre. Bref, nous sommes la Famille. Cela étant, nous n'avons personne sur qui nous appuyer, vers qui nous tourner quand arrivent les ennuis...

— Je refuse de...

— Chut. » Un œil aussi grand que l'Étoile de l'Inde s'ouvrit, flamboya, se mit en veilleuse, se ferma. « Tu passes tes matinées à cracher, tes après-midi à tailler des bouts de bois, tes nuits à jouer à M. Chat dans sa panière. Nos quatre gentils cousins ne peuvent pas continuer d'occuper les étages supérieurs de Cecy. Ce n'est pas convenable, quatre jeunes écervelés dans la tête d'une faible jeune fille. » La bouche de Grandman s'adoucit. « Et puis, il y a tout un tas de choses que tu peux apprendre aux cousins. Tu étais là bien avant que Napoléon envahisse la Russie et s'en fasse éjecter, ou que Ben Franklin attrape la vérole. Ce serait bien si les garçons s'enfilaient dans ton oreille pour quelque temps. Ce qu'il y a dedans, Dieu seul le sait, mais ça pourrait, je dis bien *pourrait,* les aider à mieux se tenir. Irais-tu leur refuser ça ?

— Crénom de Dieu ! » Grandpa bondit sur ses pieds.

« Pas question de les avoir tous à se battre entre mes deux oreilles. À me défoncer les cloisons du crâne à coups de pieds ! À jouer au basket avec mes yeux ! Mon cerveau n'est pas une pension de famille. Un à la fois ! Tom peut m'ouvrir les paupières le matin. William peut m'aider à enfourner mon repas de midi. John peut faire la sieste dans le frais de ma moelle jusque tard dans l'après-midi. Philip peut danser dans mon grenier plein de poussière la nuit. Du temps à moi, voilà ce que je demande. Et qu'ils laissent tout propre quand ils *partiront !*

— Marché conclu ! » Grandman fit des moulinets de chef d'orchestre à l'intention de fantômes qui flottaient dans l'air. « Un à la fois, vous avez *entendu,* les enfants ?

— Nous avons entendu ! trompeta un chœur tonitruant par la bouche de Cecy.

— Envoyez ! dit Grandpa.

— Dégagez ! » firent quatre voix.

Et comme personne ne s'était soucié de préciser quel cousin passerait le premier, il y eut un déferlement de fantômes dans l'air, une énorme bouffée d'orage et de vent invisible.

Quatre expressions différentes éclairèrent le visage de Grandpa. Quatre séismes différents ébranlèrent sa fragile carcasse. Quatre sourires différents firent des gammes sur les touches de ses dents. Avant qu'il puisse protester, de trois démarches et à trois vitesses différentes, Grandpa était emporté hors de la maison, de l'autre côté de la pelouse et le long de la voie ferrée abandonnée, direction la ville, hurlant et riant aux éclats à la perspective des heures de folie qui l'attendaient.

La Famille resta alignée sur la véranda, suivant des yeux cette parade express en une seule personne.

« Cecy ! *Fais* quelque chose ! »

Mais Cecy, épuisée, dormait à poings fermés dans son fauteuil.

Des mesures s'imposaient.

Le lendemain, à midi, la grosse locomotive bleu passé entra poussivement en gare pour trouver la Famille alignée sur le quai, Grandpa soutenu au milieu de ses rangs. On le porta plus qu'on ne le conduisit vers le wagon de jour, qui sentait le frais et la peluche chauffée. En chemin, les yeux fermés, Grandpa se mit à parler avec une variété de voix que tout le monde fit semblant de ne pas entendre.

On le cala sur son siège comme une vieille poupée, on lui enfonça son chapeau de paille sur la tête comme on aurait posé un toit nouveau sur un vieil immeuble, et on lui parla sous le nez.

« Redresse-toi, Grandpa. Attention à ton chapeau, Grandpa. Ne bois pas en route, Grandpa. Hé ! Grandpa, tu es *là ?* Ôtez-vous de là, les cousins, laissez le vieux parler.

— Je suis là. » Quelques frémissements d'oiseau animèrent la bouche et les yeux de Grandpa. « Et je souffre de leurs péchés. *Leur* whisky est cause de *ma* misère. Cré vingt dieux !

— Ce n'est pas vrai ! — Mensonges ! — On n'a rien fait ! » se récrièrent un certain nombre de voix par un côté de sa bouche, puis par l'autre. « Non !

— Chut ! » Grandman saisit le menton du vieillard et lui remit les os en place d'une secousse. « À l'ouest d'octobre se trouve Cranamockett, ça ne fait pas un long voyage. Nous avons toutes sortes de parents là-bas, des oncles, des tantes, des cousins, avec ou sans enfants. Ta mission consiste à reloger les cousins et…

— Et m'ôter un gros poids de l'esprit, marmonna Grandpa, une larme dégoulinant d'une paupière tremblotante.

— Mais si tu ne peux pas te débarrasser de ces fichus imbéciles, recommanda Grandman, ramène-les vivants !

— Si je survis à tout ça.

— Au revoir ! firent quatre voix de dessous sa langue.

— Au revoir ! » Tout le monde agita la main sur le quai. « À bientôt, Grandpa, Tom, William, Philip, John !

— *Moi aussi,* je suis là ! » lança une voix de jeune femme.

La bouche de Grandpa s'était ouverte en grand.

« Cecy ! s'écria tout le monde. Adieu !

— Une parfaite infirmière de nuit ! » dit Grandpa.

Le teuf-teuf du train s'éloigna dans les collines, à l'ouest d'octobre.

Le train suivait une longue courbe. Le corps de Grandpa, déporté, craqua.

« Eh bien, chuchota Tom, nous revoilà.

— Oui. » Une longue pause. William reprit : « Nous revoilà. »

Un long silence. Le train siffla.

« Je suis fatigué, dit John.

— *Tu* es fatigué ! grogna Grandpa.

— Ça sent un peu le renfermé là-dedans, dit Philip.

— Fallait s'y attendre. Grandpa est âgé de dix mille ans, pas vrai, Grandpa ?

— Quatre cents ; taisez-vous ! » Grandpa se donna une tape sur le crâne. Des oiseaux affolés se cognèrent à l'intérieur de sa tête. « Arrêtez !

— Allons, chuchota Cecy pour calmer le jeu. J'ai bien dormi et je consacrerai une partie du voyage, Grandpa, à t'apprendre comment tenir, juguler, garder les corbeaux et les vautours qui occupent ta cage.

— Corbeaux ! Vautours ! protestèrent les cousins.

— Silence », dit Cecy en tassant les cousins comme tabac dans une vieille pipe trop culottée. Loin d'ici, son corps reposait dans sa chambre, comme toujours, mais son esprit tissait de douces arabesques autour d'eux ; les effleurait, les agaçait, les charmait, les gardait. « Profitez-en. Regardez autour de vous. »

Les cousins regardèrent.

Et de fait, errer dans les étages supérieurs de Grandpa revenait à survivre dans un grenier patiné où les souvenirs, leurs ailes transparentes repliées, s'entassaient un peu partout en paquets enrubannés, chemises, ballots, silhouettes vagues sous leurs housses de toile, ombres éparpillées. Ici et là, un souvenir particulièrement vif, tel un rayon de lumière ambrée, se détachait pour dessiner ici une heure dorée, là un jour d'été. Il y avait une odeur de vieux cuir et de crin brûlé ainsi qu'un infime relent d'acide urique dû aux poutres renfrognées qui souffraient autour d'eux tandis qu'ils jouaient d'invisibles coudes.

« Regardez, murmurèrent les cousins. Le diable m'emporte ! *Pour sûr !* »

Car à présent, discrètement, comme il se devait, ils regardaient à travers les carreaux poussiéreux des yeux de l'ancien, contemplant le grand train infernal qui les transportait et le défilé vert-virant-au-brun du paysage automnal, le tout passant à la façon de la circulation devant une vieille maison aux fenêtres couvertes de toiles d'araignée. Quand ils actionnèrent la bouche de Grandpa, ce fut comme s'ils agitaient un battant engourdi dans une cloche rouillée. Les bruits du monde s'infiltraient dans ses oreilles poilues comme des parasites sur une radio mal réglée.

« N'empêche, reconnut Tom, c'est mieux que de ne pas avoir de corps du tout.

— Ça me donne le vertige, fit John. Je ne suis pas

habitué aux verres à double foyer. Peux-tu enlever tes lunettes, Grandpa ?

— Pas question. »

Le train franchit un pont dans un bruit de tonnerre.

« Je crois que je vais aller faire un tour », dit Tom.

Grandpa sentit ses membres bouger.

« Reste où tu es, jeune homme ! »

Grandpa ferma vigoureusement les yeux.

« Relève les stores, Grandpa ! Laisse-nous voir le paysage ! »

Ses globes oculaires pivotèrent sous ses paupières.

« Voilà une jolie fille qui arrive, faite au moule. Vite ! »

Grandpa resserra ses paupières.

« La plus belle fille du monde ! »

Grandpa ne put s'empêcher d'ouvrir un œil.

« Ah ! fit tout le monde. Pas vrai, Grandpa ?

— Archi-faux ! »

La jeune femme se cambrait de-ci de-là, selon que le train la déportait en avant ou en arrière ; aussi jolie que ce que vous pouviez gagner à une fête foraine en renversant des bouteilles de lait.

« Sottises ! » Grandpa referma sèchement ses fenêtres.

« Sésame, ouvre-toi ! »

Instantanément, il se sentit à nouveau dépossédé du contrôle de ses globes oculaires.

« Fichez-moi la paix ! cria Grandpa. Grandman va me *tuer !*

— Elle n'en saura rien. »

La jeune femme se retourna comme si on l'avait interpellée. Elle fit une embardée qui faillit la faire tomber sur *toute* la bande.

« Stop ! cria Grandpa. Cecy est avec nous ! Elle est innocente et...

— Innocente ! » Des éclats de rire secouèrent le grenier.

« Grand-père, dit Cecy d'une voix très douce. Après toutes les excursions nocturnes que je me suis offertes, tous les voyages que j'ai faits, je ne suis pas...

— Innocente, firent les quatre cousins.

— Faites attention, vous autres ! protesta Grandpa.

— Non, *toi,* fais attention, chuchota Cecy. Je me suis faufilée par les fenêtres de chambres à coucher un bon millier de nuits d'été. Je me suis roulée dans la neige fraîche de draps et d'oreillers tout blancs, je me suis baignée toute nue dans des rivières par de beaux après-midi d'août et suis restée étendue sur leurs rives pour que les oiseaux voient...

— Je », Grandpa se vissa les poings dans les oreilles, « refuse d'écouter !

— Oui. » La voix de Cecy s'égarait dans des souvenirs de fraîches prairies. « J'ai été dans un visage de jeune fille enflammé par l'été et j'ai regardé un jeune homme au-dehors, et j'ai été dans ce même jeune homme, au même instant, laissant échapper un souffle brûlant, contemplant cette jeune fille d'un éternel été. J'ai vécu dans des souris en train de s'accoupler, des inséparables lancés dans leurs rondes, des colombes au cœur saignant. Je me suis cachée dans deux papillons unis sur un bouton de girofle...

— Bon sang ! » Grandpa grimaça.

« J'ai été dans des traîneaux certains minuits de décembre, alors que la neige tombait et que des nuages de vapeur emplumaient les naseaux roses des chevaux, des traîneaux où il y avait plein de couvertures de fourrure empilées les unes sur les autres avec six jeunes gens dessous, bien au chaud, qui fouillaient dans le tas, espéraient, trouvaient et...

— Assez ! Je n'en peux plus ! s'exclama Grandpa.

— Bravo ! firent les cousins. Encore !

— ... et j'ai été dans un immense château de chair et d'os... la plus belle femme du monde... ! »

Grandpa, stupéfié, cessa de s'agiter.

Car c'était à présent comme une chute de neige qui venait le calmer. Il sentit un frémissement de fleurs à son front, le souffle d'une brise matinale de juillet à ses oreilles, et dans ses membres un bourgeonnement de chaleur, une avancée de poitrine sur son vieux torse plat, une explosion de feu au creux de son estomac. Tandis qu'elle parlait, les lèvres du vieillard s'assouplirent, prirent des couleurs, accédèrent à la poésie, auraient pu la faire couler en incroyables pluies, et ses vieux doigts rouillés tombèrent sur ses genoux pour se transformer en lait, crème et fleurs de pommier fondantes. Il les regarda, interdit, et serra les poings pour mettre un terme à cette invasion de féminité.

« Non ! Redonnez-moi mes mains ! Lavez-moi la bouche au savon !

— Assez parlé, dit une voix intérieure, celle de Philip.

— On perd du temps, fit Tom.

— Allons saluer cette jeune femme de l'autre côté du couloir, dit John. Tout le monde est pour ?

— Ouais ! » lança la chorale des Petits Chanteurs mormons d'une seule gorge. Grandpa fut catapulté sur ses pieds par d'invisibles fils.

« Il y en a qui ne sont pas d'accord ?

— Moi ! » tonna Grandpa.

Grandpa se comprima les yeux, la tête, les côtes. Tout son corps était cet incroyable lit qui s'enfonçait pour étouffer ses victimes terrifiées. « Je vous tiens ! »

Les cousins se mirent à ricocher dans le noir.

« À l'aide ! Cecy ! De la lumière ! Donne-nous de la lumière ! Cecy !

— Je suis là ! » dit Cecy.

Le vieil homme se sentit effleuré, asticoté, chatouillé, tantôt derrière les oreilles, tantôt le long de la colonne vertébrale. Une fois c'étaient ses genoux qui s'entrechoquaient, une autre fois ses chevilles qui craquaient. Et voilà que ses poumons s'emplissaient de plumes, que son nez éternuait de la suie.

« Will, sa jambe gauche, mets-la en mouvement ! Tom, la droite, allez, *hop !* Philip, le bras droit, John, le gauche ! Lancez-moi ça en l'air ! Je me charge de sa pauvre carcasse de dindon ! Prêts ? On y va !

— Ho-hisse !

— On accélère le pas. Pas de course ! »

Et Grandpa de courir.

Mais au lieu de traverser le couloir, il l'enfila, haletant, les yeux brillants.

« Attendez ! s'écria le chœur antique. La jeune dame est derrière nous ! Qu'on lui fasse un croche-pied ! Qui s'occupe de ses jambes ? Will ? Tom ? »

Grandpa ouvrit en grand la porte du fond, monta sur la plate-forme exposée au vent, et se préparait à se jeter dans les éclairs jaunes d'un champ de tournesols quand :

« Stop ! On se statufie ! » dit le chœur fourré dans sa bouche.

Et statufié il fut à l'arrière du train qui filait dans la campagne.

Un moment plus tard, remis dans le sens de la marche, Grandpa se retrouva à l'intérieur. Comme le train attaquait une courbe, il s'assit sur les mains de la jeune dame.

« Veuillez », Grandpa se remit debout d'un bond, « m'excuser...

— Vous l'êtes. » La jeune femme remit en place ses mains un instant transformées en siège.

« Pas d'histoires, s'il vous plaît, non, non ! » Grandpa s'effondra sur le siège situé en face d'elle, les yeux résolument fermés. « Bon sang de bonsoir ! Je ne veux que des statues là-dedans ! Regagnez le beffroi, les chauves-souris ! Crénom d'une pipe ! »

Les cousins y allèrent d'un grand sourire et firent fondre le cérumen dans ses oreilles.

« Souvenez-vous, siffla Grandpa derrière ses dents, vous êtes jeunes là-dedans, et je suis une momie là-dehors !

— Mais..., soupira le quatuor de chambre qui violonnait derrière ses paupières, on va s'occuper de te *rendre* jeune ! »

Il les sentit allumer un pétard dans son estomac, une bombe dans sa poitrine.

« Non ! »

Grandpa tira un cordon dans le noir. Une trappe s'ouvrit en grand. Les cousins dégringolèrent dans un labyrinthe sans fin de couleurs et de souvenirs. De formes tridimensionnelles aussi somptueuses et presque aussi brûlantes que la fille de l'autre côté du couloir. Les cousins crièrent dans leur chute.

« Attention !

— Je suis perdu !

— Tom ?

— Je suis quelque part dans le Wisconsin ! Comment je suis arrivé *ici ?*

— Et moi, je suis dans un bateau sur l'Hudson River. William ? »

De très loin, William répondit à l'appel. « Londres. Mon Dieu ! Les journaux sont datés du 22 août 1900 !

— Pas possible ! Cecy ?!

— Pas Cecy ! Moi ! dit Grandpa partout à la fois.

Vous êtes encore dans mes oreilles, sacré bon sang, en train de prendre d'autres temps et endroits de ma vie pour des serviettes de toilette comme on en réserve aux invités. Attention à vos têtes, les plafonds sont bas !

— Ah ! ah ! fit William. Et est-ce le Grand Canyon que je contemple, ou une fêlure dans ta cafetière ?

— Le Grand Canyon, dit Grandpa. 1921.

— Une femme ! s'écria Tom. Là, devant moi ! »

Et de fait la femme était très belle dans la lumière du printemps, un printemps vieux de deux cents ans. Grandpa ne se rappelait aucun nom. Elle n'avait été qu'une passante, alors qu'il cherchait des fraises des bois par un bel après-midi d'été.

Tom fit un mouvement en direction du magnifique souvenir.

« Va-t'en ! » cria Grandpa.

Et le visage de la jeune femme s'effilocha dans la douceur de l'air. Elle s'éloigna, s'éloigna, se fit de plus en plus petite sur la route, et finit par disparaître.

« Zut et rezut ! » pleurnicha Tom.

Les autres cousins étaient déchaînés, ouvrant des portes, courant des chemins, relevant des fenêtres.

« Regardez ! Oh ! mon Dieu ! Regardez ! » criaient-ils.

Les souvenirs s'étageaient côte à côte, comme un million de sardines en hauteur, un million en largeur. Rangés par secondes, minutes, heures. Ici une fille brune en train de se brosser les cheveux. Là, la même en train de marcher, courir ou dormir. Toutes ses actions conservées dans des rayons de miel de la couleur de ses joues d'été. Le bref éclat de son sourire. On pouvait la prendre, la faire tourner sur elle-même, l'expédier au loin, la rappeler. Il suffisait de dire : Italie, 1797, et elle traversait en dansant la tiède atmosphère d'un pavillon, ou se baignait au clair de lune.

« Grand-père ! Est-ce que Grandman est au courant de l'existence de cette femme ?

— Il *doit* y avoir d'autres femmes !

— Des milliers ! » claironna Grandpa.

Il rabattit un couvercle. « Tenez ! »

Un millier de femmes déambulaient dans un grand magasin.

« Félicitations, Grandpa ! »

D'une oreille à l'autre, Grandpa sentit le remue-ménage qui déferlait sur les montagnes et le vide des déserts, dans les petites rues et à travers les cités.

Jusqu'à ce que John saisisse une jolie esseulée par le bras.

« Stop ! » Grandpa se leva en rugissant. Les autres voyageurs le regardèrent avec des yeux ronds.

« Je vous tiens ! » dit John.

La belle dame se retourna.

« Idiot ! » ragea Grandpa.

La chair de la jolie femme se consuma. Le fier menton s'émacia, les joues se creusèrent, les yeux s'enfoncèrent dans un foisonnement de rides.

John eut un mouvement de recul. « Grand-mère, c'est *toi !*

— Cecy ! » Grandpa tremblait violemment. « Fourre-moi John dans un oiseau, une pierre, un puits ! N'importe où, sauf dans ma fichue tête d'imbécile ! Tout de suite !

— Allez, ouste, John ! » fit Cecy.

Et John disparut.

Dans un rouge-gorge qui chantait sur un poteau de pasage devant la fenêtre du train.

Grand-mère se tenait toute ratatinée dans les ténèbres. Le doux regard intérieur de Grandpa revint la caresser pour la revêtir de sa jeune chair. Un nouvel éclat envahit ses yeux, ses joues, ses cheveux. Il lui trouva une cachette sûre dans un verger lointain et sans nom.

Grandpa ouvrit les yeux.

La lumière du jour gicla sur les trois derniers cousins.

La jeune femme se tenait toujours assise de l'autre côté du couloir.

Grand-père referma aussitôt les yeux mais il était trop tard. Les cousins émergèrent derrière son regard.

« Nous sommes idiots ! dit Tom. Pourquoi s'embêter avec les vieilles lunes ? La nouvelle est *ici même !* Cette fille ! Oui ?

— Oui ! chuchota Cecy. Écoutez ! Je vais transférer l'esprit de Grandpa dans son corps *à elle.* Puis faire passer son esprit dans le corps de Grandpa ! Le corps de Grandpa sera assis ici, droit comme un I, et dedans, à nous les acrobaties, les voltiges, les inventions démoniaques ! Le contrôleur passera sans se douter de rien ! Grandpa sera assis là. La tête pleine de fous rires, de foules dévêtues, pendant que son esprit, le vrai, sera enfermé là-bas dans cette jolie tête. Vous parlez d'une rigolade au milieu d'un wagon de chemin de fer, au plus chaud de l'après-midi, sans que personne ne sache !

— Oui ! approuva tout le monde en même temps.

— Non », dit Grandpa, et il sortit de sa poche deux cachets blancs et les avala.

« Empêchez-le de faire ça ! cria William.

— Zut ! dit Cecy. C'était un si joli méchant plan.

— Bonne nuit, la compagnie », fit Grandpa. Le remède faisait son effet. « Et vous... », ajouta-t-il en posant un regard déjà ensommeillé sur la jeune dame de l'autre côté du couloir. « Vous venez juste d'échapper à un sort, jeune dame, pire que dix mille morts.

— Je vous demande pardon ? » La jeune dame battit des paupières.

« Innocence, persiste dans ton innocence », déclara Grandpa, et il s'endormit.

Le train arriva à Cranamockett à six heures. C'est alors seulement que John fut rappelé de son exil dans la tête de ce rouge-gorge perché sur une clôture à des kilomètres de là.

On ne trouva à Cranamockett aucun parent qui fût disposé à recueillir les cousins.

Au bout de trois jours, Grand-père reprit le train pour l'Illinois, les cousins toujours en lui, comme des noyaux de pêche.

Et ils restèrent là, chacun dans une zone différente du grenier diurne ou nocturne de Grandpa.

Tom s'installa dans un souvenir de 1840 à Vienne avec une actrice un peu désaxée, William habita le comté des Lacs avec une Suédoise aux cheveux blondissimes d'âge indéterminé, tandis que John allait d'un lieu de plaisir à l'autre, San Francisco, Berlin, Paris, apparaissant parfois sous la forme d'une lueur coquine dans les yeux de Grandpa. Philip, en revanche, s'enferma dans un cellier à pommes de terre, où il lut tous les livres que Grandpa avait lus.

Mais certaines nuits Grandpa se rapproche furtivement de Grandman sous les couvertures.

« Toi ! s'écrie-t-elle. À ton âge ! Sale bonhomme ! »

Et elle lui tape dessus jusqu'à ce que Grandpa, riant de cinq voix différentes, abandonne la partie, batte en retraite et fasse semblant de dormir, gaillard de cinq sortes de gaillardises, pour une autre tentative.

Titre original : *West of October*
Traduit par Jacques Chambon

Le Convecteur Toynbee

« Parfait ! Super ! Un grand bravo pour moi ! »

Roger Shumway se jeta dans le siège, s'y sangla, emballa le rotor et arracha son hélicoptère Libellule Super-6 dans le ciel d'été en direction de La Jolla.

« Jusqu'à quel point va aller ta chance ? »

Car il était en route pour une incroyable rencontre.

Le voyageur temporel, après cent ans de silence, avait accepté une interview. Il avait cent trente ans aujourd'hui même. Et cet après-midi, à quatre heures précises, heure du Pacifique, était l'anniversaire de son seul et unique voyage dans le temps.

Parfaitement ! Cent ans auparavant, Craig Bennett Stiles avait agité la main en signe d'adieu, grimpé dans son *Horloge géante*, comme il l'appelait, et avait disparu du présent. Il était et restait le seul voyageur temporel de l'histoire. Et Shumway était le seul et unique journaliste, après toutes ces années, à être invité à prendre le thé en sa compagnie. Et aussi ? A se faire confirmer un second et ultime voyage dans le temps ? Le voyageur avait laissé entendre cette possibilité.

« Mon petit vieux, dit Shumway, M. Craig Bennett Stiles... j'arrive ! »

La Libellule, docile à toutes les fièvres, s'empara d'une brise et la chevaucha le long de la côte.

Le vieil homme l'attendait sur la terrasse de la Lamaserie Temporelle au bord de la falaise d'où se pratiquait le vol libre à La Jolla. L'air grouillait de deltaplanes cramoisis, bleus, citron, d'où l'on entendait crier des jeunes gens, tandis que des jeunes femmes les appelaient de la corniche.

Stiles, en dépit de ses cent trente ans, n'était pas vieux. Son visage, levé, les yeux plissés, vers l'hélicoptère, était le visage éclatant d'un de ces doux dingues d'Apollons ailés qui viraient de bord tandis que l'hélicoptère se posait.

Shumway laissa flotter son appareil un long moment, savourant la lenteur de son approche.

Au-dessous de lui se trouvait le visage de quelqu'un qui avait rêvé des architectures, connu d'incroyables amours, couché sur papier millimétré des mystères faits de secondes, d'heures, de jours, puis avait plongé dans le torrent des siècles. Un visage bronzé, célébrant son propre anniversaire.

Et en effet, par une nuit mémorable, cent ans auparavant, Craig Bennett Stiles, tout juste revenu du temps, avait fait son rapport par Telstar tout autour du monde, révélant leur futur à des milliards de téléspectateurs.

« Nous avons réussi ! avait-il dit. Nous y sommes arrivés ! Le futur nous appartient. Nous avons reconstruit les cités, refait une beauté aux petites villes, nettoyé les lacs et les fleuves, sauvé les dauphins, fait proliférer les baleines, mis un terme aux guerres, expédié des stations solaires dans l'espace pour éclairer le monde, colonisé la Lune, poussé jusqu'à Mars, puis Alpha du Centaure. Nous avons trouvé le remède contre le cancer et arrêté la mort. Nous y sommes arrivés — grâce en soit rendue à Dieu —, nous y sommes arrivés. Oh ! jaillissez, resplendissantes tours du futur ! »

Il leur avait montré des images, apporté des échantillons, donné des enregistrements longue durée, des cassettes audio et vidéo de son merveilleux périple. Le monde en avait été fou de joie. Il s'était rué à la rencontre de ce futur, n'avait plus songé qu'à ériger les cités promises, à tout sauver et à vivre en harmonie avec les animaux terrestres et marins.

Le cri de bienvenue du vieil homme monta dans le vent. Shumway cria en retour et laissa la Libellule s'assoupir dans la chaleur de son propre été.

Craig Bennett Stiles, cent trente ans, s'avança d'un pas vif et, chose inouïe, aida le jeune journaliste à descendre de son appareil, car Shumway était soudain tout étourdi par cette rencontre.

« Je n'arrive pas à croire que je suis là, dit ce dernier.

— Vous y êtes, et ce n'est pas trop tôt, répondit le voyageur temporel en riant. Désormais, je risque de tomber en poussière d'un jour à l'autre. »

Comme à la parade, Stiles s'arracha aux ombres palpitantes du rotor qui le faisaient ressembler à quelque bobine d'actualités d'un futur pour ainsi dire passé.

Shumway, tel un petit chien sur les talons d'une grande armée, le suivit.

« Que voulez-vous savoir ? demanda le vieil homme comme ils traversaient la terrasse à grandes enjambées.

— D'abord », hoqueta Shumway qui avait du mal à ne pas se laisser distancer, « pourquoi avoir brisé le silence au bout de cent ans ? Ensuite, pourquoi auprès de *moi ?* Et enfin, en quoi consiste la grande déclaration que vous vous préparez à faire à quatre heures, l'heure précise où votre moi plus jeune doit arriver du passé —

où, pour un bref instant, vous apparaîtrez paradoxalement en deux endroits, la personne que vous étiez et l'homme que vous êtes confondus dans la même heure de gloire qu'il nous reviendrait de célébrer ? »

Le vieil homme se mit à rire. « Comme vous y allez !

— Excusez-moi. » Shumway rougit. « J'ai écrit cela la nuit dernière. Bon. Ce sont les questions.

— Vous aurez vos réponses. » Le vieil homme lui secoua doucement le coude. « Chaque chose en son... temps.

— Veuillez excuser mon empressement, dit Shumway. Après tout, vous êtes un véritable mythe. Vous étiez célèbre, acclamé dans le monde entier. Vous êtes parti, avez vu le futur, êtes revenu, nous l'avez raconté, puis vous vous êtes retiré du monde. Oh ! bien sûr, durant quelques semaines vous avez parcouru le monde sous les serpentins et les confetti, êtes passé à la télévision, avez écrit un livre, nous avez gratifiés d'un superbe téléfilm de deux heures, puis vous vous êtes cloîtré ici. Oui, la machine temporelle est exposée quelque part sous nos pieds, et tous les jours à midi des foules de gens ont la possibilité de venir la voir et la toucher. Mais vous-même avez refusé la célébrité...

— Pas du tout. » Le vieil homme le guida le long de la terrasse. En bas, dans les jardins, d'autres hélicoptères arrivaient, chargés de matériel de télévision en provenance du monde entier pour filmer le miracle dans le ciel, ce moment où la machine temporelle venue du passé apparaîtrait, miroitante, puis repartirait à l'aventure visiter d'autres cités avant de s'évanouir dans le passé. « Je me suis employé, en tant qu'architecte, à contribuer à la construction du futur que j'ai vu quand, jeune homme, j'ai débarqué dans nos lendemains dorés ! »

Ils firent halte un moment pour regarder les préparatifs en cours au-dessous d'eux. On dressait de vastes tables pour les mets et les boissons. Des dignitaires de chaque pays n'allaient pas tarder à arriver pour adresser leurs remerciements — les derniers, peut-être — à ce légendaire, pour ne pas dire mythique, voyageur des ans.

« Venez, dit le vieil homme. Ça vous plairait d'aller vous asseoir dans la machine temporelle ? Personne d'autre n'a eu cet avantage, vous savez. Aimeriez-vous être le premier ? »

Une réponse n'était pas nécessaire. Les yeux brillants et humides du jeune homme étaient suffisamment éloquents à ceux de son aîné.

« Par ici, par ici, reprit-il. Oh ! la la ! par ici, par ici. »

Un ascenseur de verre plongea à l'intérieur du bâtiment et les débarqua dans un sous-sol d'un blanc immaculé au centre duquel se dressait...

l'incroyable engin.

« Nous y voilà. » Stiles effleura un bouton et la coque de plastique qui depuis cent ans abritait la machine temporelle coulissa. Le vieil homme hocha la tête. « Allez. Asseyez-vous. »

Stiles effleura un autre bouton et la machine s'illumina comme une caverne de toiles d'araignée. Elle aspirait des années et soufflait des souvenirs. Des fantômes habitaient ses veines de cristal. Quelque grande déesse araignée avait tissé ses tapisseries en une seule nuit. Elle était hantée et pleine de vie. D'invisibles marées allaient et venaient dans ses mécanismes. Des soleils y brûlaient et des lunes y cachaient leurs saisons. Ici, un automne partait en lambeaux ; là, des hivers arrivaient en flocons de neige qui s'amassaient en floraisons printanières pour tomber sur des champs d'été.

Le jeune homme s'assit au centre de l'ensemble, incapable de parler, agrippé aux accoudoirs du fauteuil rembourré.

« N'ayez pas peur, dit le vieil homme d'une voix douce. Je n'ai pas l'intention de vous faire faire un voyage.

— Ça ne me dérangerait pas », répondit Shumway.

Le vieil homme étudia son expression. « C'est ce que je vois. Vous êtes tout mon portrait il y a juste cent ans de cela. Que le diable m'emporte si vous n'êtes pas mon fils spirituel. »

Le jeune homme ferma les yeux à ces paroles, et ses paupières s'allumèrent tandis que les spectres de la machine soupiraient tout autour de lui et lui promettaient des lendemains.

« Eh bien, que pensez-vous de mon *Convecteur Toynbee* ? » s'enquit prestement le vieil homme, pour rompre le charme.

Il coupa le courant. Shumway ouvrit les yeux.

« Le *Convecteur Toynbee* ? Qu'est-ce que...

— Encore des mystères, hein ? Le grand Toynbee, ce maître historien qui disait que tout groupe, toute race, tout monde qui ne s'empresse pas de saisir le futur et de lui donner forme est condamné à tomber en poussière dans la tombe, dans le passé.

— Il disait *cela* ?

— Ou quelque chose d'approchant. Oui. Aussi, quel nom plus approprié pour ma machine, hein ? Toynbee, où que vous soyez, voici votre machine à saisir le futur ! »

Il prit le jeune homme par le coude et le guida hors de l'engin.

« En voilà assez. Il se fait tard. C'est presque l'heure de la grande arrivée, hein ? Et de l'ultime déclaration fracassante de ce vieux voyageur temporel de Stiles ! Allez, dépêchons ! »

De retour sur la terrasse, ils regardèrent en bas, dans les jardins, qui grouillaient à présent des grands et presque grands de ce monde. Les routes avoisinantes étaient embouteillées ; les cieux fourmillaient d'hélicoptères et de biplans. Les amateurs de vol libre avaient depuis longtemps renoncé à leur évolutions et se tenaient désormais sur la corniche comme autant de ptérodactyles éclatants, ailes repliées, tête levée, les yeux perdus dans les nuages, dans l'expectative.

« Tout ça, murmura le vieil homme. Mon Dieu, tout ça pour *moi.* »

Le jeune homme consulta sa montre.

« Quatre heures moins dix au dernier top. Presque l'heure de la grande arrivée. Excusez-moi, c'est ainsi que j'ai appelé la chose quand je vous ai écrit il y a une semaine pour *Le Journal.* Ce moment, à la fois arrivée et départ, l'espace d'un clin d'œil, où, en traversant le temps, vous avez changé tout le futur du monde, substitué le jour à la nuit, la lumière à l'obscurité. Je me suis souvent demandé...

— Quoi donc ? »

Shumway scruta le ciel. « Quand vous êtes allé dans l'avenir, n'y a-t-il *personne* qui vous ait vu arriver ? Ne s'est-il *vraiment* trouvé personne pour lever les yeux, n'est-ce pas, et voir votre appareil suspendu dans les airs, ici et au-dessus de Chicago un peu plus tard, et ensuite de New York et Paris ? *Personne ?*

— Eh bien, répliqua l'inventeur du *Convecteur Toynbee,* je suppose que personne ne m'*attendait* ! Et si des gens m'ont vu, ils n'ont sûrement pas su de quoi diable il pouvait bien s'agir. De toute façon, je me suis bien gardé de trop m'attarder. Je n'ai pris que le temps de photographier les cités reconstruites, les mers et les fleuves enfin propres, l'air assaini, les nations désarmées, les baleines sauvées et chéries. Je me suis déplacé rapidement, dépêché de prendre mes photos, et j'ai redévalé les années jusqu'à mon temps. Aujourd'hui est, paradoxalement, un jour différent. Des millions et des millions d'yeux vont regarder en l'air dans l'expectative. Ils vont glisser, n'est-ce pas, du jeune fou en train de flamboyer dans le ciel au vieux fou ici présent, encore ravi de son triomphe ?

— Pour ça, oui, fit Shumway. Oh ! oui, vous pouvez y compter ! »

Un bouchon sauta. Shumway se détourna du spectacle des foules humaines répandues dans les champs avoisinants et des foules d'objets qui dessinaient des cercles dans le ciel pour constater que Stiles venait d'ouvrir une bouteille de champagne.

« Notre toast personnel et notre célébration personnelle. »

Ils levèrent leurs verres, attendant le moment précis et approprié pour y tremper les lèvres.

« Quatre heures moins cinq au dernier top. Pourquoi, demanda le journaliste, personne d'autre n'a jamais voyagé dans le temps ?

— Parce que je l'ai voulu ainsi, répondit Stiles en se penchant par-dessus la terrasse pour regarder les foules. Je me suis rendu compte combien c'était dangereux. On pouvait me faire confiance, bien sûr, pas de danger avec moi. Mais, Seigneur, pensez donc... pensez à *n'importe qui* en train de jouer les boules de bowling dans les couloirs du temps, en train de renverser les quilles, d'effrayer des aborigènes ici, de choquer des citadins ailleurs, de traficoter la lignée de Napoléon en amont ou de ramener des cousins d'Hitler en aval ? Non, non. Et le gouvernement, bien sûr, a été d'accord — non, à insisté — pour que nous mettions le *Convecteur Toynbee* sous scellés. Aujourd'hui, vous avez été le premier et le dernier à laisser vos empreintes dessus. La machine a été constamment et attentivement gardée pendant des dizaines de milliers de jours pour empêcher qu'on ne la vole. Quelle heure avez-vous ? »

Shumway jeta un coup d'œil à sa montre et prit sa respiration.

« Plus qu'une minute à décompter... »

Il se mit à compter. Le vieil homme aussi. Ils levèrent leurs coupes de champagne.

« Neuf, huit, sept... »

Les foules, en bas, n'étaient plus qu'un immense silence. Le ciel bourdonnait d'expectative. Les caméras de télévision basculèrent vers le haut pour fouiller l'espace.

« Six, cinq... »

Ils trinquèrent.

« Quatre, trois, deux... »

Ils trempèrent les lèvres dans leur coupe.

« Un ! »

Ils burent leur champagne en riant. Regardèrent le ciel. L'atmosphère dorée qui baignait la côte de La Jolla attendait. Le moment de la grande arrivée était imminent.

« Maintenant ! » s'écria le journaliste, tel un magicien donnant ses ordres.

« Maintenant », dit Stiles d'une voix grave et tranquille.

Rien.

Cinq secondes s'écoulèrent.

Le ciel restait vide.

Dix secondes passèrent.

Les cieux continuaient d'attendre.

Vingt secondes.

Rien.

A la fin, Shumway se tourna vers le vieil homme, fixant sur lui un regard étonné.

Stiles lui rendit son regard, haussa les épaules et dit : « J'ai menti.

— Quoi ? »

Une onde d'inquiétude parcourut les foules en bas.

« J'ai menti, répéta le vieil homme en toute simplicité.

— Non !

— Oh ! mais si, confirma le voyageur temporel. Je ne suis jamais allé nulle part. Je suis resté ici en faisant comme si j'étais parti. Il n'existe pas de machine temporelle — seulement quelque chose qui *y ressemble.*

— Mais pourquoi ? s'écria le jeune homme au comble de l'ahurissement en s'agrippant à la rambarde de la terrasse. Pourquoi ?

— Je vois que vous avez un bouton enregistreur à votre revers. Mettez-le en marche. Oui. Là. Je veux que tout le monde entende ceci. Maintenant. »

Le vieil homme termina son champagne puis déclara : « Parce que je suis né et ai grandi en un temps — les années 60, 70, 80 — où les gens avaient cessé de croire en eux. J'ai vu ce manque de confiance, la raison renonçant à se donner des raisons de survivre, et j'ai été ému, démoralisé, puis transporté de colère devant cela.

« Partout, je ne voyais et n'entendais que le doute. Partout, je ne voyais annoncer que destruction. Partout, ce n'était que désespoir systématique, ennui intellectuel, cynisme politique. Et ce qui n'était ni ennui ni cynisme était scepticisme rampant et nihilisme naissant. »

Le vieil homme s'interrompit, venant de se souvenir de quelque chose. Il se baissa et sortit de sous une table une bouteille de bourgogne rouge au millésime de 1984.

Tout en parlant, il entreprit de l'ouvrir avec mille ménagements pour l'antique bouchon.

« Tout ce que vous pouvez imaginer, nous l'avions. L'économie jouait les escargots. Le monde était un cloaque. Les sciences économiques demeuraient un mystère insoluble. L'humeur était à la mélancolie. La mode à l'impossibilité du changement. La fin du monde : tel était le grand slogan.

« Rien ne valait la peine d'être fait. Se coucher le soir gavé de toutes les mauvaises nouvelles de onze heures, se réveiller le matin pour entendre des nouvelles encore pires à sept heures. Patauger dans les profondeurs vaseuses du jour. Se noyer la nuit dans une marée de fléaux et de pestilence. Ah ! »

Le bouchon venait de céder en douceur. Le cru désormais inoffensif de 1984 était prêt à respirer. Le voyageur temporel le huma et hocha la tête.

« Les quatre cavaliers de l'Apocalypse n'étaient pas les seuls à accourir de l'horizon pour se jeter sur nos cités ; il y en avait un cinquième, pire que les autres, qui chevauchait avec eux : le Désespoir, enveloppé dans les sombres oripeaux de la défaite, ne criant que répétitions des désastres passés, échecs présents, lâchetés futures.

« Bombardé comme il l'était par le noir de la balle et non l'éclat de la semence, quelle sorte de récolte y avait-il pour l'homme dans la dernière partie de cet incroyable xxe siècle ?

« Oubliée, la Lune ; oubliés, les rouges paysages de Mars, le grand œil de Jupiter, les stupéfiants anneaux de Saturne. Nous refusions d'être réconfortés. Nous pleurions sur la tombe de notre enfant, et l'enfant était *nous*.

— C'était donc comme ça il y a cent ans ? interrogea doucement Shumway.

— Oui. » Le voyageur temporel souleva la bouteille de vin comme si elle contenait la preuve de ce qu'il avançait. Il en versa un peu dans un verre, en examina la couleur, le huma et poursuivit : « Vous avez vu les bandes d'actualités et lu les livres de cette époque. Vous savez tout cela.

« Oh ! bien sûr, il y a eu quelques grands moments. Quand Salk * a rendu les enfants du monde à la vie. Ou la nuit où l'*Aigle* s'est posé et où ce grand pas pour l'humanité a foulé la Lune. Mais dans les esprits et par la bouche de beaucoup, le cinquième cavalier était obscurément encouragé. Avec de grands espoirs, semblait-il parfois, de le voir triompher. Ainsi tous auraient la triste satisfaction de constater que leurs sinistres prédictions étaient justes depuis le début. Ainsi s'avouaient les prophéties qui s'autovérifient ; nous creusions nos tombes et nous préparions à nous allonger dedans.

— Et vous ne pouviez pas laisser faire cela ?

— Vous savez que je ne le pouvais pas.

— Et vous avez donc construit le *Convecteur Toynbee*...

— Pas tout de suite. Il m'a fallu des années pour commencer à ruminer dessus. »

Le vieil homme s'interrompit pour faire tourner le vin sombre dans son verre, le contempler et en boire une gorgée les yeux fermés.

« En attendant, je sombrais, je me désespérais, je pleurais en silence tard dans la nuit en me disant : Que puis-je faire pour nous sauver de nous-mêmes ? Comment sauver mes amis, mes concitoyens, mon État, mon pays, le *monde* entier de leur obsession de l'échec ? Eh bien, c'est dans ma bibliothèque qu'un soir où j'avais veillé tard, le déclic s'est produit. Ma main furetait le long des rayons et a fini par tomber sur un vieux livre

* Inventeur du vaccin contre la poliomyélite. *(N.d.T.)*

cher à mon cœur de H.G. Wells. Sa machine à voyager dans le temps, tel un fantôme, m'appelait du fond des ans. J'ai *entendu !* J'ai compris. J'ai fidèlement écouté. Puis j'ai tracé des plans. J'ai construit. J'ai voyagé, ou du moins *j'ai fait semblant.* Le reste, comme vous le savez, appartient à l'histoire. »

Le vieux voyageur temporel but son vin, ouvrit les yeux.

« Grand Dieu, murmura le jeune journaliste en secouant la tête. Oh ! mon Dieu ! Oh ! la merveille, la merveille... »

Une immense effervescence gagnait à présent les jardins tout en bas, ainsi que les champs un peu plus loin, et les routes et les airs. Des millions de personnes continuaient d'attendre. Où était la grande arrivée ?

« Et voilà ! » dit le vieil homme en remplissant un autre verre de vin pour Shumway. « N'est-ce pas du beau travail ? J'ai fabriqué les machines, construit des cités, des lacs, des étangs, des mers miniatures. Erigé de vastes architectures sur fond de cieux limpides, parlé aux dauphins, joué avec les baleines, truqué des bandes, mis toute une mythologie sur pellicule. Oh ! il m'a fallu des années, des années de travail harassant et de préparation dans le secret avant d'annoncer mon départ, de quitter mes contemporains et de revenir avec de bonnes nouvelles ! »

Ils burent le reste du grand vin. Un bourdonnement de voix les enveloppèrent. Tous les gens en bas avaient les yeux levés vers la terrasse.

Le voyageur temporel les salua de la main puis se retourna.

« Et maintenant, ne perdons plus de temps. Désormais, c'est à vous de jouer. Vous avez la bande, ma voix dessus, enregistrée de frais. Voici trois bandes de plus, avec tous les compléments d'information. Voici une cassette vidéo retraçant toute l'histoire de ma supercherie inspirée. Voici un ultime manuscrit. Prenez, prenez tout, et diffusez-le. Je vous désigne comme le fils chargé d'expliquer le père. Vite ! »

Réexpédié dans l'ascenseur, Shumway sentit le monde se dérober sous lui. Il ne savait pas s'il devait rire ou pleurer, aussi opta-t-il finalement pour un grand cri.

Le vieil homme, surpris, cria avec lui comme ils posaient le pied en bas et s'avançaient vers le *Convecteur Toynbee.*

« Vous comprenez, n'est-ce pas, fiston ? La vie est un mensonge perpétuel qu'on se fait à soi-même. Qu'on soit un petit garçon, un jeune homme ou un vieillard. Qu'on soit une fillette, une jeune fille ou une femme, elle consiste à faire de pieux mensonges et à les rendre vrais. A tisser des rêves et à les étayer avec des intelligences, des idées, de la chair et toute l'authenticité du réel. Finalement, tout est promesse. Ce qui a l'apparence du mensonge est un désir plus ou moins vague qui voudrait se voir réalisé. Ici. Comme ça. »

Il appuya sur le bouton qui faisait coulisser la protection de plastique, appuya sur un autre qui fit monter un bourdonnement de la machine temporelle, puis alla prestement s'installer dans le siège du *Convecteur.*

« Actionnez le dernier commutateur, jeune homme !

— Mais...

— Voilà qui vous fait réfléchir. » Et là le vieil homme se mit à rire. « Vous vous dites que si la machine est une supercherie, elle ne marchera pas, alors à quoi bon actionner un commutateur, c'est ça ? Actionnez-le quand même. Cette fois-*ci,* elle *va* marcher ! »

Shumway se retourna, trouva le commutateur en question, cala un doigt dessus, puis regarda Craig Bennett Stiles.

« Je ne comprends pas. *Où allez-vous donc ?*

— Eh bien, rejoindre les siècles, bien sûr. Exister, mais dans les profondeurs du passé.

— Comment cela se peut-il ?

— Croyez-moi, cette fois la chose aura lieu. Au revoir, excellent et sympathique jeune homme.

— Au revoir.

— Allons. Appelez-moi par mon nom.

— Quoi ?

— Prononcez mon nom et actionnez le commutateur.

— Voyageur du temps ?

— Oui ! *Maintenant !* »

Shumway bascula le commutateur d'un coup sec. La machine bourdonna, gronda, s'embrasa sous un torrent d'énergie.

« Oh ! » fit le vieil homme en fermant les yeux, un doux sourire aux lèvres. « Oui. »

Sa tête retomba sur sa poitrine.

Shumway hurla, renvoya le commutateur à son point de départ et bondit en avant pour arracher les sangles qui tenaient le vieillard attaché dans son appareil.

Au milieu de ses efforts, il s'interrompit, prit le pouls du voyageur temporel, d'abord à son poignet puis à la base du cou, et laissa échapper un gémissement. Il commença à pleurer.

Le vieil homme était effectivement reparti dans le temps, celui que l'on appelait la mort. Il voyageait dans le passé maintenant, à jamais.

Shumway recula et remit la machine en marche. Si le vieil homme devait voyager, il était normal que la machine — du moins symboliquement — l'accompagne. Elle émit un bourdonnement bienveillant. Son feu, le feu éclatant du soleil, se propagea dans ses structures arachnéennes, dans les moindres de ses fils et armatures, et éclaira les joues et le vaste front de l'ancien voyageur, qui semblait hocher la tête sous l'effet des vibrations et dont le sourire, tandis qu'il s'enfonçait dans les ténèbres, était celui d'un enfant comblé.

Le journaliste resta planté là encore un long moment, s'essuyant les joues du revers des mains. Puis, laissant la machine à elle-même, il fit demi-tour, traversa la salle et appuya sur le bouton d'appel de l'ascenseur de verre. En l'attendant, il sortit des poches de sa veste les cassettes audio et vidéo du voyageur temporel et, une par une, les jeta dans la bouche de l'incinérateur ménagée dans le mur.

Les portes de l'ascenseur s'ouvrirent, il y pénétra, et les portes de se refermer. L'ascenseur fit entendre son bourdonnement, telle une autre machine temporelle, le remontant vers un monde stupéfié, un monde en attente, le portant vers un continent lumineux, une terre d'avenir, une planète merveilleuse et toujours vivante...

Qu'un seul homme, à l'aide d'un seul mensonge, avait créée.

Titre original : *The Toynbee Convector*
Traduit par Jacques Chambon

La trappe

Clara Peck habitait la vieille maison depuis dix ans quand elle fit l'étrange découverte. A mi-chemin entre le premier et le deuxième étage, au niveau du palier, dans le plafond…

La trappe.

« Mon Dieu, ça alors ! »

Elle s'immobilisa sur le palier, ébahie, doutant de la véracité de ce qu'elle apercevait.

« Impossible ! Comment ai-je pu être aussi aveugle ? Bon sang, il y a un *grenier* chez moi ! »

Elle avait arpenté cet escalier des milliers de fois durant des miliers de jours, et jamais elle ne l'avait *vue*.

« Quelle vieille idiote ! »

Elle faillit trébucher dans sa hâte à redescendre, oubliant ce qu'elle était montée faire.

Avant le déjeuner, elle revint sous la trappe, se figeant sur place, la fixant de ses yeux trop brillants, l'air d'une grande enfant nerveuse et maigre aux joues pâles et aux cheveux délavés.

« Un grenier, bon, et maintenant ? Pour y ranger *quoi ?* Ma foi… »

Elle se retira, vaguement troublée, avec l'impression d'avoir les idées à la dérive.

« Ça suffit, Clara Peck ! monologua-t-elle en passant l'aspirateur au salon. A cinquante-sept ans, tu n'es pas encore gâteuse, Dieu merci ! »

Pourtant, comment avait-elle pu ne pas *remarquer* l'existence de la trappe ?

Sans doute à cause de ce silence dont la maison était baignée. Jamais une seule fuite dans le toit, donc jamais de clapotis aux plafonds ; jamais rien aux poutres, et pas de rongeurs. Si la pluie avait goutté, si les poutres avaient grincé, si des souris avaient dansé la sarabande au grenier, elle aurait levé les yeux et décelé la *présence* de la trappe.

Mais la demeure était restée muette, et elle avait donc été frappée de cécité.

« Cette histoire est ridicule ! » s'écria-t-elle en prenant son dîner. Elle termina son repas, lut jusqu'à dix heures du soir, alla se coucher tôt.

Ce fut au cours de cette nuit-là qu'elle entendit pour la première fois les bruits : faibles tapotements sporadiques évoquant des signaux en morse, grattements légers comme ceux d'un morceau de craie traçant des graffiti, de l'autre côté de l'étendue vide du plafond pareille à une blafarde surface lunaire.

Dans un demi-sommeil, elle bougea les lèvres pour murmurer : *Des souris ?*

Puis ce fut l'aube.

En descendant préparer le petit déjeuner, elle leva vers la trappe son regard calme de petite fille et sentit au bout de ses doigts grêles des picotements l'incitant à aller chercher l'escabeau.

« La barbe ! grommela-t-elle. Je ne vais pas perdre mon temps à fouiner dans un grenier vide. La semaine prochaine, peut-être. »

Pendant les trois jours qui suivirent, la trappe devint invisible.

C'est-à-dire qu'elle oublia de la regarder. Donc c'était comme si elle n'existait pas.

Mais sur le coup de minuit la troisième nuit, elle perçut de nouveau les trottinements de souris ou autres bruits d'origine inconnue, égratignant le plafond de sa chambre comme de petits fantômes légers sur la face cachée de la lune.

Elle écarta cette pensée incongrue pour imaginer des fleurs d'amarante séchées ou bien des graines de pissenlit ou encore de la simple poussière voltigeant sous l'effet d'un courant d'air dans les combles.

Elle songea à se rendormir, mais cette intention ne rentra pas dans le domaine des faits.

Allongée dans son lit, elle fixa le plafond si intensément qu'elle aurait presque cru pouvoir distinguer aux rayons X ce qui cabriolait ainsi derrière ses moulures de plâtre.

Un cirque de puces savantes ? Une tribu de souris nomades ayant fui une maison voisine ? Plusieurs avaient été mises récemment en état de siège par les dératiseurs, qui en avaient bloqué toutes les issues pour y semer leurs engins de mort et de destruction, afin d'éliminer toutes les forces de vie secrètes qui habitaient les lieux.

Les formes de vie en question avaient dû faire leurs bagages pour aller se trouver un autre refuge. Et le grenier de la maison de Clara Peck leur avait offert l'abri convoité.

Mais quand même...

Alors qu'elle gardait les yeux en l'air, les bruits recommencèrent. Ils se structuraient, s'organisaient en motifs, comme si de longues griffes parcouraient d'un bout à l'autre le plancher du grenier clos en le grattant avec insistance.

Clara Peck retint son souffle.

Le va-et-vient se fit plus intense. Les raclements ténus se déplaçaient pour se concentrer vers une zone située au-dessus de la porte de sa chambre et un peu plus loin. Comme si les minuscules animaux qui s'agitaient essayaient de se frayer un chemin vers une autre porte secrète, là-haut, à la recherche d'une sortie.

Lentement, Clara Peck se redressa pour s'asseoir au bord du lit. Lentement, elle se mit debout et transféra son poids sur le parquet, en évitant de le faire *craquer.* Tout aussi lentement, elle alla ouvrir la porte. Elle glissa un regard dans le couloir baigné par l'éclat froid de la pleine lune, qui filtrait par la fenêtre du palier pour lui montrer...

La trappe.

A cet instant, comme activés par la chaleur de sa présence, les petits bruits de pas de la gent trotte-menu fantôme s'amassèrent précipitamment, se rassemblant autour de l'abattant même de la trappe.

Seigneur ! se dit Clara Peck. Ils *m'entendent.* Ils veulent que je...

La trappe vibra doucement sous le poids léger et mobile de ce qui se trémoussait sur elle en crissant.

En nombre toujours plus grand, froissements et frottements frôlaient l'abattant de bois, comme des spirales chiffonnées de vieux papier journal jauni imitant le son d'invisibles pattes d'araignées ou de rongeurs.

Plus fort, toujours plus fort.

Clara allait crier : *Pitié ! Fichez le camp !*

Quand le téléphone sonna.

« Ghh ! » hoqueta Clara Peck.

Elle eut l'impression qu'un baquet de sang se déversait à l'intérieur de sa carcasse pour s'amonceler dans ses pieds.

« Ghh ! » fit-elle en suffoquant.

Elle courut décrocher le téléphone et agrippa le combiné.

« Qui est-ce ? cria-t-elle.

— Clara ! C'est Emma Crowley ! Quelque chose *ne va pas ?!*

— Mon Dieu ! s'égosilla Clara. Tu m'as flanqué une de ces frousses ! Enfin, Emma, pourquoi appelles-tu à une heure pareille ? »

Il y eut un long silence, pendant lequel son interlocutrice, à l'autre bout de la ville, reprenait son propre souffle.

« C'est stupide, mais je n'arrivais pas à dormir. J'avais comme un pressentiment...

— Emma...

— Non, laisse-moi finir. Tout à coup j'ai pensé : Clara ne va pas bien, ou un accident lui est arrivé, ou je ne sais pas... »

Clara Peck recula jusqu'au bord du lit et s'y affaissa, écrasée par le fardeau des paroles d'Emma. Les yeux clos, elle dodelina de la tête.

« Clara », reprit la voix d'Emma à un millier de kilomètres de distance, « tu... tu ne te sens pas *mal ?*

— Ça va, finit par répondre Clara.

— Tu n'es pas malade ? Il n'y a pas le feu chez toi ?

— Non, non. Non.

— Oh ! tant mieux ! C'est moi qui suis folle. Tu me pardonnes ?

— Je te pardonne.

— Bon, eh bien... bonne nuit. »

Et Emma Crowley raccrocha.

Clara Peck resta une bonne minute à observer le combiné, écoutant le signal intermittent de la ligne occupée, avant de le reposer machinalement sur son support.

Elle regarda l'embrasure de la porte et se remit à examiner la trappe.

Tout s'était calmé. Seule une ombre de feuillage, en provenance de la fenêtre, vacillait et palpitait sur la surface de bois.

Clara plissa les paupières en scrutant la trappe.

« Ah ! vous trouvez ça *malin,* hein ? » marmonna-t-elle.

Il n'y eut plus de promenades ni de danses, plus de trémoussements ni de murmures, jusqu'au terme de la nuit.

Les bruits recommencèrent trois nuits plus tard, et cette fois ils étaient... *plus sonores*.

« Mais il ne s'agit pas de *souris,* s'avoua Clara Peck. Ce sont de gros *rats. Hein ?* »

En réponse, le plafond fit entendre les figures entrecroisées d'un ballet compliqué, dépourvu de musique. Ces entrechats d'un genre singulier se poursuivirent jusqu'au coucher de la lune. Puis, dès que la clarté de celle-ci se fut évanouie, le silence retomba sur la maison tandis que Clara reprenait souffle et vie.

Vers la fin de la semaine, les déplacements suivirent des tracés plus géométriques. L'écho de leur bruit résonnait dans toutes les pièces de l'étage : le boudoir, la vieille chambre à coucher, et aussi la bibliothèque où jadis d'anciens locataires avaient feuilleté des livres en contemplant l'océan de branchages des marronniers.

A trois heures du matin la dixième nuit, ses yeux écarquillés mangeant son visage ratatiné, effarée par un tapage de percussions au rythme syncopé, Clara Peck tendit sa paume en sueur vers le téléphone pour appeler Emma Crowley.

« Clara ! Je *savais* que ce serait toi !

— Emma, il est trois heures du matin. Tu n'es pas étonnée ?

— Non, j'étais là dans mon lit en train de penser à toi. Je voulais te téléphoner, mais j'avais peur de passer pour une maboule. Tu as *un problème,* hein ?

— Emma, réponds-moi. Si dans une maison il y a pendant des années un grenier vide, et que tout d'un coup ce grenier soit *plein* de tas de choses, *comment est-ce possible ?*

— Mais je ne savais pas que tu avais un grenier...

— Moi non plus. Ecoute, au début on aurait dit des souris, et ensuite des rats, et maintenant c'est comme s'il y avait des chats en train de courir partout là-haut. Qu'est-ce que je dois faire ?

— Il faut prévenir la compagnie de dératisation. J'ai leur numéro ici... Attends. C'est le 77 99. Tu es *sûre* que tu as des bêtes *dans* ton grenier ?

— On a presque l'impression que c'est toute une équipe de football.

— Clara, qui habitait ta maison autrefois ?

— Comment ça, qui ?

— Ecoute, pendant toutes ces années il ne s'y est jamais rien passé, et maintenant la voilà, comment dire, *envahie.* Sais-tu si quelqu'un y est *mort,* dans le temps ?

— Mort ?

— Eh bien, si un précédent occupant est mort chez toi, peut-être que tu n'as pas *du tout* affaire à des souris.

— Tu essaies de me parler... de fantômes ?

— Tu ne crois pas à leur existence ?

— Essayer de me faire paniquer avec des histoires de fantômes, c'est ça que tu appelles être une bonne amie ? Je te prie de ne plus me téléphoner, Emma !

— Mais c'est *toi* qui m'as téléphoné !

— Raccroche, Emma ! »

Emma Crowley obtempéra.

Clara Peck se glissa sans bruit dans le couloir, puis s'immobilisa un instant, avant de lever le bras vers le plafond comme en un geste de provocation.

« Des fantômes ? » prononça-t-elle à voix basse.

C'était comme si, là-haut dans la nuit, le vent soufflait pour huiler les gonds de la trappe.

Faisant lentement volte-face, Clara Peck regagna sa chambre et, attentive au moindre de ses mouvements, retourna se coucher.

Elle fut réveillée à quatre heures vingt du matin par une bourrasque en train d'ébranler la maison.

Mais était-ce bien le vent ? Ou bien cela provenait-il du couloir ?

De toutes ses forces, elle tendit l'oreille.

Très doucement, presque imperceptiblement, la trappe dans le plafond de la cage d'escalier grinça.

Puis elle s'ouvrit.

Non, c'est impossible ! songea-t-elle.

Après s'être levé, l'abattant de la trappe retomba avec un claquement sourd.

Si ! pensa-t-elle.

Il faut que j'aille voir ce qu'il en est, se dit-elle.

Non !

Elle bondit hors du lit, alla fermer la porte à clé, revint en hâte sous les draps.

« Allô, la compagnie de dératisation ? » articula-t-elle machinalement, la voix étouffée par les couvertures.

Hébétée par le manque de sommeil à six heures du matin, elle s'engagea dans l'escalier sans lever la tête, fuyant la vision du maudit plafond.

Au milieu des marches, pourtant, elle se retourna, eut un sursaut et se mit à rire.

« Quelle imbécile ! » proféra-t-elle.

Car la trappe était bel et bien fermée.

Deux heures plus tard, alors que l'éclat du soleil matinal chassait les relents de la nuit, elle n'en décida pas moins de téléphoner aux dératiseurs.

Il était midi quand la camionnette d'inspection de la compagnie de dératisation s'arrêta devant chez Clara Peck.

Le jeune technicien qui en sortit, un certain Mr. Timmons, se propulsa nonchalamment vers la maison avec un air de dédain insolent. On jugeait à son allure blasée que plus personne n'avait rien à lui apprendre concernant les rongeurs, les termites, les vieilles filles vivant seules et les bruits nocturnes bizarres. Il s'avançait en jetant sur le monde l'œil conquérant du torero pénétrant dans l'arène ou de l'homme à femmes allumant sa cigarette le dos tourné à la pauvre créature au lit avec lui. Il appuya sur le bouton de la sonnette comme l'archange envoyé par le Seigneur. Après lui avoir ouvert, Clara faillit lui claquer la porte au nez, outrée de sa façon de la toiser comme pour lire au plus profond de ses pensées. Il avait le sourire béat d'un alcoolique. Mais c'était sa haute opinion de lui-même qui l'enivrait. Il n'y avait qu'une seule attitude à adopter :

« Ne restez pas planté là ! cria-t-elle. Rendez-vous utile ! »

Elle tourna les talons pour ne pas voir son expression indignée. Puis elle lança un regard derrière elle pour vérifier si elle avait obtenu l'effet escompté.

Bien peu de femmes avaient dû lui parler sur ce ton. Il semblait absorbé par la contemplation de la porte. Ensuite, comme attiré par la curiosité, il en franchit le seuil.

« Par ici ! » indiqua Clara.

Elle le précéda dans le vestibule en se pavanant, puis le fit monter jusqu'au palier où elle avait placé un escabeau métallique. Elle dressa la main en désignant le plafond de l'index.

« Au-dessus, il y a un grenier. Allez voir ce qui peut expliquer tout ce boucan. Et ne gonflez pas la facture quand vous aurez fini. Essuyez-vous les pieds avant de redescendre. J'ai des courses à faire. J'espère pouvoir vous faire confiance pour ne pas chaparder en mon absence. »

À chaque estocade qu'elle lui portait, elle voyait sa suffisance se lézarder. Il avait le visage empourpré, les yeux brillants. Avant qu'il ait eu le temps d'ouvrir la bouche, elle avait rebroussé chemin jusqu'au bas des marches pour enfiler un manteau léger.

« Vous savez reconnaître les bruits provoqués par des souris dans un grenier ? questionna-t-elle en le fixant par-dessus son épaule.

— Et comment, ma petite dame, c'est mon boulot, lâcha-t-il.

— Surveillez votre langage. Et si ce sont des rats, vous saurez les identifier ? Il peut s'agir de rats ou d'autres bêtes encore plus grosses. Qu'est-ce qu'il y a de plus gros que des rats dans un grenier ?

— Vous n'auriez pas des ratons laveurs par ici ? s'enquit-il.

— Mais comment des animaux pareils auraient-ils pu *entrer ?*

— C'est vous qui habitez la maison, ma petite dame, vous devez bien être au courant. Je... »

Leur conversation s'arrêta net.

Car un bruit se faisait entendre là-haut.

Juste un soupçon de bruit tout d'abord. Puis un frottement. Enfin un martèlement.

Quelque chose bougeait dans le grenier.

Mr. Timmons plissa les yeux en les levant vers la trappe.

« Tiens ! » grogna-t-il.

Clara Peck eut un hochement de tête satisfait, enfila ses gants, ajusta son chapeau en s'observant dans une glace.

« On dirait..., gloussa Mr. Timmons.

— Quoi ?

— Il n'y a pas eu le capitaine d'un bateau qui vivait ici autrefois ? » demanda-t-il enfin.

Le bruit augmentait de puissance. La maison entière semblait geindre et vibrer sous l'effet d'une masse pesante se déplaçant de part et d'autre sous les combles.

Mr. Timmons avait fermé les yeux pour mieux écouter.

« C'est comme... une cargaison, avança-t-il. Une cargaison à fond de cale, qui remue en glissant quand le bateau penche d'un côté. »

Il éclata d'un petit rire et rouvrit les yeux.

« Ou alors, poursuivit-il, vous n'auriez pas une espèce de serre avec des plantes à croissance accélérée ? » Un sourire flottait sur ses lèvres tandis qu'il examinait le plafond. « Des plantes carnivores, bien sûr, ricana-t-il. Ou bien j'ai une autre idée : un énorme baquet plein de levure de bière en train de se répandre partout, en échappant à tout contrôle. J'ai entendu parler comme ça d'un mec qui s'était mis à produire de la levure de bière dans son grenier. Et un jour devinez ce qui est arrivé ? »

Furieuse de ces fines plaisanteries, Clara Peck vitupéra : « Je reviens dans une heure. Vous avez intérêt à ne pas lambiner ! »

Elle quitta les lieux en claquant la porte d'entrée, non sans avoir surveillé une dernière fois le dératiseur.

Ce crétin, après avoir haussé les épaules avec un geste fataliste des mains, avait entrepris d'escalader les degrés de l'escabeau.

Quand Clara Peck revint à pied une heure plus tard, la camionnette de la compagnie de dératisation était toujours garée le long du trottoir.

« Zut ! soliloqua-t-elle. Même pas fichu d'avoir terminé. Encore un petit rigolo qui se moque du monde... »

Elle s'arrêta pour guetter la maison.

Un silence total y régnait.

« Ce n'est pas normal », soupira-t-elle.

Elle appela : « Mr. Timmons ? »

Puis elle alla ouvrir la porte.

« Il y a quelqu'un ? »

Elle entra chez elle dans un silence pareil à celui d'autrefois, avant le temps des souris transformées en rats eux-mêmes changés en autres bêtes plus grosses dansant la farandole dans l'ombre du grenier. Un silence aux émanations presque suffocantes.

Elle fit halte au bas des marches en vacillant, son sac d'épicerie serré dans les bras comme un jeune enfant mort.

« Mr. Timmons ? »

La maison était d'un calme absolu.

L'escabeau se trouvait toujours sur le palier.

Mais la trappe était refermée.

Bon, il est donc *évident* qu'il n'est pas là-haut ! réfléchit-elle. Il ne se serait pas bouclé après avoir grimpé. Cet imbécile a dû partir.

Elle se détourna en fronçant les sourcils pour inspecter la camionnette rangée dehors.

Elle est en panne, je suppose. Il est allé chercher de l'aide.

Elle posa son sac à provisions dans la cuisine et, pour la première fois depuis des années, sans trop savoir pourquoi, alluma une cigarette. Après l'avoir fumée, elle en alluma une autre, puis se mit à préparer bruyamment son déjeuner, entrechoquant la vaisselle et les ustensiles et ouvrant tout un tas de boîtes de conserve.

La maison écouta ce remue-ménage sans faire preuve de la moindre réaction.

A deux heures de l'après-midi, le silence lui pesait sur les épaules comme un linceul.

Elle rappela la compagnie de dératisation.

Le patron de l'entreprise arriva en personne une demi-heure plus tard, à moto, pour emmener le véhicule abandonné. Portant la main à sa casquette, il entra faire un brin de causette avec Clara Peck tout en passant en revue du coin de l'œil les pièces vides engoncées de silence.

« Ne vous tracassez pas, madame, énonça-t-il enfin. Charlie était un peu porté sur la boisson ces derniers temps. Dès que je le revois, il se fera virer. Mais il était venu ici faire *quoi ?* »

En disant ces mots, il scrutait l'escabeau sur le palier.

« Oh ! se hâta de répondre Clara Peck, il s'agissait simplement d'un... contrôle.

— Bon, je viendrai m'occuper de ça demain », déclara le patron.

Après son départ, Clara Peck monta lentement l'escalier et leva la tête vers le plafond en observant la trappe.

« *Lui* non plus, il ne t'a *pas vue* », murmura-t-elle.

Il n'y eut pas un frémissement, pas un trottinement de souris dans le grenier.

Elle était comme pétrifiée sur place, malgré la lumière du soleil qu'elle sentait palpiter derrière elle.

Pourquoi ? s'interrogea-t-elle. Pourquoi ai-je menti ?

Eh bien, après tout, la trappe est bien fermée, n'est-ce pas ?

Et je me demande pourquoi, pensa-t-elle, mais je ne veux plus faire aller quelqu'un dans ce grenier, plus jamais. C'est vraiment absurde, non ? C'est vraiment bizarre !

Elle prit son dîner tôt, se tenant aux aguets.

En lavant sa vaisselle, elle continuait d'être sur le qui-vive.

Elle se mit au lit à dix heures, mais dans la vieille chambre de bonne du rez-de-chaussée, inutilisée depuis de longues années. Pourquoi avoir choisi de dormir dans cette pièce ? Elle l'ignorait, elle l'avait décidé comme ça.

Incapable de trouver le sommeil, elle demeura étendue dans le noir, les tympans douloureux, les tempes battantes.

Aussi rigide sous le drap qu'une sculpture de pierre tombale, elle attendait.

Aux environs de minuit, un coup de vent subit agita un entrelacs d'ombres de feuillages sur son couvre-lit. Elle écarquilla les yeux.

Les poutres de la maison tremblèrent.

Elle souleva sa tête de l'oreiller.

Des chuintements doucereux filtraient du grenier.

Elle redressa le buste.

Les bruits s'intensifiaient, comme si une grosse masse animale informe rôdait dans les ténèbres du grenier.

Elle se plaça sur le rebord du lit, les pieds posés par terre, les yeux baissés. Les bruits se succédaient, par-ci piétinements précipités de lapins en train de détaler, par-là battements ralentis et pesants d'un énorme cœur.

Elle sortit dans le vestibule et s'y arrêta, inondée par le clair de lune que déversaient les fenêtres comme une aube pure et froide.

Empoignant la rampe, elle monta furtivement les marches. Arrivée au palier, elle toucha l'escabeau, puis leva les yeux.

Elle battit des paupières. Son cœur tressauta et se contracta.

Car sous son regard, avec une grande lenteur, la trappe remontait comme si elle s'enfonçait à l'envers dans le plafond. Elle s'ouvrit, révélant un carré noirâtre en attente, pareil à un puits de mine sans fin dirigé vers le haut.

« J'en ai *assez !* » cria-t-elle.

Elle dévala l'escalier jusqu'à la cuisine et en revint comme un ouragan, munie d'un marteau et de clous, avant de grimper rageusement sur l'escabeau.

« Je ne veux plus croire à toutes ces âneries ! clama-t-elle. C'est fini, vous entendez ? *Arrêtez !* »

Au sommet de l'escabeau, elle dut se hausser sur la pointe des pieds pour atteindre le grenier, un bras tendu fendant l'obscurité dense de ce dernier. D'où il résultait que sa tête devait s'y engager à moitié.

« *Allons-y !* » fit-elle.

A ce moment précis où elle passait la tête par l'ouverture en cherchant la trappe à tâtons, une chose aussi rapide qu'étonnante survint.

Comme si quelque chose lui attrapait la tête, comme si elle était un bouchon éjecté du goulot d'une bouteille, son corps tout entier, bras et jambes étirés, fut happé à la verticale dans le grenier.

Elle disparut comme le foulard d'un prestidigitateur. Comme une marionnette aux fils actionnés avec violence par une force invisible, elle s'envola vers les cintres d'une scène imaginaire.

Le mouvement fut si brutal que ses chaussons restèrent abandonnés sur l'escabeau, à l'endroit où ses pieds s'étaient posés.

Dans l'instant qui suivit, il n'y eut pas de cri, pas même un halètement. Juste un long silence de dix secondes comme quand on cesse de respirer.

Puis, sans aucune cause apparente, la trappe se rabattit et se ferma.

En raison de la nature particulière du silence dont la vieille maison était imprégnée, plus personne ne s'avisa jamais de la présence de la trappe…

Jusqu'au jour où les locataires suivants furent depuis dix ans les occupants des lieux.

Titre original : *Trapdoor*
Traduit par Alain Dorémieux

Le voyageur de l'Orient-Express

La vieille femme était à bord de l'Orient-Express, direction nord, de Venise à Calais en passant par Paris, quand elle remarqua le voyageur au teint blafard.

Manifestement, cet homme se mourait d'une épouvantable maladie.

Il occupait le compartiment 22, dans la troisième voiture à partir de la tête du train, et s'y faisait porter tous ses repas dans la journée pour n'en sortir qu'au crépuscule et gagner le wagon-restaurant, où régnaient les lumières artificielles, les tintements cristallins des verres et les rires de femmes.

Il arriva ce soir-là en se propulsant avec une terrible lenteur, avant d'aller s'asseoir de l'autre côté du couloir central, à la hauteur de cette femme âgée à la poitrine opulente, au front serein, aux yeux que le temps avait remplis de bonté.

Une trousse médicale noire était posée à côté d'elle et un thermomètre dépassait de la poche supérieure de sa veste de coupe masculine.

A la vue de l'incroyable pâleur de l'homme, elle déplaça machinalement la main gauche vers cette poche pour tâter le bout du thermomètre.

« Oh ! mon Dieu !» murmura miss Minerva Halliday.

Le maître d'hôtel passait. Elle lui toucha le coude et désigna de la tête l'autre bord du wagon.

« Excusez-moi, mais où va ce pauvre homme ?

— A Calais, puis à Londres, madame. Si Dieu le permet. »

Et il s'éloigna d'un pas pressé.

Minerva Halliday, l'appétit coupé, regarda ce squelette couleur de neige.

L'homme et les couverts rangés devant lui semblaient ne faire qu'un. Les couteaux, fourchettes et cuillers cliquetaient avec un son froid et argenté. Il écoutait, fasciné, le bruit ténu de ces entrechoquements comme s'ils émanaient d'une autre sphère en tintinnabulant jusqu'au fond de son âme. Ses mains gisaient sur ses genoux comme deux animaux familiers à l'abandon, et quand le train s'infléchissait pour aborder une courbe de la voie ferrée, son corps inerte vacillait de part et d'autre comme en équilibre instable.

Soudain, alors que le train prenait un virage plus accentué, les couverts se heurtèrent plus fort et se mirent à ferrailler. A ce moment, une femme assise à une table éloignée éclata de rire en s'écriant :

« Je ne *peux pas* y croire ! »

Ce à quoi un homme rétorqua en riant de plus belle : « Moi *non plus !* »

Cette coïncidence eut un curieux effet sur le voyageur livide : il se tassa sur lui-même. En lui perçant les oreilles, les rires dubitatifs semblaient avoir fait des trous le dégonflant comme un ballon.

Il était visiblement en train de se ratatiner. Ses yeux s'enfonçaient dans leurs orbites, et l'on pouvait presque imaginer son haleine exhalée comme une faible buée froide.

Miss Minerva Halliday, bouleversée, se pencha en avant et tendit la main. Elle entendit sa propre voix chuchoter :

« *Moi* j'y crois ! »

Le résultat fut immédiat.

Le voyageur au teint blême se redressa. Un soupçon de couleur aviva la blancheur de ses joues. Une étincelle ranima ses yeux. Il tourna la tête pour regarder, du côté opposé du wagon, cette femme miraculeuse dont les paroles agissaient comme un remède.

Rougissant violemment, la vieille infirmière à la poitrine généreuse s'empara de sa trousse, se leva brusquement et quitta les lieux à la hâte.

Cinq minutes plus tard, miss Minerva Halliday entendit le maître d'hôtel arpenter le couloir de sa voiture, tapotant la porte de chacun des compartiments et s'adressant à mi-voix aux gens qui les occupaient. En arrivant devant le sien, dont elle avait laissé la porte ouverte, il la dévisagea.

« Est-ce que par hasard vous seriez... ?

— Non, répondit-elle, devinant le sens de sa question, je ne suis pas médecin. Simplement infirmière diplômée. Il s'agit de ce vieux monsieur au wagon-restaurant ?

— Oui, oui ! Je vous en prie, madame, par ici ! »

L'homme à la pâleur spectrale avait été transporté dans son compartiment personnel.

En y parvenant, miss Minerva Halliday glissa un coup d'œil à l'intérieur.

L'homme étrange était affalé sur une banquette, ses yeux aux paupières fripées demeuraient fermés, sa bouche aux lèvres serrées était pareille à une blessure exsangue, il n'offrait aucun autre signe de vie que le balancement de sa tête au rythme des cahots du train.

Grand Dieu, pensa-t-elle, il est *mort !*

À haute voix elle prononça : « Je vous appellerai si j'ai besoin de vous. »

Le maître d'hôtel se retira.

Miss Minerva Halliday referma doucement la porte coulissante et se retourna pour examiner le cadavre... car cet homme était forcément mort.

Et pourtant...

Elle prit sur elle pour oser lui toucher les poignets dont les veines semblaient véhiculer une eau glacée. Puis elle recula, comme si cette glace lui brûlait les doigts. Enfin elle approcha son visage de celui de l'homme livide.

« Écoutez-moi très attentivement. *Vous m'entendez ?* »

Pour toute réponse, elle crut discerner la pulsation froide d'un seul et unique battement de cœur.

Elle continua : « J'ignore comment je fais pour le deviner. Mais je sais qui vous êtes, et de quoi vous souffrez... »

Le train s'incurva dans un virage. La tête de l'homme oscilla comme s'il avait le cou rompu.

« Je vais vous dire ce qui vous fait mourir, poursuivit-elle. Ce qui vous affecte, ce sont... *les gens !* »

Il écarquilla brusquement les yeux, comme si une flèche l'avait atteint en plein cœur. Elle ajouta :

« Tous les voyageurs de ce train, ce sont eux qui vous tuent. Ce sont *eux* qui sont votre maladie. »

L'ébauche d'un souffle frémit derrière la bouche close de l'homme.

« Ouiii... iii. »

Elle lui serra le poignet, à la recherche du pouls. « Vous venez d'un pays d'Europe centrale, n'est-ce pas ? Quelque part où les nuits sont longues et où, quand souffle le vent, les gens *écoutent ?* Mais maintenant les choses ont changé, et vous avez tenté de fuir en partant en voyage, mais... »

À cet instant précis, une bande de jeunes touristes éméchés déclencha dans le couloir une vague de rires tonitruants.

Le voyageur livide s'affaissa.

« Comment... pouvez-vous... comprendre ? demanda-t-il faiblement.

— Je ne suis pas une infirmière comme les autres et j'ai en mémoire un souvenir très spécial. J'ai rencontré, voyez-vous, quelqu'un comme vous quand j'avais six ans...

— Rencontré ? émit l'homme.

— En Irlande, près de Kileshandra. C'était chez mon oncle, dans une maison vieille de plusieurs siècles, au milieu d'une contrée pleine de brumes et de pluie, et une nuit il y a eu des bruits dans le corridor comme si la tempête était venue souffler entre les murs, et puis cette *ombre* est entrée dans ma chambre. Je me suis assise dans mon lit, et le froid qui émanait d'elle m'a glacée. Je me le rappelle et je sais que ce n'était pas un rêve, car l'ombre qui est venue s'installer sur mon lit en chuchotant... ressemblait beaucoup... à vous. »

Les yeux fermés, du tréfonds polaire de son esprit, le vieil homme fit monter un soupir plaintif :

« Et je suis qui... ou *quoi ?*

— Vous n'êtes pas malade. Vous n'êtes pas mourant. Vous *êtes...* »

La locomotive de l'Orient-Express jeta dans son sillage un sifflement prolongé.

« ... un fantôme, acheva-t-elle.

— Ouiii ! » s'écria-t-il.

C'était un cri de soulagement, l'affirmation d'une identité, ainsi qu'un appel à l'aide. Il redressa presque le buste.

« Oui ! »

Survint alors dans le compartiment un jeune prêtre affairé, impatient d'exécuter son numéro. Les yeux brillants, les lèvres humides, un crucifix à la main, il observa le voyageur inerte et clama : « Est-ce que je peux... ?

— Les derniers sacrements ? » Une des paupières du voyageur s'ouvrit comme se soulève le couvercle d'une boîte en argent. « Donnés par vous ? Non. » Son œil dériva vers l'infirmière. « C'est *elle* que je veux !

— Monsieur ! » s'indigna le jeune prêtre.

Il fit un pas en arrière, agrippa son crucifix comme s'il se fût agi de la poignée d'ouverture d'un parachute, puis tourna les talons et battit en retraite.

Restée seule avec son étrange patient, devenu maintenant encore bien plus étrange, la vieille infirmière le considéra jusqu'à ce qu'il reprenne enfin la parole.

« Comment, haleta-t-il, pouvez-*vous* m'apporter vos soins ?

— Eh bien, fit-elle avec un petit rire d'ironie envers elle-même, il doit bien y avoir un moyen. Il suffit de *le trouver.* »

Déchirant d'un autre hululement la nuit et la brume, l'Orient-Express poursuivait inexorablement sa trajectoire.

« Vous vous rendez à Calais ? questionna-t-elle.

— Et ensuite à Douvres, à Londres, et peut-être jusqu'à un château aux environs d'Édimbourg où je pourrai me sentir en paix et en sécurité.

— C'est quasiment impossible... » Ce fut comme si, d'un coup d'épée, elle lui avait infligé une blessure mortelle. « Non, non, attendez ! reprit-elle. Je voulais dire : impossible... sans moi ! Je vous accompagnerai à Calais et à Douvres.

— Mais vous ne me *connaissez* même pas !

— Oh ! peut-être, mais j'ai rêvé de votre existence étant enfant, au milieu des brumes et des pluies de l'Irlande. À l'âge de neuf ans, j'errais à travers la lande à la recherche du chien des Baskerville.

— Oui, acquiesça le voyageur spectral. Vous êtes anglaise, et les Anglais *croient !*

— C'est vrai. Ils valent mieux que les Américains, qui *doutent.* Quant aux Français ? Des cyniques, avec leur affreux esprit cartésien ! Non, les Anglais sont irremplaçables. Il n'y a pratiquement pas une seule très vieille maison à Londres qui ne possède sa dame en blanc éplorée, criant sa désolation aux heures d'avant l'aube. »

Une longue courbe déplaça le centre de gravité du train et entrouvrit la porte du compartiment. Un jaillissement empoisonné de rires impies et de jacasseries surexcitées provint du couloir. Le voyageur perdit encore un peu de sa substance vitale.

Se levant d'un bond, Minerva Halliday claqua la porte et fit volte-face pour examiner son compagnon avec familiarité, comme si elle le connaissait depuis toujours.

« Et maintenant, demanda-t-elle, si vous me disiez *qui* vous êtes exactement ? »

Le voyageur spectral, voyant dans son visage celui d'une enfant triste qu'il aurait pu rencontrer longtemps auparavant, entreprit de raconter son passé :

« J'ai " vécu " deux cents ans en un lieu situé non loin de Vienne. Pour survivre, assailli par les athées aussi bien que par les vrais croyants, je me suis réfugié dans des bibliothèques parmi des piles de livres poussiéreux pour m'y nourrir de mythes et d'histoires de cimetières. J'ai fait des festins de minuit en me repaissant de la panique et de la terreur déclenchées par des chevaux qui se cabrent, des chiens hurlant à la lune, des chats détalant en trombe, des pierres tombales qui s'effritent en morceaux. Au fil des années, mes congénères du monde invisible ont disparu l'un après l'autre à mesure que les châteaux tombaient en ruine et que les propriétaires de jardins hantés les louaient à des clubs de femmes ou à des chaînes hôtelières. Évincés que nous étions, nous avons cessé de rôder de par le monde pour être engloutis par le bitume et le béton, par les marécages de l'incrédulité, du doute, du mépris ou de la plus complète dérision. Avec l'incrédulité croissant au même rythme que la population, tous mes amis fantômes ont fui. Je suis le dernier, et j'essaie de traverser l'Europe dans ce train, pour aller me mettre à l'abri dans les recoins sombres d'un manoir, là où les hommes ont encore peur des formes fumeuses des âmes errantes. Il n'y a plus que l'Angleterre et l'Écosse où je puisse trouver asile ! »

Le son de sa voix s'estompa et fit place au silence.

« Et comment vous appelez-vous ? interrogea-t-elle au bout d'un temps.

— Je n'ai *plus* de nom, murmura-t-il. Un millier de brouillards ont envahi mon caveau de famille. Un millier de pluies ont mouillé ma tombe. La mention gravée sur la stèle s'est peu à peu effacée sous l'effet de la brume, de l'eau et du soleil. Les fleurs et les herbes sauvages, les poussières du marbre, ont recouvert mon nom. »

Il ouvrit les yeux. « *Pourquoi* agir ainsi ? s'enquit-il. Pourquoi *m'aider* ? »

Elle eut enfin un sourire, en entendant tomber de ses lèvres la bonne réponse :

« Toute ma vie a été celle d'un hibou empaillé. Je suis restée vieille fille. Je me suis occupée d'une mère impotente et d'un père à moitié aveugle, je me suis dévouée dans les hôpitaux, j'ai soigné des malades et assisté des mourants. Alors, moi aussi je suis comme une sorte de fantôme. Et ce soir, à l'âge de soixante-dix ans, je rencontre en vous un patient magnifiquement différent, entièrement nouveau. Ô Seigneur, quel défi à relever ! Je vais vous guider, vous aider à descendre du train à Paris, à affronter la foule, à continuer le voyage jusqu'au ferry, jusqu'à la mer. Ce sera... »

Le voyageur spectral referma les yeux et marmonna : « Paris ? Ah ! oui. »

Le train siffla. La nuit suivit son cours.

Et ils arrivèrent à Paris.

Alors que le train entrait en gare, un petit garçon d'à peine six ans, qui galopait dans le couloir, s'immobilisa à l'entrée de leur compartiment. Il dévisagea le voyageur et ce dernier lui décocha un regard charriant les glaces d'une banquise antarctique. Le gamin poussa un cri effrayé et se sauva. La vieille infirmière ouvrit en grand la porte pour jeter un coup d'œil sur ce qui se passait au-dehors.

Au bout du couloir, l'enfant parlait à son père d'une voix hoquetante. Le père se précipita en glapissant avec véhémence :

« Qu'est-ce qui se passe là-bas ? Qui a fait peur à mon... ? »

L'homme s'immobilisa. Du seuil du compartiment, il fixa le voyageur de l'Orient-Express désormais presque à l'arrêt. Lui aussi stoppa son discours. « À mon fils », acheva-t-il avec gêne.

Le voyageur spectral le regarda calmement de ses yeux d'un gris brumeux.

« Je... » Le Français fit un pas en arrière, se léchant les dents avec incrédulité. « Excusez-moi ! » Il resta un instant le souffle coupé. « Je suis désolé ! »

Il détala et alla rejoindre son fils en le

rudoyant. « Tu n'as pas fini de faire des histoires? Fiche-nous la paix ! » Leur porte claqua.

« Paris ! » répéta en écho une voix d'un bout à l'autre du train.

« Dépêchons-nous ! intima Minerva Halliday en conduisant son vétuste ami vers le quai grouillant d'agitation désordonnée.

— Je suis en train de me *dissoudre !* geignit le voyageur spectral.

— Vous vous sentirez mieux *là* où je vous emmène ! »

Elle brandit un panier à pique-nique et le balança en l'air, suscitant comme par miracle l'apparition de l'unique taxi libre restant. Et ils débarquèrent sous un ciel d'orage au cimetière du Père-Lachaise. Les hautes grilles se fermaient. L'infirmière agita une poignée de billets de cent francs. Le mouvement des grilles s'interrompit.

À l'intérieur, ils flânèrent paisiblement parmi les innombrables monuments funéraires. Il y avait en ce lieu tant de marbre froid, et tant d'âmes cachées, que la vieille infirmière ressentit un vertige subit, une douleur dans un poignet et un engourdissement brutal du côté gauche de la figure. Elle secoua la tête, refusant de se préoccuper de ces symptômes. Et ils continuèrent de déambuler parmi les pierres tombales.

« Où nous installons-nous pour pique-niquer ? interrogea-t-il.

— N'importe où, répondit-elle. Mais faisons *attention !* Ici, c'est un cimetière *français !* Rempli de cyniques ou d'égoïstes qui ont sacrifié des adversaires au nom de leurs croyances pour ensuite subir le même sort à leur tour à cause de ces croyances ! Alors choisissez avec prudence ! »

Ils poursuivirent leur promenade. Le voyageur spectral fit un signe de la tête. « Cette première tombe, ici. En dessous, il n'y a *rien*. La mort définitive et absolue, pas un seul frémissement temporel. La deuxième tombe : celle d'une femme qui croyait en secret à la vie dans l'au-delà, car elle avait aimé son défunt mari et espérait le revoir pour l'éternité... Là, il y a le murmure d'un esprit, le vague sursaut d'un cœur. C'est *mieux*. Voyons maintenant cette troisième tombe : un auteur français qui écrivait des histoires de terreur. Il *adorait* l'univers qu'il décrivait : les nuits embrumées, les vieux châteaux sous la lune. Cette tombe-là est à la température qui convient, comme un bon vin. C'est ici que nous allons nous reposer, ma chère amie, pour que vous débouchiez le champagne en attendant l'heure de regagner le train. »

Elle lui offrit un verre, avec un sourire joyeux. « Êtes-vous *capable* de boire ?

— On peut essayer. » Il prit le verre. « On peut toujours essayer. »

Le voyageur spectral faillit « mourir » au moment de quitter Paris. Un groupe d'intellectuels adeptes des nouveaux philosophes, gonflés de leur importance au sortir d'un colloque, avait envahi les couloirs en y laissant l'effervescence du vide.

Le voyageur au teint blafard devint encore plus pâle.

Au deuxième arrêt après Paris, ce fut une autre invasion ! Une troupe d'Allemands déferla dans le train, tous bardés de leur dédain à l'égard de la culture ancestrale germanique, de leur pragmatisme en matière de politique, certains même porteurs de livres intitulés *Dieu a-t-il jamais existé ?*

Le fantôme de l'Orient-Express se réduisait lentement à l'image d'un squelette vu aux rayons X.

« Oh ! mon Dieu ! » s'exclama miss Minerva Halliday en se ruant vers son compartiment pour y fourrager dans ses bagages et en extraire, pêle-mêle, une brassée de livres qu'elle rapporta sur-le-champ.

« *Hamlet !* annonça-t-elle à tue-tête. Le fantôme de son père, d'accord ? *Un chant de Noël.* Pas moins de *quatre* fantômes ! *Les Hauts de Hurlevent.* Après sa mort, Kathy *revient* hanter les neiges, n'est-ce pas ? Ah ! *Le Tour d'écrou,* et... *Rebecca !* Et puis... un de mes récits préférés ! *La Main de singe !* Vous voulez *quoi ?* »

Mais le fantôme de l'Orient-Express n'émit pas une parole. Ses paupières étaient comme scellées, sa bouche cadenassée par des glaçons.

« Attendez ! » cria-t-elle.

Et elle ouvrit le premier livre...

Où Hamlet se trouvait sur les remparts du château et entendait gémir son fantôme de père dont elle répéta la litanie :

« *Sois attentif... L'instant est proche... où vont me réclamer... les sulfureuses flammes et les tourments...* »

Puis elle lut :

« *Je suis l'esprit de ton père ; condamné pour un temps à errer de nuit...* »

Et ensuite :

« *Si jamais tu aimas un tendre père... O ! Ciel !.. Venge son meurtre lâche et monstrueux...* »

Et encore :

« ... *Meurtre très lâche...* »

Tandis que le train poursuivait sa course dans la nuit, elle cita les derniers mots du fantôme du père d'Hamlet :

« ... *Maintenant, adieu...*
Adieu, adieu ! Souviens-toi de moi. »

Et elle conclut :

« *... Souviens-toi !* »*

Le fantôme de l'Orient-Express fut secoué d'un tressaillement. Elle fit semblant de ne pas le remarquer mais ouvrit un autre livre.

« *... Marley était mort, pour commencer...* »

L'Orient-Express passa dans un fracas de tonnerre sur un pont crépusculaire enjambant un cours d'eau invisible.

Les mains de l'infirmière voletaient comme des oiseaux au-dessus des livres.

« *Je suis le fantôme du Noël passé !* »

Puis :

« *Le rickshaw fantôme émergea des brumes en silence et s'éloigna avec des cahotements pour s'enfoncer dans un brouillard plus épais...* »

Et n'y eut-il pas, mêlé au mugissement de l'Orient-Express, l'écho criaillant et léger des roues de la voiture traînée par les coolies ?

« *Là, sous le plancher, le battement de son affreux cœur ! Le cœur du vieil homme ! Son cœur révélateur !* » formula-t-elle en baissant la voix.

Et *maintenant !* On eût dit le bondissement d'une grenouille. La première palpitation cardiaque, presque imperceptible, du cœur du fantôme de l'Orient-Express depuis plus d'une heure.

Les Allemands qui occupaient le couloir les bombardèrent d'une salve d'incroyance.

Le fantôme se recroquevilla.

Mais *elle* déversa l'antidote salvateur :

« *Le chien des Baskerville hurlait sur la lande...* »

Et l'écho de ce hurlement, de cet aboiement désespéré, résonna dans l'âme de son compagnon de voyage et filtra hors de sa gorge.

* Les extraits d'*Hamlet* sont reproduits dans la traduction d'André Gide, réimprimée dans les Œuvres complètes de Shakespeare, tome 2 (Bibliothèque de la Pléiade, éditions Gallimard).

La nuit s'avança, la lune se leva et une dame en blanc traversa un paysage, tandis que la vieille infirmière continuait à haute voix son choix de lectures, et une chauve-souris qui se transforma en loup avant de devenir un lézard escalada la cloison près du front du voyageur livide.

Enfin ce fut le silence dans le train peuplé seulement de dormeurs, et miss Minerva lâcha le dernier livre qui tomba par terre avec le bruit lourd d'un corps qui s'effondre.

« *Requiescat in pace?* murmura le voyageur, les yeux fermés.

— Oui, opina-t-elle avec un sourire. *Requiescat in pace.* » Et tous deux s'endormirent.

Et finalement ils atteignirent la mer.

Il y eut de la brume, qui devint un brouillard dense, lequel se changea en gouttes de pluie, bienfaisante averse de larmes administrée par un ciel opaque.

Et le voyageur spectral s'ouvrait comme une fleur déployant ses pétales, ses lèvres parcheminées se décollaient, il remerciait de sa voix sibilante le ciel hanté ainsi que le rivage visité par les fantômes de la marée, pendant que le train s'engageait sur la plateforme menant au ferry-boat et que ses passagers en descendaient.

Il demeura toutefois à l'arrière de la foule, seul désormais avec sa compagne dans ce train vide livré à ses propres fantômes.

« Attendez, gémit-il piteusement. Ce bateau ! Je n'y ai aucun endroit où me cacher ! Et il faut passer la *douane !* »

Mais les douaniers se contentèrent de lancer un regard embarrassé au visage blême sous la casquette noire à oreillettes et se hâtèrent de faire signe à cette apparition hivernale de prendre place sur le ferry.

Là, ils furent cernés par un torrent de voix débitant des insanités, une forêt de coudes les heurtant avec ignorance, un entassement de gens se bousculant férocement tandis que la trépidation du bateau signalait son départ. L'infirmière vit que le fragile être de glace à côté d'elle se remettait à fondre.

La vue d'une meute d'enfants tapageurs lui donna une idée. « Vite ! » fit-elle.

Elle dut presque porter son faible compagnon sur les traces des gamins et gamines.

« Non, protesta le vieux voyageur. Trop de bruit !

— C'est spécial ! » L'infirmière le poussa pour lui faire franchir une porte. « Il s'agit d'un remède ! Venez ici ! »

Il examina la pièce où ils venaient d'entrer.

« Mais, bredouilla-t-il, c'est... une salle de jeux. »

Elle le conduisit au niveau des beuglements et des galopades.

« Écoutez-moi tous ! » clama-t-elle.

Les enfants cessèrent leurs bruyantes activités.

« Vous avez envie d'entendre raconter des histoires ? »

Les enfants étaient prêts à se disperser pour reprendre leurs jeux quand elle ajouta : « Des histoires de *fantômes !* »

Elle désigna au passage le voyageur spectral, dont les doigts pâles pareils à des ailes de papillon de nuit serraient l'écharpe entourant son cou glacé.

« Asseyez-vous *par terre !* » ordonna l'infirmière.

Les enfants s'écroulèrent sur le sol avec des cris perçants. Installés en rond autour du voyageur de l'Orient-Express, comme des Indiens encerclant un wigwam, ils observèrent son corps traversé de tempêtes de neige qui amenaient jusqu'à sa bouche béante des températures frigorifiques.

Il chancela. Elle s'empressa de demander fermement :

« Vous croyez *bien* aux fantômes, *n'est-ce pas ?*

— *Oh ! oui,* répliquèrent-ils en un hurlement unanime. Oui ! »

Comme frappée d'un coup de fouet, la colonne vertébrale du voyageur de l'Orient-Express se raidit. Des étincelles semblables à des paillettes de silex illuminèrent ses yeux. Des roses d'hiver fleurirent en boutons sur ses joues. Et à mesure que les enfants se taisaient pour l'entendre, sa taille devenait plus haute, son teint plus coloré. Il pointa vers eux un doigt gelé.

« Je..., fit-il d'une voix mal assurée. Je... » (il marqua un temps d'arrêt) « vais vous raconter une histoire effrayante. L'histoire d'un *vrai* fantôme !

— *Ouais !* » braillèrent les enfants avec enthousiasme.

Alors il entreprit de parler, d'un ton qui peu à peu devenait fébrile, et pendant que sa voix attirait par magie les brouillards, suscitait les brumes et invitait les pluies, les enfants se pressèrent les uns contre les autres et se rapprochèrent de lui, tel un lit de braises sur lequel il se réchauffait avec délectation. Et au fil de ses paroles Minerva Halliday, à l'écart au fond de la salle, voyait tout ce qu'il décrivait : par-delà l'étendue de la mer hantée, plus loin que les fantomatiques falaises crayeuses de Douvres, au cœur de l'arrière-pays, les tours frissonnantes, les donjons frémissants, les greniers et les cachots en attente, là où habitaient les revenants comme ils l'avaient toujours fait. Fascinée, la vieille infirmière accorcha mécaniquement d'une main le revers de sa veste, à proximité du thermomètre. Elle mesura son pouls. Un voile noir lui obscurcit brièvement la vue.

Enfin un enfant questionna : « Monsieur, *qui* vous êtes ? »

Et, rassemblant les plis de son linceul arachnéen, le voyageur spectral fit appel aux ressources de son imagination pour répondre.

Seul le sifflement du ferry arrivant sur la côte anglaise mit un terme à ses récits nocturnes. Les parents survinrent pour récupérer leur progéniture, et quand le dernier enfant fut traîné, maugréant, hors de la salle de jeux, le vieux monsieur et l'infirmière se retrouvèrent seuls, tandis que cessaient les vibrations du ferry comme si ce dernier avait lui aussi écouté et savouré les contes d'avant l'aube.

Sur la passerelle de débarquement, le voyageur de l'Orient-Express déclara avec une pointe de vivacité : « Non. Je n'ai pas besoin d'aide pour descendre. Regardez ! »

Et il parcourut la passerelle d'un pas alerte. Même si les enfants avaient exercé un effet tonique sur son teint, sa taille et ses cordes vocales, le sol anglais tout proche lui donnait en outre une vigueur nouvelle, et quand il foula le quai, un petit gloussement joyeux jaillit de ses lèvres minces, pendant que derrière lui l'infirmière abandonnait son air soucieux et le laissait courir en direction du train.

Et tout en le voyant se précipiter avec ardeur devant elle, elle ne pouvait que rester immobile, clouée sur place par l'émerveillement et par quelque chose d'autre. Il courait et elle sentait son cœur accompagner sa course, mais ce cœur fut soudain traversé par l'aiguillon d'une douleur foudroyante, et alors qu'un couvercle ténébreux s'abattait, elle perdit connaissance.

Dans sa hâte, le voyageur spectral ne s'était pas aperçu de l'absence de la vieille infirmière à ses côtés. Parvenu au train, à bout de souffle, il dit : « Nous y sommes ! » tout en saisissant la poignée de la porte du wagon. À cet instant seulement il éprouva l'impression d'un manque, et il se retourna.

Minerva Halliday n'était pas là.

Et pourtant, un moment plus tard, elle se montra, l'air plus pâle qu'auparavant mais avec un sourire incroyablement radieux. Elle chancela et manqua de tomber. Cette fois ce fut le voyageur qui lui tendit la main pour la soutenir.

« Ma très chère amie, fit-il, vous avez été si bonne.

— Mais », dit-elle calmement en le regardant, en attendant qu'il la *voie* vraiment, « je ne vous laisse pas.

— Vous... ?

— Je viens avec vous, annonça-t-elle.

— Mais vos projets ?

— J'en ai changé. Je n'ai plus le choix. Maintenant je ne peux aller *nulle part ailleurs*. »

Elle se détourna à demi pour regarder derrière elle.

Sur le quai, un attroupement se formait autour d'un corps couché par terre. Des exclamations affolées fusaient. Le mot « médecin » passait de bouche en bouche.

Le voyageur spectral examina Minerva Halliday. Puis il regarda à son tour les gens attroupés dont les pieds avaient écrasé un thermomètre médical. Il reporta son attention sur Minerva Halliday, qui elle aussi avait les yeux fixés sur le thermomètre.

« Oh ! ma très douce amie, reprit-il enfin. Partons. »

Et il l'aida à monter dans le train, lequel ne tarda pas à s'ébranler à destination de Londres et d'Edimbourg, vers les landes et les manoirs, les nuits sombres et les années innombrables.

« Je me demande qui elle était ? s'enquit le voyageur en se tournant une dernière fois vers l'attroupement.

— Oh ! mon Dieu, répondit la vieille infirmière. J'avoue que je ne l'ai jamais très bien su. »

Et le train démarra pour de bon.

Il fallut vingt bonnes secondes pour que s'interrompe le tremblement des rails.

Titre original : *On the Orient, North*
Traduit par Alain Dorémieux

Une nuit dans la vie

Ce fut par un matin magnifique de la fin du printemps, en conduisant à toute vitesse, qu'il arriva à Green River, dans l'Iowa. Sa Cadillac décapotable était chauffée à blanc par le plein soleil qui cognait à l'extérieur de la petite ville, mais en approchant de celle-ci, il pénétra dans une zone ombreuse, un océan de fraîcheur sous les frondaisons, qui le poussèrent à ralentir sensiblement son allure.

Cinquante à l'heure, ça suffit bien, songea-t-il.

Après son départ de Los Angeles, il avait fait foncer sa voiture comme une fusée à travers le paysage aride et brûlant, au milieu des canyons pétrifiés et des blocs rocheux pareils à des météorites : un lieu où il fallait passer le plus vite possible tellement il était inhospitalier.

Mais ici, toutes ces masses de verdure envahissantes étaient comme le flot tranquille d'un invisible fleuve, où l'on ne pouvait que se laisser dériver comme une péniche en route vers la mer, en roulant paisiblement sur le bitume ombragé et constellé de petites taches de soleil dansantes.

En levant les yeux vers la cime des grands arbres, il

avait l'impression d'être au fond d'une piscine immense, flottant au gré des courants subaquatiques.

Il s'arrêta pour acheter un hot-dog à une échoppe à l'entrée de la bourgade.

« Mon Dieu, formula-t-il intérieurement, je n'étais pas revenu ici depuis quinze ans. J'avais oublié à quel point les arbres poussent vite ! »

Il regagna sa voiture. C'était un homme de grande taille aux cheveux bruns clairsemés, au visage osseux empourpré par un coup de soleil.

Pourquoi aller à New York ? se demanda-t-il. Pourquoi ne pas rester ici et me coucher dans l'herbe sans bouger ?

Il roula lentement dans les vieilles rues de la ville. Il vit un train rouillé abandonné sur une ancienne voie de garage, avec sa locomotive au sifflet depuis longtemps muet, aux panaches de vapeur depuis longtemps disparus. Il regarda les gens aller et venir, entrer dans les magasins et les maisons ou en sortir, avec une telle lenteur qu'ils semblaient se déplacer sous une vaste mer aux eaux claires et tièdes. Comme le sol était presque partout revêtu de mousse, chaque mouvement avait lieu avec une douceur silencieuse. C'était une petite ville provinciale à la Mark Twain, une ville hors du temps où les enfants grandissaient sans être pressés, où les vieillards mouraient sans regrets. Il émit un grognement sarcastique.

Je suis heureux qu'Helen ne m'ait pas accompagné, se dit-il. Je l'entends d'ici :

« Grand Dieu, qu'est-ce que c'est que ce bled paumé ? On est vraiment chez les ploucs ici. Accélère. Vivement qu'on soit arrivés à New York ! »

Il secoua la tête en fermant les yeux. Helen était restée à Reno. Il lui avait téléphoné la veille au soir.

« Ce n'est pas terrible de divorcer, lui avait-elle dit

d'une voix rendue éloignée par mille kilomètres de désert et de chaleur. C'est Reno qui est un endroit abominable. Heureusement qu'il y a la piscine. Et toi, où en es-tu ?

— Je vais vers la côte est par petites étapes. » C'était un mensonge. Il se précipitait vers la côte est comme un boulet de canon, pour fuir le passé, pour s'arracher à autant de choses que possible en les laissant derrière lui. « C'est amusant de conduire, avait-il ajouté.

— Amusant ? avait protesté Helen. Alors que tu pouvais faire le trajet *en avion ?* La voiture, c'est insoutenable.

— Au revoir, Helen », avait-il conclu avant de raccrocher.

Il arrivait déjà à la sortie de la bourgade. Il devait être à New York dans cinq jours afin de discuter de la pièce qu'il n'avait pas envie d'écrire pour Broadway, puis rentrer à Hollywood à temps pour mettre la dernière main à un scénario qui lui faisait horreur, le tout assez vite pour filer à Mexico prendre à la hâte quelques jours de congé au moment des fêtes. J'ai parfois l'impression, médita-t-il, d'être une fusée de feu d'artifice qui tournoie comme une toupie d'un bout à l'autre du ciel avant d'exploser.

Il s'aperçut soudain qu'il avait dépassé les cent vingt à l'heure et diminua sa vitesse de moitié, bien que roulant maintenant en rase campagne.

Il absorba l'air à pleines bouffées et décida de se ranger sur le bord de la route. Dans le lointain, au milieu d'arbres immenses, en haut d'une colline herbeuse, il crut voir la silhouette d'une jeune femme en marche mais curieusement immobile dans le flou vacillant de la chaleur. L'instant d'après elle avait disparu, et il n'eut pas la certitude que sa présence avait été réelle.

Il était une heure de l'après-midi, et le bruissement des insectes emplissait le paysage comme le crépitement d'une centrale électrique. Des bestioles ailées passaient en traçant des lignes brillantes le long des portes de la voiture. Des nuées d'hyménoptères bourdonnaient et les herbes ondoyaient sous la caresse de la brise. Il ouvrit la voiture et en descendit sous les rayons brûlants du soleil.

Il entrevit un sentier où crissaient les cigales, menant à un bois situé à une cinquantaine de mètres de la route. De cette direction soufflait un vent humide et frais. Les collines alentour moutonnaient sous le ciel.

Tout en restant debout sans bouger, il sentit le poids qui lui alourdissaient les membres se dissoudre, la crampe qui lui tenaillait l'estomac s'estomper, le tremblement qui agitait ses doigts se calmer.

Puis, soudain, à distance, il revit à travers une trouée dans les broussailles la jeune femme en train de marcher, avant de la perdre à nouveau du regard.

Il referma lentement la portière. Il s'engagea dans le sentier et se rapprocha du bois d'un pas nonchalant, les oreilles bercées par le plus immense et le plus délicieux des sons : le clapotis d'une rivière.

Quand il fut arrivé à son bord, il en admira la surface où jouaient des ombres et des reflets, puis instinctivement se dévêtit pour s'y baigner. Après être sorti de l'eau, il s'allongea sur la rive pour se sécher, l'esprit envahi d'une paix intense. Il remit ensuite ses vêtements avec tranquillité, et ce fut alors que lui revint en tête le vieux désir, l'ancien rêve qu'il avait caressé à l'âge de dix-sept ans. Il en avait souvent confié la teneur à son ami le plus intime :

« J'aimerais me promener par une nuit de printemps... tu sais, une de ces nuits où la chaleur dure jusqu'au matin. J'aimerais marcher en compagnie d'une fille. Marcher pendant une heure, jusqu'à un lieu où on ne pourrait presque plus rien voir ni entendre. Grimper en haut d'une colline et rester assis là en contemplant les étoiles. J'aimerais prendre la fille par la main. Respirer l'odeur de l'herbe et des champs de blé, et me savoir au centre du pays entier, au centre même des États-Unis, avec des villes partout et des routes s'en allant dans chaque direction, mais sans que personne sache que nous sommes sur cette colline, installés dans l'herbe à observer la nuit.

« Et tenir simplement la main de cette fille, ce serait formidable. Tu peux comprendre ça ? Sais-tu qu'avoir la main de quelqu'un dans la sienne, ça peut vouloir dire *l'essentiel ?* Comme si les mains bougeaient même si elles sont immobiles. On peut se rappeler une chose pareille toute la vie, au point que son souvenir surpasse celui de toutes les autres nuits. Être ensemble la main dans la main, ça signifie parfois plus que le reste. J'y crois vraiment. Quand les faits et gestes se répètent, indéfiniment, et qu'ils deviennent une routine, c'est le début qui compte, et pas ce qui vient après.

« Et alors, avait-il continué, je voudrais juste rester à cet endroit, sans prononcer un mot. Les mots, il n'y en a pas pour qualifier une nuit pareille. La fille et moi, on ne se regarderait même pas. On verrait les lumières de la ville au loin en sachant que d'autres avant nous auraient escaladé d'autres collines et qu'il n'existe rien de mieux au monde. Rien ne pourrait être mieux ; toutes les maisons, les cérémonies, les assurances de bonheur du monde ne sont rien en comparaison d'une nuit comme celle-là. Les villes et leurs habitants enfermés chez eux durant la nuit, c'est une chose ; mais les collines, l'air libre, les étoiles et les mains jointes, c'est autre chose.

« Et puis enfin, sans parler, elle et moi on tournerait

la tête l'un vers l'autre pour se dévisager au clair de lune.

« Et on passerait ensemble la nuit sur cette colline. Est-ce que tout ça ne serait pas idéal, franchement, tu pourrais prétendre le contraire ?

— Non, répondit une voix venue du passé, il y a un seul détail qui ne serait pas idéal : c'est l'existence du monde extérieur et l'obligation d'y retourner. »

Cette voix était celle de Joseph, son ami le plus intime, qui lui parlait ainsi quinze ans plus tôt. Cher Joseph, avec qui il échangeait au long des jours tant d'interminables conversations ; leurs discussions philosophiques adolescentes, leurs problèmes de la plus haute importance. Maintenant Joseph était marié, avalé par le gouffre noir des rues de Chicago, tandis qu'il s'était pour sa part établi finalement sur la côte ouest, et toutes leurs grandes digressions philosophiques étaient ensevelies dans le néant.

Il évoqua le mois qui avait suivi son mariage avec Helen. Ils avaient exploré la campagne, la seule et unique fois où elle avait consenti à faire, selon ses termes, un « vulgaire » voyage en voiture. Ils voyaient la lune se montrer le soir pendant qu'ils roulaient au milieu des vastes champs de maïs et de blé du Middle West, et un jour, au crépuscule, les yeux fixés droit devant lui, Thomas avait proposé : « Si on passait la nuit en plein air ? Qu'est-ce que tu en penses ?

— En plein air ? avait répété Helen, interloquée.

— Oui, ici », avait-il insisté d'un ton aussi dégagé que possible. Il avait désigné de la main le bord de la route. « Tu as vu ce paysage, ces collines. Il fera bon cette nuit. Ce serait agréable de dormir à la belle étoile.

— Grand Dieu ! s'était écriée Helen. Tu ne dis pas ça sérieusement ?

— C'est seulement une idée qui me venait en tête.

— Cette affreuse cambrousse grouille de sales bêtes et de serpents. Tu parles d'une joie, toute une nuit à récolter des brindilles sur mes bas, à faire du camping sauvage sur les terres d'un bouseux du coin.

— Personne ne le saurait.

— Mais *moi* je le saurais, mon chéri, avait riposté Helen.

— Ce n'était qu'une suggestion.

— Cher Tom, tu *voulais* plaisanter, n'est-ce pas ?

— Oublions tout ce que j'ai pu dire », avait-il concédé.

Et ils avaient poursuivi leur trajet dans la nuit tombante pour s'arrêter dans un petit motel surchauffé, entouré d'éclairages au néon autour desquels tourbillonnaient les papillons de nuit. Ils avaient couché dans un lit métallique à l'intérieur d'une minuscule chambre empestant la peinture fraîche, où ils avaient entendu toute la soirée les chansons à boire provenant de l'auberge et, jusqu'à l'aube, le martèlement des poids lourds passant sur la route avoisinante...

Il s'avança dans les sous-bois verdoyants en prêtant l'oreille à la multitude des silences qui y planaient. Ce n'était pas un seul silence, mais plusieurs ; le silence de la mousse où ses pas s'enfonçaient, celui des ombres croulantes projetées par les arbres, celui des petits ruisseaux explorant de toutes parts des contrées miniatures autour de la clairière où il entrait.

Il cueillit des fraises sauvages et les mangea. Tant pis pour la voiture, songea-t-il. Ça m'est égal si quelqu'un la vole ou la démonte pièce par pièce. Ça m'est égal si le soleil la fait fondre sur place.

Il s'étendit, la tête appuyée sur les bras, et sombra dans le sommeil.

La première chose qu'il aperçut en se réveillant fut sa montre. Elle indiquait six heures et demie. Il avait dormi la plus grande partie de l'après-midi. Des ombres humides s'étaient amoncelées dans la clairière. Saisi d'un brusque frisson, il voulut se relever mais son mouvement se figea, et il demeura la joue plaquée contre son bras, le regard fixe.

La jeune fille assise à quelques mètres de lui, les mains posées au creux de ses genoux, lui adressa un sourire.

Elle n'avait pas fait le moindre bruit.

Sans aucune raison apparente, Thomas sentit son cœur battre plus vite.

Elle gardait le silence. Il se remit sur le dos et ferma les yeux.

« Vous vivez par ici ? »

Elle n'habitait pas loin.

« Vous y êtes née et vous y avez grandi ? »

Elle n'était jamais allée nulle part ailleurs.

« C'est une région magnifique », déclara-t-il avec conviction.

Un oiseau se percha sur une branche d'arbre.

« Je ne vous fais pas peur ? »

Il attendit une réponse qui ne vint pas.

« Vous ne me connaissez pas », ajouta-t-il.

Mais *lui non plus* ne la connaissait pas.

« Il y a une différence », remarqua-t-il.

Pourquoi y avait-il une différence ?

« Oh ! comment dire, ça ne s'explique pas. »

Au bout d'une nouvelle attente qui parut se prolonger une demi-heure, il rouvrit les yeux et la considéra attentivement. « Vous êtes bien réelle ? Je ne suis pas en train de rêver ? »

Elle voulut savoir où il allait.

« Quelque part où je n'ai pas envie d'aller. »

Oui, c'était ce que répondaient tant de gens. Il y en avait tant qui passaient, en route vers des destinations où ils n'avaient pas envie d'arriver.

« C'est tout à fait comme moi », acquiesça-t-il. Il se mit lentement debout. « Figurez-vous, je viens de m'en rendre compte, je n'ai rien mangé depuis ce matin. »

Elle lui donna du pain, du fromage et des biscuits qu'elle rapportait du bourg. Ils cessèrent de parler tandis qu'il se nourrissait ; il mastiquait chaque bouchée de façon appliquée, sans se hâter, ayant peur qu'un mouvement, un geste, un mot de sa part ne risque de la faire fuir. Le soleil déclinait dans le ciel et l'air avait encore fraîchi, et il examina en détail tout ce qui l'entourait.

Il reporta son attention vers elle. C'était une belle fille, âgée d'une vingtaine d'années, les cheveux blonds, les joues roses, la mine décidée.

Le soleil entra dans son couchant. Ses couleurs persistèrent un moment dans le ciel, pendant qu'ils étaient toujours installés dans la clairière.

Il perçut enfin un bruissement. Elle se levait. Elle lui tendit la main et il la prit. Debout côte à côte, ils examinèrent les bois environnants et les collines lointaines.

Ils se mirent en route, s'éloignant du sentier et de la voiture, de la route et de la petite ville. La lune printanière se leva pour répandre sa clarté sur le paysage.

L'odeur de la nuit montait de chaque brin d'herbe, des soupirs tièdes emplissaient l'air. Parvenus en haut de la colline, ils s'assirent sans parler en regardant le ciel. C'est impossible, songeait-il, de telles choses n'arrivent pas. Il se demanda qui elle était et pour quelle raison elle se trouvait ici.

A une quinzaine de kilomètres, un train siffla dans la

nuit et continua son chemin, filant comme un éclair brillant.

Ce fut alors que la vieille histoire lui revint en mémoire : le vieux rêve dont il entretenait son ami bien des années auparavant. Il doit y avoir une nuit dans la vie dont on se souvient toujours. Une nuit pour chaque être humain. Et si cette nuit se présente, si on a la conviction que ce sera celle-là, il faut en profiter sans se poser de questions et ne jamais en parler à personne après. Car si on la laisse passer, elle pourrait ne plus revenir. Bien des gens l'ont laissée passer, d'autres l'ont vécue et n'en ont jamais connu une autre identique, même si c'était dans les mêmes circonstances, même si tout — la tiédeur de l'air, le clair de lune, la belle saison, la colline dans le noir, la douceur de l'herbe, le train zébrant le paysage, la ville éloignée, l'isolement — se reproduisait dans les moindres détails.

Il pensa à Helen, puis à Joseph. Joseph... Est-ce que pour toi aussi ça s'est produit, Joseph ? As-tu été là où il fallait au bon moment, et as-tu su saisir l'occasion ? Il n'y avait aucun moyen de le vérifier ; la cité de briques avait emporté Joseph, et il s'y était perdu au milieu des couloirs de métro, des ascenseurs noirs et du vacarme.

Quant à Helen, non seulement elle n'avait jamais pu connaître une nuit de ce genre, mais en outre elle n'avait jamais *rêvé* à son existence : il n'y avait pas de place dans son esprit pour ces divagations.

Et moi je suis ici, réfléchit-il calmement, à des milliers de kilomètres du reste du monde.

À travers la campagne sombre et silencieuse, il entendit l'horloge d'un palais de justice égrener les heures. Une, deux, trois. Un de ces imposants palais de justice en pierre qui se dressaient sur la place centrale plantée d'arbres de toute petite ville américaine au début du siècle, surmontés de leurs horloges aux gros cadrans lumineux dans la nuit, faisant face aux quatre point cardinaux. Cinq, six. Il comptait les coups à la sonorité de bronze qui s'arrêtèrent à neuf. Il était neuf heures du soir par une nuit de fin de printemps, dans la chaleur aérée d'une colline au clair de lune à l'intérieur d'un immense continent, et il y avait une autre main dans la sienne, et il se disait que cette année-là il aurait trente-trois ans. Mais ce n'était pas trop tard et il allait saisir sa chance au vol, car c'était bien *la* nuit en question.

Comme une statue qui s'anime au ralenti, il la vit tourner peu à peu la tête de façon à poser les yeux sur lui. Il tourna la tête également, comme il l'avait fait tant de fois en imagination. Ils échangèrent un très long regard.

Il s'éveilla en pleine nuit. Elle était à côté de lui et ne dormait pas.

« Qui es-tu ? » murmura-t-il.

Elle ne répondit pas.

« Je pourrais rester une autre nuit », hasarda-t-il.

Mais il savait que c'était impossible. On n'a droit qu'à une seule nuit dans la vie, et ensuite les dieux se détournent de vous.

« Je pourrais revenir l'année prochaine. »

Elle ne dormait toujours pas mais elle avait fermé les yeux.

« Je ne sais même pas qui tu es », fit-il.

Puis :

« Tu pourrais venir avec moi à New York. »

Mais il savait aussi que jamais elle ne pourrait être ailleurs qu'ici, en ce lieu même, précisément cette nuit.

« Et moi je ne peux pas rester », ajouta-t-il, non sans avoir conscience que, de tous ses propos, ceux-ci étaient les plus vrais et les plus creux.

Il attendit longtemps avant de reprendre la parole : « Es-tu réelle ? Es-tu vraiment réelle ? »

Ils s'endormirent. La lune s'abaissa dans le ciel à l'approche de l'aube.

Il descendit des collines et des bois au petit matin, retrouva sa voiture couverte d'une couche de rosée. Il déverrouilla la portière, s'assit au volant et demeura un instant immobile, scrutant les empreintes laissées par ses pas dans l'herbe humide. Puis il pivota pour s'apprêter à redescendre du véhicule. La main posée sur l'accoudoir, il promena sur les environs un regard vigilant.

Rien ne bougeait, les bois étaient vides, le sentier désert, la route abandonnée. Comme s'il n'y avait eu aucune trace de vie à des milliers de kilomètres à la ronde.

Il mit le moteur en marche et le laissa ronfler.

La voiture était orientée vers l'est où commençait à poindre un soleil orange.

« Bon, dit-il doucement. Allez, je pars vous retrouver tous. Quel dommage que vous soyez encore vivants. Quel dommage qu'il n'y ait pas que des collines et toujours des collines partout dans le monde, et qu'on ne puisse pas rouler sans cesse au milieu de ces collines sans jamais arriver à une ville. »

Il prit la direction de l'est sans jeter un dernier coup d'œil derrière lui.

Titre original : *One Night in Your Life*
Traduit par Alain Dorémieux

Le dernier cirque

Jurgis Langue Rouge (nous l'appelions ainsi parce qu'il mangeait tout le temps des bonbons rouges) était planté sous ma fenêtre par un froid matin d'octobre et hurlait après la girouette au sommet de notre maison. J'ai passé la tête par la fenêtre et lancé dans un nuage de vapeur : « Salut, Langue Rouge !

— Hé ! La Bougeotte ! a-t-il fait. Amène-toi ! Le cirque ! »

Trois minutes plus tard je jaillissais de la maison en frottant deux pommes sur mon genou. Langue Rouge dansait sur place pour se réchauffer. Nous sommes convenus que le dernier arrivé au hangar du train serait un vieux schnock.

Tout en mangeant nos pommes, nous avons traversé la ville silencieuse au pas de course.

Nous avons pris place près des rails dans le sombre hangar du train et les avons écoutés bourdonner. Au loin, dans le matin froid et ténébreux de la campagne, nous le savions, le train arrivait. Son bruit passait dans le tremblement des rails. J'ai collé mon oreille dessus pour l'entendre. « Nom d'un chien », j'ai fait.

Et voilà que la locomotive fonçait soudain sur nous

dans une explosion de lumière et de feu et un bruit d'orage, le tout suivi d'une horde de nuages. A l'extérieur des wagons dansaient des lanternes vertes et rouges et à l'intérieur c'était un concert de grognements, de cris et de hurlements. Les éléphants descendirent, les cages déboulèrent et tout se mélangea jusqu'à ce qu'hommes et animaux se lancent dans la traversée de la ville aux premières lueurs du jour, Langue Rouge et moi avec eux, pour gagner les prés où chaque brin d'herbe était un morceau de cristal, où chaque buisson pleuvait au moindre attouchement.

« Pense un peu, L.R., j'ai dit. Il y a une minute il n'y avait rien ici que la cambrousse. Et regarde un peu *maintenant.* »

On a regardé. Le grand chapiteau s'est épanoui comme une de ces fleurs japonaises quand on les trempe dans l'eau. Des lumières se sont mises à clignoter. En une demi-heure il y avait des crêpes en train de cuire quelque part et des gens en train de rire.

On est restés là à contempler le spectacle. J'ai mis une main sur ma poitrine et senti mon cœur cogner contre mes doigts comme un de ces soulève-assiette que l'on peut se procurer pour trois fois rien dans un magasin de farces et attrapes. Je n'avais envie que de voir et de sentir.

« Retour à la maison pour le petit déjeuner ! » a crié L.R. en me bousculant, de sorte qu'il a pris de l'avance au départ.

« Range ta langue et va te laver la figure, a dit Man en relevant les yeux de son fourneau.

— Des crêpes ! j'ai fait, sidéré par son intuition.

— Comment était le cirque ? » Papa a abaissé son journal pour me regarder par-dessus.

« Super ! j'ai fait. Wouah ! »

Je me suis lavé la figure au robinet d'eau froide et j'ai dégagé ma chaise juste au moment où Man posait les crêpes sur la table. Elle m'a fait passer le pichet de sirop. « Arrose-les bien », a-t-elle dit.

Pendant que je mastiquais, Papa a rectifié la position du journal dans ses mains et soupiré : « Je me demande vraiment où on va.

— Tu ne devrais pas lire le journal le matin, a dit Man. Ça te coupe la digestion.

— Regardez-moi ça, s'est emporté Papa en donnant une chiquenaude au journal. Armes bactériologiques, bombe atomique, bombe à hydrogène. Il n'est question *que* de ça !

— Personnellement, a dit Man, j'ai une grosse lessive à faire cette semaine. »

Papa s'est renfrogné. « Voilà ce qui ne va pas en ce monde ; des gens qui sont sur une poudrière et qui font leur lessive. » Il s'est redressé et penché en avant. « Tenez, c'est ce qu'on dit ici ce matin, ils ont une nouvelle bombe atomique capable de rayer Chicago de la carte. Quant à notre ville... il n'en resterait qu'un petit pâté. Si vous voulez mon avis, c'est une honte.

— Quoi donc ? j'ai demandé.

— Il nous a fallu un million d'années pour en arriver où nous sommes. Nous avons construit des villes, construit des cités là où il n'y avait rien. Tiens, il y a cent ans, cette ville n'existait pas. Il en a fallu du temps, de la sueur et de la peine, et maintenant que toutes les briques sont bien empilées les unes sur les autres, qu'est-ce qui arrive ? BANG !

— Je parie que ça ne nous arrivera pas, j'ai dit.

— Non ? » Papa a laissé échapper un grognement. « Pourquoi ça ?

— Ça *ne se peut pas,* tout simplement.

— Arrêtez un peu, vous deux. » Man m'a adressé un

mouvement du menton. « Toi, tu es trop jeune pour comprendre. » Autre mouvement du menton, cette fois en direction de Papa. « Et toi, tu es trop vieux pour avoir tout ton bon sens. »

Nous avons mangé en silence. Puis j'ai demandé à Papa : « Qu'est-ce qu'il y avait ici à la place de la ville ?

— Rien du tout. Le lac et les collines, et c'est tout.

— Des Indiens ?

— Pas beaucoup. Des forêts et des collines désertes, c'est tout.

— Faites passer le sirop », a dit Man.

« Braoum ! a beuglé L.R. Je suis une bombe atomique ! Boum ! »

Nous faisions la queue devant l'Élite. C'était le plus beau jour de l'année. Nous avions porté des caisses de boissons au cirque toute la matinée pour gagner nos billets d'entrée. Et maintenant, l'après-midi, à nous les cow-boys et les Indiens sur l'écran de cinéma, et ce soir, le cirque ! Nous nous sentions riches et n'arrêtions pas de rire. L.R. continuait de loucher au centre de son anneau nucléaire en hurlant : « Vouf ! Te voilà désintégré ! »

Des cow-boys poursuivirent des Indiens sur l'écran. Une demi-heure plus tard les Indiens poursuivaient les cow-boys dans l'autre sens. Quand tout le monde en a eu assez de cavaler, le dessin animé a pris le relais, suivi des actualités.

« Regarde, la bombe atomique ! » L.R. s'est tenu tranquille pour la première fois.

Le gros nuage gris s'est élevé sur l'écran, a explosé, des cuirassés et des croiseurs se sont éventrés et il s'est mis à pleuvoir.

L.R. m'agrippait le bras, les yeux fixés sur l'embrasement blanc. « C'est pas quelque chose, hein, Doug ? a-t-il fait, coup de coude dans les côtes à l'appui.

— Sûr que c'est vachement chouette, j'ai pouffé en lui rendant son coup de coude. J'aimerais bien avoir une bombe atomique ! Boum, adieu l'école !

— Bam ! Au revoir, Clara Holmquist !

— Bang ! Adieu, m'sieur l'agent O'Rourke ! »

À dîner il y avait des boulettes de viande à la suédoise, des petits pains chauds, de la purée de haricot et de la salade verte. Papa, l'air très sérieux et un rien bizarre, essayait de rapporter je ne sais quels faits scientifiques de première importance qu'il avait lus dans une revue, tandis que Man secouait la tête.

J'ai observé Papa. « Tu te sens bien, Pa ?

— Je vais faire annuler notre abonnement au journal, a dit Man. À te tracasser comme ça, tu vas droit vers l'ulcère. Tu m'entends, Pa ?

— Oh ! la la ! j'ai dit, le film que j'ai vu ! La bombe atomique a fait sauter tout un cuirassé à l'Élite. »

Papa a laissé tomber sa fourchette et a rivé son regard sur moi. « Il y a des fois, Douglas, où tu as l'étrange don de dire exactement ce qu'il ne faut pas au moment où il ne faut pas. »

J'ai vu Man loucher vers moi pour attirer mon attention. « Il est tard, a-t-elle dit. Tu ferais bien de te dépêcher d'aller au cirque. »

Comme je prenais ma casquette et mon manteau, j'ai entendu Papa déclarer d'une voix grave et pensive : « Et si on vendait l'affaire ? Tu sais, on a toujours eu envie de partir en voyage ; d'aller au Mexique par exemple. Dans une petite ville. Où on pourrait s'installer.

— Tu parles comme un enfant, a murmuré Man. Je ne veux pas t'entendre continuer dans cette voie.

— Je sais que c'est idiot. Ne fais pas attention. Mais tu as raison ; il vaut mieux faire annuler cet abonnement. »

Le vent faisait plier les arbres, les étoiles étaient toutes de sortie et le cirque se dressait dans le pré au milieu des collines comme un énorme champignon. Langue Rouge et moi avions du pop-corn dans une main, des bonbons au caramel dans l'autre, et de la barbe à papa sur le menton. « Admirez le vénérable vieillard ! » criait L.R.

Tout le monde parlait et se bousculait sous la vive lumière des ampoules et un homme frappait une toile peinte avec une canne en bambou en vociférant son boniment sur Le Squelette, La Femme-Baleine, L'Homme illustré, l'Enfant-Phoque, tandis que L.R. et moi jouions des coudes en direction de la dame qui déchirait les billets.

Nous avons joué les équilibristes pour gagner les sièges en lattis et nous nous sommes assis au moment où, dans une explosion de grosses caisses, les éléphants festonnés de pierreries quittaient lourdement la piste. Et à partir de là, dans la chaleur torride des projecteurs, quel spectacle ! Jaillissements d'hommes-obus, femmes suspendues par les dents qui jouaient les papillons tout là-haut, dans les nuages de fumée de cigarette, tandis que des trapézistes allaient et venaient au milieu de leurs agrès, lions qui trottaient en rond dans la sciure de leur cage pendant que le dompteur en pantalon blanc lâchait sur eux flammes et fumée à l'aide d'un pistolet d'argent. « Regarde ! » hurlions-nous, L.R. et moi, clignant des paupières devant ceci, écarquillant les yeux devant cela, gloussant, poussant des oh ! et des ah ! sidérés, incrédules, surpris, et ravis à ne plus pouvoir en respirer. Des chariots roulaient à toute allure autour de la piste, des clowns se jetaient du haut d'hôtels en flammes, se faisaient brusquement pousser des cheveux, se transformaient de géants en nains dans un caisson à vapeur. L'orchestre donnait du tambour, de la trompette et du trombone, et ce n'était partout que couleur, chaleur, flamboiement de sequins et tonnerres d'applaudissements.

Mais vers la fin du spectacle j'ai levé les yeux. Et là, derrière moi, j'ai remarqué un petit trou dans la toile de tente. Et par ce trou je pouvais voir la vieille prairie, le vent qui soufflait dessus et les étoiles qui brillaient toutes seules dehors. Le vent froid exerçait une légère traction sur le chapiteau. Et tout à coup, tournant ainsi le dos au déchaînement général, j'ai eu froid moi aussi. J'entendais Langue Rouge rire à côté de moi et j'ai vaguement vu des hommes qui faisaient avancer une moto argentée tout là-haut, sur un fil archi-mince, tandis que le tambour à timbre y allait de son roulement au milieu du silence de l'assistance. Et quand ce fut terminé il y avait deux cents clowns qui se donnaient de grands coups de batte sur la tête et Langue Rouge qui tombait presque de son siège tellement ça le faisait hurler. Je suis resté là sans bouger et L.R. a fini par se tourner vers moi. Il m'a regardé et a dit : « Hé ! qu'est-ce qui ne va pas, Doug ?

— Rien », j'ai fait. Je me suis ébroué. J'ai levé les yeux vers les grands poteaux rouges du cirque, les rangées de cordes et les lumières éblouissantes. J'ai regardé les clowns pommadés et je me suis forcé à rire. « Hé ! L.R., vise un peu le gros là-bas ! »

L'orchestre a joué *La vieille jument grise n'est plus ce qu'elle était.*

« C'est fini », a dit Langue Rouge à bout de souffle.

Nous sommes restés assis pendant que les autres, tous ces milliers de gens étourdis, sortaient en marmonnant, riant, se bousculant. Le chapiteau était bourré de fumée de cigare et les instruments de musique, abandonnés pour quelque temps, reposaient sur l'estrade de bois où l'orchestre avait fait déferler sur nous les vagues de ses cuivres.

Nous ne bougions pas parce qu'aucun de nous deux ne voulait que ce soit fini.

« On ferait peut-être bien d'y aller, a dit L.R. sans amorcer le moindre mouvement.

— Attendons », j'ai fait d'une voix sans timbre, les yeux dans le vide. Je me sentais les fesses douloureuses sur le lattis de bois après ces longues et étranges heures de musique et de couleur. Des hommes culbutaient les chaises pour qu'elles se replient les unes dans les autres, prêtes à être emportées. On décrochait les pièces de toile. Ce n'était partout que cliquetis, claquements et entrechoquements du cirque en train de partir en morceaux.

Le chapiteau était vide.

Et nous voilà au milieu de la prairie, avec le vent qui nous soufflait de la poussière dans les yeux, les feuilles qui s'envolaient des arbres. Et le vent emportait toutes les feuilles mortes et tous les gens électrisés. Les ampoules des attractions se sont éteintes. Nous sommes montés au sommet d'une colline voisine et sommes restés là dans les ténèbres venteuses, claquant des dents, à regarder les lumières bleues s'éloigner dans le noir, les formes blanches et flottantes des éléphants, et à écouter le bruit des hommes qui juraient et des piquets qu'on arrachait. Et puis, tel un immense soufflet poussant un soupir, ce fut au tour du grand chapiteau de se poser à terre.

Une heure plus tard la route de gravier s'animait au passage des voitures, camions et cages dorées. La prairie vide s'étendait dans toute sa pâleur. La lune se levait et du givre se formait sur chaque chose humide. L.R. et moi sommes lentement redescendus de notre poste d'observation ; la prairie sentait la sciure. « C'est tout ce qui reste, a dit Langue Rouge. De la sciure.

— Tiens, un trou de piquet, j'ai dit en l'indiquant du doigt. Et encore un autre.

— On ne se douterait jamais que tout ça était là, a remarqué L.R. C'est comme un truc qui se serait passé dans nos têtes. »

Nous regardions les arbres noirs secoués par le vent qui balayait la prairie. Il n'y avait pas de lumière, pas un bruit ; même les odeurs du cirque avaient fini par s'envoler.

« Bon, a fait L.R. en frottant ses chaussures l'une contre l'autre. On va se faire drôlement sonner les cloches si on n'est pas à la maison *au début de l'heure qui vient de s'écouler !* » Il a souri.

Nous sommes repartis le long de la petite route solitaire, le vent sur notre dos, les mains enfoncées dans les poches, la tête basse. Nous avons longé les profondeurs silencieuses du ravin, puis enfilé les petites rues de la ville, passant devant des maisons où une radio jouait parfois en sourdine, et ce fut la stridulation d'un dernier grillon et le martèlement de nos talons sur les briques inégales au milieu de la grand-rue, sous la faible lueur des lampes à arc qui oscillaient à chaque carrefour.

Je regardais toutes les maisons, toutes les clôtures, tous les toits en pente et toutes les fenêtres éclairées, je regardais chaque arbre et chaque brique sous mes pieds. Je regardais mes chaussures et jetais de temps en temps un coup d'œil vers L.R. qui se traînait à côté de moi en claquant des dents. Et j'ai vu l'horloge du palais de justice à plus d'un kilomètre de distance, sa face blême et humide se détachant au clair de lune sur la masse noire des bâtiments municipaux. « B'nuit, Doug. » Je n'ai pas répondu ; L.R. a continué le long de la rue et disparu un peu plus loin au coin d'une maison.

J'ai grimpé les escaliers à pas de loup et, une minute plus tard, j'étais au lit, en train de regarder la ville par la fenêtre.

Mon frère Skip a dû m'entendre pleurer un long moment avant que sa main ne vienne se poser sur mon bras. « Qu'est-ce qui ne va pas, Doug ? m'a-t-il demandé.

— Rien. » Je sanglotais doucement, les yeux fermés. « C'est seulement le cirque. »

Skip a attendu. Le vent soufflait autour de la maison. « Eh bien, quoi, le cirque ?

— Rien... sauf qu'il ne reviendra plus.

— Mais si.

— Non, il est parti. Et il ne reviendra plus. Tout a disparu là où il était, il n'en reste rien.

— Allez, essaie de dormir. » Skip s'est retourné de l'autre côté.

Je me suis arrêté de pleurer. Quelque part, de l'autre côté de la ville, quelques fenêtres brillaient encore. À la gare, une locomotive a sifflé, démarré et s'est élancée entre les collines.

J'ai attendu dans l'obscurité, retenant ma respiration, tandis qu'au loin, sans un bruit, les minuscules fenêtres des petites maisons s'éteignaient une à une.

Titre original : *The Last Circus*
Traduit par Jacques Chambon

L'histoire d'amour de Laurel et Hardy

Il la nommait Stanley, elle le nommait Ollie.

Ainsi débuta, ainsi se termina, ce que nous appellerons l'histoire d'amour de Laurel et Hardy.

Elle avait vingt-cinq ans, il en avait trente-deux quand ils se rencontrèrent à l'un de ces cocktails barbants où chacun se demande ce qu'il est venu foutre ici. Mais personne ne se décide à partir, alors tout le monde picole et fait semblant de ne s'être jamais autant amusé.

Ils ne se découvrirent pas du regard, comme c'est souvent le cas, à travers la salle bondée, et si le contact entre eux se produisit sur un fond langoureux de violons romantiques, ils demeurèrent inaudibles. Car chaque invité bavassait avec son voisin tout en dévisageant quelqu'un d'autre.

En fait, ils avançaient tous deux en zigzaguant au milieu d'une forêt humaine, sans trouver l'ombre d'un arbre protecteur. Il se dirigeait vers le buffet pour boire un verre dont il avait bien besoin, elle fuyait un inconnu du genre séducteur collant, quand leurs chemins se croisèrent au centre exact de la foule désordonnée. Ils firent plusieurs esquives successives à droite et à gauche pour chercher à s'éviter, puis éclatèrent de rire en même temps, et lui, d'un geste instinctif, saisit le bout de sa cravate et l'agita vers elle, en se tortillant les doigts. Elle réagit au quart de tour, avec un sourire, et leva la main pour se gratter le haut du crâne et ramener ses cheveux en un toupet, en plissant la bouche et en clignant les yeux comme si elle venait de recevoir un coup sur la tête.

« Stan ! s'exclama-t-il comme s'il venait de tomber sur une vieille connaissance.

— Ollie ! répliqua-t-elle. Mais où étais-tu donc *passé ?*

— Pourquoi tu ne *m'aides pas* à me sortir de cette pétaudière ? » proclama-t-il en battant l'air comme un moulin à vent.

Ils s'esclaffèrent à nouveau en se prenant par le bras.

« Je sais quoi faire, annonça-t-elle, la mine encore plus réjouie. Je... je connais l'endroit exact, à moins de trois kilomètres d'ici, où Laurel et Hardy, en 1930, ont trimbalé ce piano dans sa caisse, d'un bout à l'autre d'un escalier de cent cinquante marches !

— Alors, s'écria-t-il, *filons* d'ici ! »

La portière de sa voiture claqua, le moteur ronfla.

Los Angeles défila à toute allure le long de leur trajet, sous le soleil d'un après-midi finissant.

Il stoppa net et mit le frein à main là où elle lui avait dit de se garer.

« C'est ici !

— Je n'arrive pas à y croire », murmura-t-il sans bouger. Il contempla le ciel où se mettait en place un coucher de soleil. Des lumières s'allumaient sur tout le périmètre de Los Angeles, en contrebas. Il eut un hochement de tête. « C'est *vraiment* ces marches-là ?

— Absolument. Cent cinquante et pas une de moins. » Elle sauta hors de la décapotable. « Viens voir, Ollie.

— D'accord, Stanley », acquiesça-t-il.

Ils marchèrent vers le bas d'une colline et observèrent l'escalier de ciment édifié sur sa pente escarpée. Il eut les yeux légèrement humectés de larmes. Elle affecta de ne pas s'en apercevoir mais lui toucha le coude.

« Vas-y. Tu montes ? » proposa-t-elle d'une voix merveilleusement sereine.

Elle lui donna une affectueuse bourrade.

Il entama l'ascension des marches, en les comptant à mi-voix, avec une joie toujours un peu plus intense à chaque nouveau chiffre qu'il énonçait. Quand il en fut à cinquante-sept, il était devenu un gamin se livrant à un incroyable jeu à la fois nouveau et ancien, et il était perdu dans le temps, sans savoir s'il véhiculait le piano vers le sommet de la colline ou se faisait catapulter par lui vers le bas.

« Attention ! lui cria-t-elle. Arrête-toi ! »

Il s'immobilisa, tituba sur la cinquante-huitième marche avec un sourire égaré, comme s'il était accompagné par les fantômes qui hantaient ce lieu, puis fit demi-tour.

« Voilà, reprit-elle, maintenant commence à redescendre. »

Il se mit à dévaler les marches, les joues enfiévrées, la poitrine gonflée d'un bonheur qui confinait à la douleur. Il entendait désormais dégringoler derrière lui la masse pesante du piano.

« Là, *ne bouge plus !* »

Elle avait un appareil photo en main. A cette vue, il porta machinalement la main à sa cravate pour la secouer dans l'air du soir.

« A *mon* tour, maintenant ! » pouffa-t-elle en grimpant l'escalier quatre à quatre pour lui remettre l'appareil photo. Il continua de descendre et se retourna pour lever les yeux vers elle, la voyant mimer le petit haussement d'épaules fataliste, l'expression perplexe et navrée de Stan dépassé par les événements mais ravi quand même de l'existence. Il actionna l'obturateur, avec l'envie de rester pour toujours ici, sur ces marches.

Elle les redescendit lentement et, le rejoignant, scruta son visage.

« Mais, remarqua-t-elle, tu *pleures.* »

Elle appuya des deux pouces sous ses yeux pour faire couler les larmes, puis les amena jusqu'à la pointe de sa langue pour en identifier le goût. « Ouais, confirma-t-elle, c'est des vraies larmes. »

Il la regarda dans les yeux. Ils étaient presque aussi mouillés que les siens.

« Dans quel sale pétrin tu nous as encore fourrés ? fit-il avec la voix colérique de rigueur.

— Oh ! Ollie, pleurnicha-t-elle.

— Oh ! Stanley », rétorqua-t-il.

Il l'embrassa tendrement.

Ensuite il demanda :

« On ne va plus jamais se quitter ?

— Plus jamais », promit-elle.

Et ce fut le point de départ de cette longue histoire d'amour.

Bien sûr, ils avaient de vrais noms, mais ces noms-là n'ont pas d'importance, car Laurel et Hardy leur paraissaient toujours les meilleurs surnoms à se donner.

Car il faut dire qu'elle était trop maigre de sept kilos et qu'il s'efforçait toujours de l'amener à grossir un peu. Quant à lui, il avait une dizaine de kilos de trop, et elle faisait tout son possible pour lui en faire perdre quelques-uns. Mais ces tentatives échouaient invariablement, et cela devint à la longue un sujet de plaisanterie entre eux, une bonne blague inénarrable, dont la conclusion obligatoire était :

« Tu es Stanley, pas de doute, et moi Ollie, il faut

bien l'admettre. Et entre eux deux c'est toujours un foutu bordel. Alors, ma petite fille chérie, profitons-en bien, de ce merveilleux et génial bordel, tout le temps qu'on y sera plongés ! »

Et tant que leur liaison dura, ce fut effectivement une perfection totale, une extravagance absolue, dont aucun d'eux ne se remettrait jamais vraiment jusqu'à la fin de leur existence.

A dater de ce premier soir au crépuscule sur l'escalier où Laurel et Hardy s'étaient coltiné leur piano, ils vécurent de longues journées joyeuses et insouciantes, remplies de ces fous rires et de ces urgences passionnées qui accompagnent tout grand amour naissant. Ils ne s'arrêtaient de rire que pour s'embrasser et ne mettaient fin à leurs baisers que pour se remettre à rire du miracle singulier leur permettant d'être ensemble, tout nus, au milieu d'un lit aussi vaste que la vie et aussi beau qu'un matin d'été.

Et, couché là dans la blancheur des draps tièdes, il fermait les yeux en secouant la tête avant de déclarer solennellement :

« Je n'ai *plus rien* à dire !

— Si, si ! ripostait-elle comme une gamine enjouée. Il te reste *une chose* à me dire, encore une fois. *Dis-la-moi !* »

Alors il la lui disait, et ils basculaient de l'autre côté de la Terre.

Leur première année fut mythique et fabuleuse, emportée par un tourbillon dont le souvenir ne ferait que croître et embellir quand ils l'évoqueraient trente ans plus tard. Ils allaient au cinéma voir des films nouveaux et aussi des films anciens, mais avant tout ceux de ces bons vieux Stan et Oliver. Ils apprenaient par cœur toutes leurs meilleures scènes et se les déclamaient théâtralement sur le coup de minuit en roulant à travers Los Angeles. Ils se faisaient mutuellement des gâteries : lui en ayant l'air de considérer comme magiques l'enfance et l'adolescence qu'elle avait passées à Hollywood, elle en feignant de croire que les virées en patin à roulettes qui le conduisaient jadis devant les studios ne dataient pas d'un passé révolu mais d'aujourd'hui même.

Elle le lui prouva un soir. A brûle-pourpoint elle lui demanda de lui indiquer l'emplacement où, lors d'une de ses promenades en patins à l'époque où il était gosse, il était entré en collision avec W. C. Fields. Après quoi il avait réclamé à Fields un autographe, et Fields avait signé le carnet qu'il lui tendait, puis le lui avait rendu en grommelant : « Tiens, et maintenant fiche-moi le camp, espèce de sale môme ! »

« Conduis-moi à cet endroit », exigea-t-elle.

Et peu après dix heures ce soir-là, ils descendirent de voiture devant l'entrée des studios Paramount, et il lui montra le trottoir devant le portail en disant : « Il était là. » Alors elle l'enveloppa de ses bras pour l'embrasser, puis insista : « Et cette photo de toi qui a été prise avec Marlène Dietrich, c'était où ? »

Il l'emmena trente mètres plus loin de l'autre côté de la rue, face aux studios. « C'était par une fin d'après-midi sous un soleil déclinant, précisa-t-il. Marlène se tenait ici. » Et elle l'embrassa encore, plus longuement, et la lune se leva comme par un tour de prestidigitation, baignant de sa clarté la rue auprès des studios vides. Et tous ces baisers qu'elle lui donnait, c'était son âme se déversant en lui comme une fontaine, un épanchement qu'il recevait avant de le laisser couler à nouveau vers elle en retour, un flot de bonheur.

« Maintenant, reprit-elle doucement, fais-moi voir

les endroits où tu as rencontré Fred Astaire en 1935, Jean Harlow en 1936 et Ronald Colman en 1937.

Et il la conduisit dans ces trois lieux différents d'Hollywood jusqu'à minuit passé ; puis, quand ils eurent visité le dernier, ils restèrent debout l'un contre l'autre et elle l'embrassa encore comme si leur amour allait être sans fin.

Ainsi s'écoula leur première année. Et tout au long de cette année ils firent au moins une fois par mois un pèlerinage rituel au fameux escalier du piano de Laurel et Hardy, montant et descendant ses interminables marches et s'arrêtant à mi-hauteur pour des pique-niques au champagne. Ce fut là qu'ils eurent la révélation d'une incroyable découverte.

« Je crois que ça vient de nos bouches, constata-t-il un jour. Avant de te connaître, je n'avais jamais pris conscience de l'existence de ma bouche. La tienne est la plus fabuleuse du monde, et elle me donne l'impression que la mienne ne l'est pas moins. Est-ce qu'on t'a jamais embrassée vraiment avant que je t'embrasse ?

— Jamais.

— Moi, c'est pareil. Avoir vécu si longtemps sans savoir ce que représentent les bouches.

— Ma chère bouche », dit-elle en lui posant un doigt sur les lèvres, « tais-toi et embrasse-moi. »

Mais, à la fin de cette première année, ce fut une autre découverte plus incroyable encore qui leur croula sur la tête. Il travaillait pour une agence de publicité dont il ne quittait jamais le siège social. Alors qu'elle était affectée, dans une agence de voyages, à un poste qui allait bientôt l'amener à se déplacer d'un continent à l'autre. Tous deux furent ébahis de ne pas avoir pris en compte cette perspective auparavant. Mais quand la coulée de lave issue de l'éruption de ce Vésuve commença à refroidir, ils s'assirent l'un près de l'autre un certain soir en se regardant, puis elle prononça d'une voix éteinte :

« Le temps de l'adieu...

— Quoi ? s'insurgea-t-il.

— Je vois venir le temps de l'adieu », confirma-t-elle.

Il examina son visage, et ce visage n'était pas triste comme celui de Stan dans les films, c'était sa tristesse à elle qu'il reflétait.

« Il me semble être à la fin de ce roman d'Hemingway où les deux amants font un tour à cheval à la fin du jour en parlant de ce que serait l'avenir s'ils pouvaient rester toujours ensemble, alors qu'ils savent maintenant que c'est impossible, déclara-t-elle.

— Stanley, protesta-t-il, on n'est pas dans un roman d'Hemingway et ça ne peut pas être la fin du monde. Tu ne me quitteras jamais ? »

Mais c'était une interrogation et non une affirmation, et subitement elle se jeta à ses pieds sous ses yeux incrédules. Il battit des paupières et s'étonna :

« Qu'est-ce qui te prend ?

— Putain, fit-elle, je suis à genoux par terre et je te demande ta main. Épouse-moi, Ollie. Viens avec moi en France. J'ai mon nouveau job à Paris. Non, ne dis rien. Ne parle pas. Personne n'a besoin de savoir que j'ai du fric cette année pour t'aider financièrement et te permettre d'écrire le grand roman américain du moment...

— Mais..., objecta-t-il.

— Tu prends ta machine à écrire portative, une rame de papier, et tu me prends moi. Réponds, tu viendras ? Merde, si tu ne veux pas te marier, on vivra dans le péché, mais tu pars avec moi, d'accord ?

— Pour nous voir brûler en enfer au bout d'un an et nous détruire ?

— Tu as donc tellement peur, Ollie ? Tu ne crois ni en moi ni en toi ni en rien ? Nom de Dieu, pourquoi les hommes sont-ils si trouillards ? Pourquoi est-ce qu'ils sont fragiles et ont la frousse de s'appuyer sur une femme ? Écoute, j'ai des choses à faire et je t'emmène. Je ne veux pas te laisser ici, tu te casserais la gueule sur ces marches à la con. Mais si tu tiens à rester, je serai obligée de m'en aller quand même. J'ai envie de tout dès maintenant, pas question de remettre à demain. Autrement dit, j'ai envie de toi, de Paris et de mon boulot. Ton roman te prendra du temps, mais tu le finiras. Alors, ou tu décides de l'écrire ici en te morfondant, ou on vit ensemble dans une chambre de bonne au Quartier latin. C'est ma seule et unique proposition, Ollie. Je n'ai jamais supplié quelqu'un de m'épouser, et je ne recommencerai jamais, ça fait trop mal aux genoux. Alors ?

— On n'a pas déjà eu cette conversation avant ? demanda-t-il.

— Au moins une douzaine de fois depuis un an, mais tu n'écoutais jamais, tu étais désespérant.

— Non, amoureux et désespéré de ne pas pouvoir lutter.

— Je te donne une minute pour te décider. Soixante secondes. » Elle surveilla le cadran de sa montre.

« Relève-toi, dit-il avec embarras.

— Si je me lève, c'est pour passer la porte et quitter cette pièce. Encore quarante-cinq secondes, Ollie.

— Stanley, gémit-il.

— Trente secondes, annonça-t-elle en consultant sa montre. Vingt. Je ne suis plus que sur un genou. Dix. Je m'apprête à redresser l'autre. Cinq. Une. »

Elle se mit debout.

« Comment en est-on arrivés là ? questionna-t-il.

— Maintenant, continua-t-elle, je prends la direction de la porte. Je n'en sais rien. Peut-être que j'y ai pensé plus que je n'osais me l'avouer. Nous ne sommes pas des gens comme tout le monde, Ollie, et je ne crois pas qu'une chose pareille puisse arriver à nouveau sur terre, en tout cas pas à nous, ou alors je suis en train de me mentir, qui sait ? Mais je dois partir et tu es libre de me suivre, mais tu n'as pas le courage de le faire et tu ne sais pas comment t'en tirer. Alors maintenant... » Elle allongea le bras. « Je pose la main sur la poignée de la porte et...

— Et ? s'enquit-il doucement.

— Et je pleure », répondit-elle.

Il voulut quitter son siège pour la rejoindre mais elle secoua la tête.

« Non, ne fais pas un geste. Si tu me touches, je vais céder, et ma faiblesse me dégoûtera. Je m'en vais. Mais une fois par an, ce sera le jour de l'indulgence ou le jour du pardon ou appelle-le comme tu voudras. Une fois par an, je viendrai sur notre escalier à la même heure et le même jour que le premier soir, et si tu y es je t'enlèverai ou ce sera toi qui m'enlèveras, mais ne passe pas pour me montrer tes comptes bancaires ou me faire goûter à ta bouche juste en souvenir du bon vieux temps.

— Stanley, répéta-t-il, comme frappé d'une crise d'aphasie.

— Mon Dieu, se lamenta-t-elle.

— Qu'est-ce qu'il y a ?

— Cette porte est si lourde. Je n'arrive pas à la remuer. » Elle fondit en larmes. « Bon, voilà, elle bouge. » Elle sanglota de plus belle. « Ça y est, je suis partie. »

La porte se referma.

« Stanley ! » cria-t-il. Il se précipita vers la porte et saisit la poignée. Celle-ci était humide. Il mit ses doigts entre ses lèvres et sentit leur saveur salée, puis il ouvrit la porte.

Le couloir était déjà vide. L'air qu'elle avait fendu en deux en s'y engouffrant commençait seulement à se rassembler. Le tonnerre gronda quand les deux moitiés se rencontrèrent. L'orage annonçait la pluie.

Il retourna sur les marches de l'escalier le 4 octobre de chaque année pendant trois ans, mais il ne la trouva pas. Puis il laissa passer la date deux années de suite, mais à l'automne de la sixième année il s'en souvint et, en arrivant au crépuscule, il monta l'escalier car il apercevait quelque chose à mi-hauteur. C'était une bouteille d'un excellent champagne posée sur une marche ; elle était enveloppée d'un large ruban où était épinglée une carte et avait dû être portée là par un livreur. Il y avait quelques lignes sur la carte :

« Ollie chéri. Je n'ai jamais oublié le rendez-vous. Mais j'habite Paris. La bouche n'est pas la même, mais c'est un mariage heureux. Je t'aime. Stanley. »

Et par la suite, il ne se rendit plus jamais sur les lieux quand revenait le mois d'octobre. Le bruit de ce piano déboulant ces marches, il le savait, lui tarauderait la tête et le précipiterait il ne savait pas où.

Et ce fut la fin, ou presque la fin, de l'histoire d'amour de Laurel et Hardy.

Il y eut toutefois, par un hasard heureux, une ultime rencontre.

Au cours d'un voyage en France quinze ans plus tard, il se promenait sur les Champs-Élysées peu avant le coucher du soleil en compagnie de son épouse et de ses deux filles, quand il vit s'approcher en face de lui une femme très belle, escortée d'un homme plus âgé à l'aspect distingué ainsi que d'un ravissant jeune garçon brun d'une douzaine d'années, dont elle était manifestement la mère.

A l'instant précis où ils se croisèrent, un sourire identique illumina leurs deux visages.

Il agita sa cravate vers elle.

Elle se hérissa les cheveux en toupet vers lui.

Ils ne s'arrêtèrent pas. Chacun poursuivit son trajet. Mais il entendit derrière lui sur les Champs-Élysées sa voix prononcer les derniers mots qu'elle lui adresserait jamais :

« Dans quel sale pétrin tu nous as encore fourrés ! » Et elle ajouta le vieux surnom familier qu'elle lui donnait du temps de leur amour.

Puis elle s'éloigna tandis que ses filles et son épouse le regardaient avec perplexité. Une de ses filles demanda : « Cette dame t'a appelé Ollie ?

— Quelle dame ? interrogea-t-il.

— Papa », dit son autre fille en se penchant pour lui scruter la figure. « Tu pleures.

— Non.

— Mais si. *N'est-ce pas,* maman, qu'il pleure ?

— Tu sais bien que ton papa, répondit la mère, même les annuaires du téléphone le font pleurer.

— Non, mentionna-t-il, c'est simplement un escalier de cent cinquante marches et un piano. Il faudra que je vous emmène voir ça un jour, les filles, rappelez-le-moi. »

Alors qu'ils continuaient de marcher, il se retourna pour jeter un dernier coup d'œil en arrière. La femme, son mari et son fils se retournèrent eux aussi à la même seconde. Peut-être vit-il sa bouche articuler muettement les mots : *Adieu, Ollie.* Peut-être se l'imagina-t-il. Lui-même remua les lèvres pour formuler en silence : *Adieu, Stanley.*

Et ils continuèrent leurs chemins respectifs dans des directions opposées, sur les Champs-Élysées que baignait la lumière tardive d'un soleil couchant d'octobre.

Titre original : *The Laurel and Hardy Love Affair*
Traduit par Alain Dorémieux

Tu te demandes sans doute ce qu'on fait ici ?

Le restaurant était vide quand il arriva. Il était tôt, six heures du soir, l'affluence des dîneurs — si elle se produisait — serait pour plus tard. Cela lui convenait parfaitement, car il avait des tas de petits détails à régler. Il regarda ses mains disposer les serviettes de table à l'emplacement des trois couverts, arranger de diverses façons les verres à vin, les couteaux, les fourchettes et les cuillers, comme s'il eût été un maître d'hôtel particulièrement méticuleux ou bien un sorcier traçant des configurations cabalistiques. Il entendait sa voix fredonner sourdement, tantôt une mélopée sans objet, tantôt une sorte d'incantation, car il ignorait au juste comment procéder mais il savait que certaines choses devaient être faites.

Il déboucha lui-même le vin, pendant que les patrons du restaurant l'observaient du fond de la salle, parlant à voix basse avec le chef et le montrant de la tête, comme s'ils avaient affaire au cinglé de service.

Effectivement il était de service, mais il ne pouvait préciser avec certitude les fonctions qu'il exerçait. S'occupait-il de sa propre vie ? Pas tout à fait. Pas même à moitié. Quelquefois pas du tout. Mais ce soir, d'une façon ou d'une autre, il fallait que cela change. Cette soirée pourrait au moins lui apporter quelques réponses ou alors un certain apaisement.

Il versa un peu de vin au fond d'un verre, le huma, le goûta, les yeux fermés, en apprécia la saveur. Pas mauvais. Pas un grand vin, mais bon quand même.

Il modifia une nouvelle fois la disposition des couverts, tout en songeant : J'ai deux problèmes dans l'existence. Mes filles qui sont aussi distantes envers moi que si elles étaient des Martiennes habitant la planète Mars. Et puis ma mère et mon père qui constituent le plus insoluble des problèmes.

Car l'un et l'autre étaient morts depuis maintenant vingt ans.

Mais qu'à cela ne tienne ! S'il formulait une prière assez intense, s'il les implorait en silence, s'il les appelait de toute la force de sa volonté, en concentrant ses pensées sur cette prairie peu éloignée, à la verdure plantée de tombes, la chose finirait bien par se produire. Sa mère et son père parviendraient — sans qu'il imagine comment — à rassembler leurs cendres éparses, à reconstituer leur substance, à se lever et à marcher, à parcourir le long des avenues nocturnes la distance des trois pâtés de maisons séparant le cimetière du restaurant, avant de pénétrer enfin dans celui-ci comme si de rien n'était, comme s'ils n'étaient jamais...

Mon Dieu, pensa-t-il, dire que je n'ai même pas encore bu un plein verre de vin ! Il tourna brusquement les talons pour aller respirer dehors.

De l'entrée du restaurant, il regarda les portes du cimetière au bas de la rue assombrie par le crépuscule. Oui. Il se sentait presque prêt. Mais *eux*, l'étaient-ils ? Était-ce le bon moment ? Pour lui, il n'y avait aucun doute, mais... Les serviettes de table amoureusement placées, les couverts rangés comme les symboles d'un vide à combler, le bon vin débouché à l'avance, tout cela suffirait-il à faire vraiment *réussir* une telle entreprise ?

Pour le moment, on passe à autre chose, se dit-il. Il détourna son regard de la lointaine entrée du cimetière pour le diriger sur la cabine téléphonique d'à côté. Il referma la porte du restaurant, alla jusqu'à la cabine, inséra une pièce dans la fente et composa un numéro.

La voix de sa fille retentit, enregistrée sur répondeur. Il raccrocha en secouant la tête, sans laisser de message. Il essaya un autre numéro. Chez sa deuxième fille, le téléphone sonna dans le vide. Il raccrocha de nouveau, jeta un dernier coup d'œil au cimetière qui s'étendait là-bas dans l'obscurité grandissante, puis retourna dans le restaurant d'un pas pressé.

Il reprit alors tout le rituel, le déplacement des verres, des serviettes, des couverts, comme si ces manipulations répétées communiquaient aux objets une énergie interne, une force de conviction égale à la sienne. Il eut ensuite un hochement de tête approbateur, s'installa sur une chaise, observa dans ses moindres détails la table mise, inspira profondément trois fois, puis ferma les yeux en se concentrant sur sa prière, sur son attente.

S'il restait ici assez longtemps, si son souhait était assez ardent, il en était sûr...

Ils arriveraient, prendraient place à ses côtés, lui diraient bonsoir comme si tout était normal ; sa mère l'embrasserait sur la joue, son père lui serrerait la main d'une poigne de fer, ils échangeraient des salutations volubiles au terme desquelles ce dernier dîner, dans ce petit restaurant provincial, pourrait enfin commencer.

Deux minutes s'écoulèrent. Le tic-tac de sa montre était perceptible à ses oreilles. Rien ne se produisit.

Une autre minute passa. Il se concentra. Il pria. Ses tempes répercutaient le battement de son cœur. Toujours rien.

Encore une minute. Il écouta le bruit de sa respiration. Maintenant, pensa-t-il. Maintenant, bon Dieu. *Allez-y !*

Son cœur tressauta.

La porte du restaurant s'était ouverte.

Il ne leva pas la tête, retint son haleine, s'obligea à garder les yeux fermés.

Quelqu'un marchait vers sa table. S'arrêtait près de lui. Semblait lui accorder de l'attention.

« Je croyais que tu ne nous inviterais plus jamais à dîner », prononça la voix de sa mère.

Il ouvrit les yeux juste au moment où elle se penchait pour l'embrasser sur le front.

« Ça faisait un bail qu'on ne s'était pas vus ! » Son père les rejoignait et lui serrait la main en lui écrasant les phalanges. « Comment vas-tu, fiston ? »

Leur fils se leva avec un sursaut et faillit renverser son verre à vin.

« Bien, papa. Salut, maman ! Asseyez-vous, mon Dieu, oh ! mon Dieu, asseyez-vous ! »

Mais ils ne s'assirent pas. Ils se regardaient l'un l'autre avec une sorte d'ahurissement hébété. Puis :

« Ne t'agite pas comme ça, ce n'est que nous, dit sa mère. Il y avait si longtemps que tu ne nous avais pas donné signe de vie. Nous...

— Oui, mon petit, drôlement longtemps. » Son père continuait de lui emprisonner la main, tout en lui adressant un clin d'œil pour lui signifier que ce n'était pas grave. « Enfin, on sait ce que c'est. Tu as tes occupations. Mais tout baigne, fiston ?

— Oui, répondit leur fils. Enfin, je veux dire... vous m'avez beaucoup *manqué !* » Il les prit tous deux dans ses bras d'un geste impulsif, les yeux embués. « Mais vous, comment supportez-vous d'être... ? » Il s'interrompit en rougissant. « Je voulais dire...

— Ne sois pas gêné, fiston, lança son père. On est en pleine forme. Au début ça n'a pas été très drôle. Tout était si nouveau. Comment te le décrire ? On ne peut pas, alors je n'essaierai même pas.

— George, pour l'amour du ciel, arrête de bavasser et trouve-nous une table, coupa sa mère.

— Mais c'est *notre* table », s'empressa de préciser le fils en montrant du doigt les sièges libres. Il s'aperçut soudain qu'il avait oublié d'allumer la bougie et le fit avec des mains tremblantes. « Asseyez-vous. Prenez un peu de vin !

— Ton père ne devrait pas boire de vin, voulut protester sa mère.

— Voyons, riposta son père, qu'est-ce que ça peut faire *maintenant ?*

— J'oubliais. » Sa mère avait un maintien curieusement emprunté, comme si elle venait d'essayer une nouvelle robe aux coutures de travers. « Je n'arrête pas d'oublier.

— C'est pareil que d'oublier qu'on est en vie. » Son père éclata d'un rire sonore. « Les gens vivent pendant soixante-dix ans et à la longue ils n'y font plus *attention.* Ils oublient de se dire : Tiens, bon sang, je suis vivant ! Alors, quand cette chose-là vous tombe dessus, c'est à peu près comme si on était déjà...

— George, fit sa mère d'un ton choqué.

— Il n'y a qu'un moyen d'envisager la situation, poursuivit le père, s'asseyant et laissant sa femme et son fils debout. Avant la naissance, c'est un premier état ; pendant la vie, c'est un deuxième état ; et quand on a passé l'arme à gauche, c'en est un troisième. Et à chaque état on oublie de s'en apercevoir et de se dire : Hé ! j'en suis au premier stade, j'en suis au second ! Tout ça pour dire que nous, on en est au troisième stade et que ta mère, comme elle vient de le dire, ça lui arrive de ne plus s'en souvenir. Bon, bref, je peux donc picoler autant que je veux ! »

Il servit du vin dans tous les verres et but le sien d'une traite. « Pas mauvais !

— Comment peux-tu le *savoir ?* » questionna le fils, avant de se mordre la lèvre.

Mais son père n'avait pas entendu. Il tapota la chaise à côté de la sienne. « Allez, petite mère, viens t'asseoir !

— Ne me surnomme pas petite mère. Je m'appelle Alice !

— Petite mère Alice, amène-toi ! »

La mère et le fils se mirent de chaque côté du père.

Pendant l'opération, le fils eut pour la première fois l'occasion d'observer comment ses parents étaient habillés.

Son père portait une veste de tweed, un pantalon de golf et de hautes chaussettes de laine multicolores. Ses chaussures bien cirées étaient de couleur orange tirant sur l'acajou, sa cravate était noire à rayures rouges, et sa tête était coiffée d'une casquette de tweed marron à large visière d'aspect tout neuf.

« Tu as fière allure, papa. Et toi, maman... »

Sous son manteau gris, le plus chic de ceux qu'elle avait possédés, elle était vêtue d'une robe de soie bleu et blanc assortie à un foulard bleu ciel noué à son cou. Ses cheveux soigneusement ondulés étaient surmontés d'un chapeau cloche à la mode des années 20, maintenu par une épingle à la tête ornée d'un cabochon de rubis.

« Où donc ai-je déjà vu vos vêtements ? » demanda le fils.

Mais, avant même qu'ils aient pu répondre, sa mémoire lui fournit une image : une photo de son frère et lui prise sur la pelouse un jour férié bien des années auparavant. Ils étaient là côte à côte, se faisant des pinçons en cachette, arborant pantalons de golf, casquettes et pardessus, avec leurs parents derrière eux, tous quatre les yeux plissés sous l'effet d'un soleil à son zénith dont l'éclat serait éternel.

Son père lut ses pensées et acquiesça : « Juste après la sortie de l'église, le dimanche de Pâques, en 1927. J'avais ma tenue de golf. Ta mère s'était mise en frais pour sa toilette.

— Qu'est-ce que vous racontez tous les deux ? » Sa mère fouilla dans son sac, en sortit un poudrier et vérifia dans le miroir son rouge à lèvres, dont elle retoucha les contours du bout de son petit doigt.

« Rien du tout, Alice ma petite mère. » Le père se resservit du vin mais cette fois, voyant que son fils le surveillait, il le but plus lentement. « Pas mauvais, oui. Enfin il faut s'y faire. Personnellement j'ai toujours préféré le whisky, c'est plus décapant. Où est la carte ? Tiens, la voilà. Jetons un œil là-dessus. »

Son père observa longuement la carte en scrutant les mentions qui s'y trouvaient inscrites.

« Qu'est-ce que c'est cette histoire ? Ce menu est en français ! Ils ne peuvent pas l'écrire *en anglais ?* Ils se prennent pour *qui ?*

— Il est aussi en anglais, papa. Regarde. *Là.* » Le fils souligna du doigt plusieurs lignes de la carte.

« Et alors, ronchonna son père en les lisant, ils ne pouvaient pas le dire *tout de suite ?*

— Enfin voyons, fit sa mère, regarde ce qui est en anglais et *choisis.*

— J'ai toujours eu du mal à me décider. Qu'est-ce que vous prenez, vous ? Ce type *là-bas,* qu'est-ce qu'il mange ? » Son père se pencha et se tordit le cou pour mieux distinguer une table placée en enfilade. « J'ai l'impression que c'est bon. Je crois que je vais prendre *la même chose !*

— Ton père n'a pas changé, commenta la mère. Au

restaurant, il commande toujours ce que les autres ont dans leur assiette. Si cet homme mangeait de la ragougnasse, il prendrait *la même chose !*

— Oui, je me rappelle », opina doucement le fils en buvant une gorgée de vin. Il retint son souffle, puis vida ses poumons. « Et toi, maman, de *quoi* as-tu envie ?

— *Toi,* qu'est-ce que tu vas demander, mon petit ?

— Un pavé de bœuf grillé…

— Eh bien, *moi* aussi, dit sa mère. Ce sera plus simple.

— Maman, insista le fils. Rien n'est compliqué. Il y a une trentaine de plats au menu.

— Non », s'obstina-t-elle en posant la carte sur la table et sa serviette par-dessus, comme un petit cadavre qu'elle eût recouvert d'un linceul. « C'est comme ça. Les goûts de mon fils sont *les miens.* »

Il prit la bouteille de vin et s'aperçut qu'elle était vide. « Je n'en reviens pas, s'étonna-t-il. On a vraiment bu *tout ça ?*

— *Quelqu'un* l'a bu. Tu devrais en faire apporter une autre, fiston. En attendant, prends un peu du mien. » Le père transvasa la moitié de son verre de vin dans celui de son fils. « Moi, ce truc-là, j'en sifflerais des litres. »

Une nouvelle bouteille de vin fut servie et débouchée, les verres furent remplis.

« Attention à ton foie ! avertit la mère.

— C'est un toast ou une menace ? » questionna le père.

Tout en absorbant une gorgée, leur fils se rendit compte que la soirée ne tournait pas comme il l'avait escompté, comme si le contrôle de la situation lui échappait. Aucun d'eux n'abordait les sujets qui lui tenaient le plus à cœur.

« A ta santé, fiston !

— A la tienne aussi, papa. Et à toi, maman ! »

Une fois de plus, le fil de son discours se cassa et ses joues s'empourprèrent, car il ne pouvait éviter de songer à l'endroit d'où ils venaient, cette prairie tranquille au bas de la rue avec sa forêt de tombes, sa profusion de croix, de dômes funéraires et d'angelots de marbre.

« A votre santé », répéta-t-il avec le vague sentiment d'ânonner.

Sa mère consentit enfin à lever son verre dont elle effleura le contenu du bout des lèvres, la bouche plissée en une moue évoquant le museau d'un rongeur.

« Oh ? fit-elle en fronçant le nez. Il sent le bouchon.

— Non, maman, je t'assure, affirma le fils. C'est juste parce qu'on vient de le monter de la cave. Ce n'est pas un mauvais vin, vraiment...

— S'il est si bon que ça, rétorqua la mère, pourquoi ton père n'arrête-t-il pas de l'engloutir au lieu de le déguster ?

— Hé ! la petite mère, tu n'as pas fini de râler ? » lâcha le père.

Il explosa d'un rire un peu grinçant, se frotta les paumes avec brusquerie et s'accouda à la table, l'air faussement sérieux.

« Tu te demandes sans doute, poursuivit-il, ce qu'on fait *ici ?*

— Ce n'est pas *toi* qui as voulu venir, George. C'est *lui.* Ton fils.

— Je disais ça pour rigoler, ma petite mère. Bon, alors, fiston, *pourquoi* tu as fait ça ? »

Tous deux le regardaient fixement, attendant sa réponse.

« Fait *quoi ?*

— Tu nous as appelés *ici !*

— Oh ! c'est-à-dire que... »

Le fils reprit du vin. Il transpirait. S'humectant les lèvres, il s'épongea le front avec sa serviette.

« Attendez, soupira-t-il. Que je rassemble mes idées...

— Ne bouscule pas le petit, George, laisse-lui le temps de souffler.

— D'accord, d'accord, grommela le père. N'empêche qu'il a fallu qu'on se décarcasse pour faire toilette et nous déplacer jusqu'ici. Et puis, en plus...

— George...

— Non, Alice, laisse-moi finir. Fiston, mon brave garçon, cet *endroit* où tu nous as mis n'est pas ce qui se fait de *mieux*.

— C'est très correct, rectifia la mère.

— Absolument pas, et tu le sais fort bien. » Le père empoigna une fourchette et traça sur la nappe un croquis du lieu en question. « On y est à l'étroit, c'est à l'écart de tout. Il n'y a pas le moindre panorama. Et la température, bon sang, la température !

— C'est *vrai* qu'il y fait froid en hiver, admit la mère.

— Tu veux dire qu'on gèle. Il fait si froid que ça craque de partout. Autre chose encore. Certains de nos voisins ne me plaisent pas.

— De toute façon, tu n'as *jamais* aimé les voisins que tu avais, où que ce soit, remarqua la mère. Les gens d'à côté déménageaient et tu disais : Bon débarras. Il arrivait de nouveaux occupants et tu disais : La barbe !

— En tout cas, là, c'est pire que tout. Fiston, tu ne peux pas faire quelque chose pour *arranger* ça ?

— Arranger ? » répéta le fils. Mon Dieu, pensa-t-il, ils ne savent même pas d'où ils viennent, ils ne réalisent pas où ils sont restés pendant ces vingt ans, ils ne devinent pas pourquoi il fait si froid...

« En été, par contre, on étouffe, ajouta son père. Au point de se liquéfier. Ne me *regarde* pas comme ça, petite mère. Notre fils a le droit d'entendre. Il va se débrouiller, n'est-ce pas, fiston ? Nous mettre *ailleurs*...

— Oui, papa.

— Tu as la migraine, mon petit ?

— Non. » Le fils ouvrit les yeux et s'empara de la bouteille. « Je vais m'en occuper. Promis. »

Je me demande, songea-t-il, si on a déjà transféré des morts dans un autre cimetière, juste à cause du panorama, à cause des voisins. Est-ce que la loi l'autorise ? Et d'ailleurs où pourrait-il les emmener ? Où donc pourraient-ils aller ? Au nord de Chicago, peut-être ? Il y avait là-bas un joli cimetière sur une colline...

Le garçon survint pour prendre leur commande.

« La même chose que *lui,* dit la mère en désignant son fils.

— La même chose que *ce monsieur,* dit le père en montrant l'autre table.

— Un pavé de bœuf grillé », annonça le fils.

Le garçon se retira et, quand il fut de retour pour les servir, ils se mirent à dévorer avec avidité.

« C'est un concours de vitesse ?

— Mange moins vite, mon garçon. Rien ne presse. »

Et subitement tout s'éclaira. Une heure exactement avait passé quand le fils posa son couteau et sa fourchette et termina son quatrième verre de vin.

« Je *me souviens !* s'écria-t-il. Je veux dire que ça m'est revenu. Je me rappelle pourquoi je vous ai appelés, pourquoi je vous ai *fait venir* ici !

— Et alors ? s'enquit la mère.

— Vas-y, fiston, crache le morceau, dit le père.

— Je..., entama le fils.

— Oui ?

— Je...

— Oui, eh bien, quoi ?

— Je vous aime », acheva le fils.

A ces mots, ses parents s'appuyèrent au dossier de leurs sièges. Leurs épaules s'affaissèrent et ils s'entre-regardèrent du coin de l'œil, placidement, la tête baissée.

« Bien sûr que oui, fiston, dit le père. On le sait.

— Nous aussi, on t'aime, renchérit la mère.

— Oui, reprit calmement le père. Oui.

— Mais on essaie de ne pas y penser, ajouta la mère. Ça nous fait trop de peine quand tu restes longtemps sans donner de nouvelles.

— Maman ! » se récria le fils. Il s'interdit de lui reprocher : Tu as *encore* oublié !

Au lieu de cela, il se contenta de répondre : « Je ferai signe plus souvent.

— Pas besoin, fit son père.

— Mais si, croyez-moi, je vous assure !

— Ne fais pas de promesses que tu ne sauras pas tenir, voilà ce que j'ai à dire. Mais maintenant, continua le père en vidant un nouveau verre de vin, raconte un peu : tu voulais bien nous voir pour autre chose, non ?

— Autre chose ? » débita le fils avec perplexité. N'était-ce pas suffisant qu'il leur témoigne son amour intense et durable ? « Eh bien... » Il hésita. A travers la vitre du restaurant, son regard se porta sur la cabine téléphonique silencieuse d'où il avait appelé deux fois pour rien en début de soirée.

« Mes enfants..., commença-t-il.

— Tes enfants ! éclata son père. Bon Dieu, je n'y étais plus. Qu'est-ce que tu as donc eu comme enfants ?

— Des filles, voyons », déclara la mère en lui cognant du poing l'avant-bras. « Tu as la cervelle en compote ?

— Si tu t'imagines qu'après vingt ans elle est encore en état de marche ! » Le père se tourna vers son fils. « Oui, des filles, bien entendu. Elles doivent être adultes maintenant. C'était des petites gamines, la dernière fois qu'on les a vues...

— Laisse notre fils nous parler d'elles, intima la mère.

— Il n'y a rien à dire. » Le fils observa un silence pesant. « Enfin, si, il y aurait plein de choses. Mais ça n'a pas de sens.

— Essaie quand même, l'encouragea son père.

— Quelquefois...

— Oui ?

— Quelquefois », poursuivit le fils avec lenteur, les yeux mi-clos, « j'ai l'impression que ce sont mes filles, figurez-vous, *mes filles* qui sont mortes et que vous, vous êtes encore *vivants !* C'est un peu fou, hein ?

— Pas plus fou que ce qu'on voit dans la plupart des familles, répliqua son père en sortant de sa poche un cigare dont il coupa le bout. Mais tu as *toujours* tenu des propos un peu délirants, fiston.

— George, l'admonesta la mère.

— Quoi, c'est pourtant bien la vérité ? Ce garçon était *bizarre* et apparemment il l'est encore. Mais vas-y, continue de parler, et pendant que tu y es redonne-moi du vin. Allez, on t'écoute. »

Le fils lui servit du vin et enchaîna : « Je n'arrive pas à les comprendre. Alors en fait j'ai deux problèmes. Le premier, c'est que vous me manquez. Le second, c'est qu'*elles* me manquent aussi. On pourrait appeler ça une blague, à la rigueur. Comment est-ce *possible ?*

— A vrai dire, à première vue..., marmonna le père.

— C'est la vie, remarqua la mère en hochant la tête d'un air pénétré.

— C'est tout ce que vous avez à me donner comme *conseils ?* s'insurgea le fils.

— On est désolés, on sait que tu t'es donné beaucoup de mal, le repas était très bon et le vin excellent, mais tu vois, mon garçon, on est en dehors de la course. On n'arrive même pas à se rappeler à quoi tu *ressemblais !* Alors, pour t'aider, on ne peut vraiment rien faire ! » Le père craqua une allumette et en promena la flamme autour de l'extrémité du cigare, tout en aspirant une première bouffée. « Non, fiston. Et puis, en fait, nous aussi on a un problème. Ça m'embête d'en parler. Je ne sais pas comment te faire comprendre...

— Ton père veut dire que...

— Non, laisse-moi aller jusqu'au bout, Alice. Je te le dis sans rancune et j'espère que tu ne le prendras pas mal, fiston...

— Je te le promets, papa, affirma le fils.

— Bon, c'est difficile d'être obligé de l'avouer. » Le père posa brusquement son cigare dans un cendrier et avala un autre verre de vin. « Bon Dieu de bois, mon fils, *les faits sont là :* si on ne t'a pas vu plus souvent au long des années, c'est que... » Il retint son souffle, puis lâcha : « Tu as toujours été un *emmerdeur !* »

Ce fut comme si une bombe avait été jetée sous la table, prête à exploser.

« Quoi ? éructa le fils.

— C'est-à-dire...

— Non, non, je t'ai entendu, larmoya le fils. J'ai bien entendu. Je suis un emmerdeur. » Il soupesa mentalement ces mots. Ils possédaient une étrange saveur. « Un emmerdeur ? Mon Dieu ! Je vous ai toujours *emmerdés ?* »

Son visage devint cramoisi, des larmes jaillirent de ses yeux et il éclata d'un rire féroce, en frappant la table du poing droit et en comprimant de l'autre sa poitrine douloureuse, avant de s'essuyer les yeux avec une serviette. « Je vous ai toujours *emmerdés !* »

Son père et sa mère gardèrent un silence prudent,

puis se mirent à leur tour à renifler, pouffer, céder à une hilarité soulagée.

« Navé, mon petit ! bafouilla le père en s'étranglant de rire.

— Il ne pensait pas vraiment ce qu'il disait ! hoqueta la mère qui se balançait d'arrière en avant, avec des gloussements en cascade.

— Oh ! que si ! s'écria le fils. Il le pensait ! »

Tous les convives du restaurant s'étaient arrêtés de dîner pour considérer le joyeux trio.

« Allez, encore une autre bouteille de vin ! suggéra le père.

— Encore une autre ! »

Et quand le contenu de la dernière bouteille de vin fut versé dans leurs verres, ils avaient sombré tous trois dans un silence planant et béat. Le fils leva son verre pour porter un toast.

« A tous les emmerdeurs de la création ! »

Ce qui les plongea dans une nouvelle crise de fou rire, à se tenir les côtes et à taper sur la table en cadence, les yeux empoissés par des pleurs de gaieté.

« Bon, allez, fiston, reprit le père quand ils se furent enfin calmés. Il commence à se faire tard. On *doit* vraiment partir.

— Où ça ? » interrogea le fils jovialement, avant de se raidir. « Oh ! oui, c'est vrai, pardon. J'avais oublié.

— Et ne fais pas cette tête, intervint sa mère. Ce n'est réellement pas aussi terrible que ton père l'a prétendu.

— Mais, objecta le fils avec un certain détachement, on s'y... emmerde *quand même*... un peu ?

— Une fois qu'on a pris l'habitude, on s'y fait. Finissons notre vin. Et on y va. »

Ils vidèrent leurs verres, échangèrent encore quelques rires, se levèrent pour gagner la sortie du restaurant. Il était à peine plus de huit heures et la soirée était tiède ; une brise soufflait du lac, porteuse d'odeurs de fleurs qui donnaient envie de se promener toute la nuit.

« Laissez-moi vous accompagner sur une partie du trajet, proposa le fils.

— Oh ! ce n'est pas la peine.

— On peut se débrouiller seuls, fiston, dit son père. Ce sera mieux comme ça. »

Ils restèrent immobiles à se dévisager.

« Eh bien, finalement, on a passé un bon moment ensemble, déclara le fils avec une flambée d'espoir.

— Non, pas vraiment. C'était gentil, oui, parce qu'on est tes parents et que nous aussi on t'aime bien. Mais un bon moment ? Je ne sais pas si c'est le terme qui convient. Un moment ennuyeux, oui, parce que tu n'es pas marrant, mon pauvre petit, seulement on n'y peut rien. Tu es un emmerdeur, c'est sûr, un emmerdeur, mais on t'aime. Bonne nuit, fiston. »

Et ils s'étreignirent, s'embrassèrent, versèrent des larmes et s'abandonnèrent à un ultime éclat de rire. Puis ses parents se mirent en chemin, sous les arbres sombres, le long de la rue vers le cimetière qui ressemblait à une prairie.

Le fils resta un long moment immobile, les regardant s'éloigner jusqu'à ce qu'ils soient réduits à des petites silhouettes imprécises, puis il fit demi-tour, presque sans réfléchir, entra dans la cabine téléphonique, appela sa fille aînée et obtint le répondeur.

« Allô, Helen, prononça-t-il avant de faire une pause car il avait du mal à trouver les mots et à les formuler. Ici, c'est papa. C'est à propos de ce dîner mardi prochain. Est-ce qu'on pourrait annuler ? Rien d'important, mais j'ai trop de boulot. Je te rappelle un de ces jours pour qu'on reprenne rendez-vous. Au fait, tu pourrais téléphoner à Debby pour la prévenir elle aussi ? Grosses bises. Salut. »

Il raccrocha et sortit de la cabine en surveillant le bout de la rue. Là-bas, ses parents étaient arrivés à l'entrée du cimetière et venaient d'en franchir les grilles. Ils virent qu'il les observait, lui firent signe de la main, puis disparurent.

Maman, papa, songea-t-il. Helen, Debby. Et à nouveau : Helen, Debby, maman, papa. Je les *emmerde*. Je les ai toujours *emmerdés !* Putain de *saloperie* d'existence !

Il se remit à pleurer de rire, sans pouvoir contenir ses larmes. Il repartit vers le restaurant. Son rire était devenu si bruyant quand il y pénétra que des têtes se levèrent sur son passage.

Il s'en foutait, parce qu'après tout le fond de la bouteille de vin, quand il le sirota, était vraiment fameux.

Titre original :
I Suppose You Are Wondering Why We Are Here ?
Traduit par Alain Dorémieux

[illegible]

[illegible]

[illegible]

[illegible]

[illegible]

[illegible]

Adieu, Lafayette

On frappa à la porte au lieu de sonner, ce qui me permit de savoir qui c'était. Avant, cela se produisait une fois par semaine, mais ces derniers temps c'était tous les deux jours. Je fermai les yeux, prononçai une prière et ouvris la porte.

Bill Westerleigh était devant moi, les joues ruisselantes de larmes.

« C'est *ma* maison ou *la tienne ?* » dit-il.

C'était désormais une vieille plaisanterie. Plusieurs fois par an le pauvre vieux, aujourd'hui âgé de quatre-vingt-neuf ans, déraillait au point de se perdre au bout de quelques rues. Il avait cessé de conduire quelques années auparavant quand il s'était retrouvé à cinquante kilomètres de Los Angeles alors qu'il voulait regagner le centre, où nous habitions. À présent son plus grand voyage le menait de la maison d'à côté, où il vivait avec une épouse merveilleusement tendre et compréhensive, jusqu'ici, où il frappait, entrait et pleurait. « C'est *ta* maison ou *la mienne ?* répéta-t-il en inversant l'ordre des possessifs.

— *Mi casa es su casa,* répondis-je, citant la vieille formule espagnole.

— Dieu merci ! »

Je le pilotai vers la bouteille de sherry dans le salon et remplis deux verres tandis que Bill s'installait dans un fauteuil en face de moi. Il s'essuya les yeux et se dégagea le nez dans un mouchoir qu'il replia soigneusement avant de le ranger dans sa poche de poitrine.

« À ta santé, camarade. » Il brandit son verre. « Ils grouillent dans le ciel. J'espère que tu reviendras. Sinon on jettera une couronne à l'endroit où on pensera que ton zinc est tombé. »

Je bus, appréciai la douce chaleur qui se répandit en moi, puis regardai Bill un bon moment.

« L'escadrille est revenue te tracasser ? demandai-je.

— Toutes les nuits, juste après minuit. Tous les matins à présent. Et la semaine dernière, les après-midi. J'essaie de ne pas venir. J'ai essayé pendant trois jours.

— Je sais. Tu m'as manqué.

— C'est gentil à toi de dire ça, fiston. Tu as bon cœur. Mais je sais que je suis un casse-pieds, quand j'ai toute ma lucidité. En ce moment je l'ai, et je bois à ta santé et à ton hospitalité. »

Il vida son verre et je le remplis une nouvelle fois.

« Tu veux parler de tout ça ?

— Tu me fais penser à un psychiatre de mes amis. Non que je sois jamais allé en voir un, c'était juste un ami. Ce qu'il y a de chouette à venir ici, c'est que c'est gratuit, et qu'il y a du sherry par-dessus le marché. » Il examina son verre d'un air pensif. « C'est terrible d'être hanté par des fantômes.

— Nous en avons tous. C'est là où Shakespeare est génial. Il l'a appris lui-même, nous l'a appris, l'a appris aux psychiatres. Ne faites pas le mal, disait-il, sinon vous aurez vos fantômes après vous. Le vieux souvenir, la conscience qui effraie les hommes à minuit et fait d'eux des couards surgira et s'écriera : Hamlet, souviens-toi de moi ; Macbeth, tu es marqué ; et toi aussi, lady Macbeth ! Prends garde, Richard III, nous marchons à tes côtés dans l'aube du camp et nos linceuls sont raides de sang.

— Dieu, quelle culture ! » Bill secoua la tête. « C'est bien d'avoir un écrivain pour voisin. Quand j'ai besoin d'une dose de poésie, tu es là.

— J'ai tendance à jouer les profs. Ça barbe mes amis.

— Pas moi, camarade, pas moi. Mais tu as raison. Je veux dire, au sujet de ce dont nous parlions. Les fantômes. »

Il posa son verre et s'agrippa aux accoudoirs de son fauteuil comme aux rebords d'un cockpit.

« Je vole tout le temps à présent. Je suis en 1918 plus qu'en 1987. En France plus qu'aux États-Unis. Je suis là-haut avec cette bonne vieille escadrille Lafayette. Je suis au sol près de Paris avec Rickenbacker. Et là, juste au coucher du soleil, voilà le Baron Rouge. Quelle vie, hein, Sam ? »

C'était son affection qui lui dictait de m'appeler ainsi de six ou sept noms différents. Je les aimais tous. J'acquiesçai de la tête.

« Un de ces jours j'écrirai ton histoire, dis-je. Tous les écrivains n'ont pas pour voisin quelqu'un qui a fait partie de l'escadrille et a combattu Van Richthofen.

— Tu ne pourrais pas l'écrire, mon petit Ralph, tu ne saurais pas quoi dire.

— Je t'étonnerais peut-être.

— Peut-être, nom d'un chien, peut-être. Est-ce que je t'ai déjà montré la photo où on nous voit, moi et toute l'escadrille Lafayette, alignés devant notre vieux coucou de biplan en cet été de 1918 ?

— Non, mentis-je. Fais-moi voir ça. »

Il tira une petite photo de son portefeuille et me la

lança. Je l'avais vue des centaines de fois mais c'était toujours la même source d'émerveillement et de joie.

« C'est moi, au milieu de la moitié gauche, le petit gars au sourire idiot près de Rickenbacker. » Bill tendit un doigt pour m'aider à le repérer.

Je regardai tous ces morts, car la plupart étaient morts depuis longtemps. Bill était là, vingt ans, hilare, ainsi que tous les autres jeunes gens, si jeunes, Dieu qu'ils étaient jeunes, alignés, les bras passés autour des épaules des copains ou un bras pendant, tenant un casque et des lunettes, avec derrière eux un biplan français 7-1, et au-delà l'étendue plate du terrain d'aviation quelque part près du front ouest. Des bruits d'appareils en vol sortaient de cette fichue photo. Comme toujours quand je la tenais dans les mains. Et des bruits de vent et d'oiseaux. Un véritable écran de télévision miniature. Je m'attendais à voir d'un moment à l'autre l'escadrille Lafayette passer à l'action, faire demi-tour, foncer vers les appareils et décoller dans l'infini de ce ciel absolument limpide. Au moment où la photo avait été prise, le Baron Rouge vivait encore dans les nuages ; il y serait toujours, ne se poserait jamais, ce qui était très bien ainsi, car nous voulions qu'il y reste éternellement, nous autres hommes on est comme ça, jeunes et moins jeunes.

« Bon sang, j'adore te montrer des choses. » Bill brisa l'enchantement. « Tu as une belle sensibilité ! J'aurais aimé t'avoir près de moi quand je tournais des films pour la M.G.M. »

C'était l'autre partie de William (Bill) Westerleigh. Après s'être battu et avoir photographié le front ouest à basse altitude, il avait fait son chemin à son retour aux États-Unis. Des labos Eastman de New York, il était passé à des petits studios de cinéma à Chicago, où Gloria Swanson avait un jour tenu la vedette, puis à

Hollywood et à la M.G.M. De la M.G.M. il s'était embarqué pour l'Afrique, où il avait filmé des lions et des Watusi pour *Les Mines du roi Salomon.* Dans tous les studios du monde, il n'était inconnu de personne et personne ne lui était inconnu. Il avait été premier cameraman sur quelque deux cents films, et deux oscars d'or trônaient sur sa cheminée.

« Je suis désolé d'être parvenu à l'âge adulte si longtemps après toi, dis-je. Où est cette photo où tu es seul avec Rickenbacker ? Et celle dédicacée par Von Richthofen ?

— Tu n'as pas envie de les voir, camarade.

— Oh ! que non ! »

Il ouvrit son portefeuille et en sortit délicatement la photo où ils se trouvaient tous les deux, lui et le capitaine Eddie, ainsi que le cliché de Von Richthofen en grand uniforme, signé en bas à l'encre.

« Tous disparus, dit-il. Presque tous. À part un ou deux, et moi. Et il n'y en a pas pour bien longtemps... » Il marqua un temps. « ... pour que moi-même je ne sois plus là. »

Et brusquement les larmes lui revinrent aux yeux et recommencèrent à couler le long de son nez.

Je lui remplis une nouvelle fois son verre.

Il le vida et dit : « En fait, je n'ai pas peur de *mourir.* J'ai seulement peur d'aller en *enfer !*

— Tu n'iras pas en enfer, Bill.

— Si ! » s'écria-t-il d'un ton presque indigné, les yeux flamboyants, sa bouche sanglotante inondée de larmes. « Pour ce que j'ai fait, et qui ne me sera *jamais* pardonné. »

J'attendis un moment. « Quoi donc, Bill ? demandai-je calmement.

— Tous ces jeunes gars que j'ai tués, tous ces jeunes gens que j'ai massacrés, tous ces types formidables que j'ai assassinés.

— Tu n'as rien fait de tel, Bill.

— Mais si ! Si ! Dans le ciel, bon sang, au-dessus de la France, au-dessus de l'Allemagne, il y a si longtemps, mais bon Dieu, ils sont là chaque nuit à présent, de nouveau en vie, en train de voler, faire des signes de la main, brailler, s'esclaffer comme des gamins, jusqu'à ce que je fasse cracher mes mitrailleuses dans leur hélice, que leurs ailes prennent feu et qu'ils dégringolent en vrille. Parfois ils me font signe — *okay !* — au moment où ils tombent. Parfois ils jurent. Mais, bon Dieu, toutes les nuits, tous les matins à présent, depuis un mois, ils ne me lâchent pas. Oh ! ces formidables petits gars, ces adorables jeunes gens, ces beaux visages, ces yeux brillants et aimants qui vont s'écraser au sol ! Par *ma* faute. Je brûlerai en enfer pour ça !

— Non, te dis-je. Tu n'iras *pas* brûler en enfer.

— Reverse-moi à boire et ferme-la. Que sais-tu à propos de qui brûle et qui ne brûle pas ? Tu es catholique ? Non. Baptiste ? Les baptistes brûlent plus lentement. Là. Merci. »

J'avais rempli son verre. Il but une gorgée qui alla se mêler à ses larmes.

« William. » Je me carrai dans mon siège et remplis mon propre verre. « Personne ne brûle en enfer pour avoir fait la guerre. C'est comme ça avec la guerre.

— Nous brûlerons *tous*.

— Bill, en ce moment même, en Allemagne, il y a un homme de ton âge que tourmentent les mêmes rêves, qui pleure dans sa bière, qui remâche trop de souvenirs.

— Et il fait bien ! Ils brûleront, il brûlera lui aussi, en se rappelant mes amis, ces formidables petits gars qui se sont vissés dans le sol bouffé par leur hélice. Ne comprends-tu pas ? *Ils* ne savaient pas. *Je* ne savais pas. Personne ne *leur* avait dit, personne ne nous avait dit.

— Quoi donc ?

— Ce qu'était la guerre. Seigneur, on ne savait pas qu'elle nous poursuivrait, nous retrouverait si longtemps après. On pensait que tout était terminé ; qu'il y avait un moyen d'oublier, d'évacuer, d'enterrer tout ça. Nos officiers n'en disaient rien. Peut-être ne savaient-ils pas eux-mêmes. Personne ne savait. Personne ne se doutait qu'un jour, quand nous serions vieux, les tombes se rouvriraient brusquement, que tous ces beaux visages resurgiraient, et toute la guerre avec eux ! Comment aurions-nous pu nous en douter ? Comment savoir ? Mais maintenant le temps est venu, les cieux sont pleins, et les zincs ne tomberont pas, à moins qu'ils ne flambent. Et les jeunes gens ne cesseront pas de me faire des signes de la main à trois heures du matin, à moins que je ne les retue tous. Dieu du ciel. C'est tellement affreux. Tellement triste. Comment les sauver ? Comment revenir en arrière pour dire : Bon Dieu, je suis désolé, ça n'aurait jamais dû arriver, quelqu'un aurait dû nous avertir quand nous étions heureux ; ce n'est pas seulement mourir, c'est se souvenir et se souvenir *longtemps* après aussi bien que juste après : Je leur veux du bien. Comment dire cela ? Qu'est-ce que je peux faire ?

— Il n'y a rien à faire, dis-je calmement. Simplement rester assis là en compagnie d'un ami et prendre un autre verre. Je ne vois rien d'autre à faire. J'aimerais... »

Bill tripotait son verre, le faisant tourner entre ses mains.

« Dans ce cas, laisse-moi te dire une chose, murmura-t-il. Ce soir, ou peut-être demain soir, ce sera la dernière fois que tu me verras. Écoute-moi bien. »

Il se pencha en avant, fixa le haut plafond puis regarda par la fenêtre les gros nuages orageux que le vent amassait.

« Ils ont atterri dans nos arrière-cours, ces dernières nuits. Tu n'as probablement rien entendu. Les parachutes font le même bruit que les cerfs-volants, une sorte de chuchotement feutré. Les parachutes se posent sur nos pelouses derrière chez nous. D'autres nuits, les corps, sans parachute. Les bonnes nuits sont les nuits silencieuses où l'on n'entend que la soie et les fils sur les nuages. Les mauvaises, celles où l'on entend quatre-vingt-dix kilos d'aviateur tomber sur l'herbe. Les meilleures, celles où l'on n'entend rien. Là, on peut dormir. La nuit dernière, une douzaine de choses ont heurté les buissons près de la fenêtre de ma chambre. J'ai regardé les nuages ce soir, et ils étaient pleins d'avions et de fumée. Est-ce que tu peux les arrêter ? »

Il y eut un long silence.

« Alors, reprit-il, tu ne peux pas m'aider ? Tu ne me *crois* pas ?

— C'est ça le problème : je te crois. »

Il poussa un long soupir de soulagement.

« Dieu merci ! Mais qu'est-ce que je fais *maintenant ?* »

Je me levai et allai à la fenêtre.

« As-tu essayé de leur *parler ?*

— Redis-moi ça ! » Il se pencha, soudain fiévreux.

« Je veux dire, leur as-tu demandé de te *pardonner ?*

— Est-ce qu'ils m'écouteraient ?

— C'est possible.

— Est-ce qu'ils me pardonneraient ?

— Tu peux toujours essayer, Bill.

— Mon Dieu, dit-il. Bien sûr ! Pourquoi pas ? Je

n'ai rien à perdre à part la raison. Tu veux venir avec moi ? Dans ton arrière-cour. Ell est plus grande. Pas d'arbres où ils risquent de s'accrocher. Ou sous ta véranda...

— La véranda, plutôt. »

J'allai jusqu'à la porte-fenêtre, l'ouvris et sortis. C'était une soirée calme, avec juste quelques pointes de vent qui faisaient bouger les arbres et changer les nuages.

Bill était derrière moi, pas très assuré sur ses jambes, le visage fendu par un sourire plein d'espoir, un rien paniqué aussi. Il avait de nouveau rempli son verre au passage.

Je regardai le ciel et la lune qui se levait.

« Il n'y a rien dehors, dis-je.

— Ô Seigneur, si. Regarde. Non, attends. Écoute. »

Je restai là à me geler, me demandant pourquoi j'attendais, et écoutai.

« Comment arrives-tu à me supporter ? demanda-t-il abruptement.

— Parce que je vous connais depuis vingt-deux ans, Gert et toi, et que je vous aime. Qu'est-ce qu'on fait maintenant ?

— Et si on se plantait au milieu de ton jardin, qu'ils puissent nous voir ? Tu n'es pas obligé, si tu n'en as pas envie.

— Bon sang, mentis-je, je n'ai pas peur.

— Non ? » Il me dévisagea. « Ouvre donc une autre bouteille. Quelle heure est-il ?

— Minuit dix.

— Dépêche-toi ! »

Je courus chercher la bouteille.

« À l'escadrille Lafayette ? dis-je.

— Non, non ! se récria Bill, alarmé. Pas ce soir. Il ne faut pas qu'ils entendent *ça*. A *eux*, Doug. A *eux*. » Il leva son vers vers le ciel où filaient des escadrilles de nuages et où la lune faisait comme une pierre tombale ronde et blanche.

J'adressai un signe de tête aux nuages fantômes.

« Oui, dis-je. À eux.

— À Von Richthofen et tous ces beaux jeunes gens tristes. »

Je répétai ces mots dans un souffle.

Puis nous bûmes, levant nos verres vides pour que les nuages, la lune et le ciel silencieux puissent les voir.

« Je suis prêt, dit Bill, s'ils veulent venir me prendre maintenant. Mieux vaut mourir ici, dehors, que revenir les entendre atterrir toutes les nuits et ne pas dormir avant l'aube, quand le dernier parachute se replie sur lui-même et que la bouteille est vide. Mets-toi là-bas, fiston. C'est ça. A moitié dans l'ombre. Assez près pour que je me sente bien. Assez loin pour qu'il n'y ait que moi de touché s'il tombe quelque chose. Allez. »

Je me reculai et nous attendîmes.

« Qu'est-ce que je vais leur dire ? demanda-t-il.

— Mon Dieu, Bill, je ne sais pas. Ce ne sont pas mes amis.

— Ce n'étaient pas non plus les miens. C'est d'autant plus dommage. Je *croyais* qu'ils étaient l'ennemi. Bon Dieu, n'est-ce pas un monde complètement stupide ? L'ennemi ! Comme si cela avait jamais existé. La petite brute qui te tyrannisait à l'école, ou le type qui te soufflait ta petite amie et se fichait de toi, d'accord. Mais eux, ces splendeurs, là-haut dans les nuages les jours d'été ou les après-midi d'automne ? Non, non ! »

Il s'avança sur la véranda.

« Très bien, murmura-t-il. Je suis là. Et je mérite tout ce que vous avez envie de me faire subir. »

Et il se pencha au-dehors et ouvrit les bras comme pour étreindre l'air nocturne.

« Venez ! Qu'est-ce que vous attendez ? »

Il ferma les yeux, tellement penché à présent que je craignis de le voir perdre l'équilibre. J'allai pour le retenir mais il s'écarta. « Non. »

Je reculai et attendis.

« C'est votre tour, s'écria-t-il enfin. Votre dernière chance. Nom d'un chien, il *faut* que vous m'entendiez, il *faut* que vous veniez. Me voici, magnifiques salopards ! »

Et il renversa la tête en arrière comme pour saluer une pluie sombre.

« Est-ce qu'ils viennent ? murmura-t-il du coin de la bouche, les yeux hermétiquement clos.

— Non », dus-je avouer.

Bill leva son vieux visage et regarda en l'air, plein de l'envie que les nuages changent, se transforment en quelque chose de plus que des nuages.

« Nom de Dieu ! s'époumona-t-il. Je suis là. Je vous ai tués. Pardonnez-moi ou venez me tuer. » Et dans une dernière explosion de colère : « Pardonnez-moi. Je regrette ! »

La force de sa voix suffisait à me repousser complètement dans l'ombre. Peut-être faut-il voir là l'explication de ce qui se produisit. Peut-être Bill, pareil à une petite statue au milieu de mon jardin, fit-il changer les nuages et obligea-t-il le vent à souffler vers le sud et non plus vers le nord. Nous entendîmes tous deux, très loin, un énorme murmure.

« Oui ! » cria Bill. Et à moi, à l'écart, les yeux fermés, les dents serrées : « Tu *entends ?* »

Il y eut un autre changement, une perturbation dans les nuages, comme si une gigantesque hélice, invisible, les avait traversés avant de disparaître.

Nous entendîmes un autre bruit, plus proche à

présent, comme si d'énormes fleurs s'arrachaient d'arbres printaniers pour voleter dans le ciel.

« Là », murmura Bill.

Les nuages paraissaient former un couvercle, un immense dais de soie qui tombait sur la terre dans un silence plein de sérénité. Il me sembla presque, bien qu'il ne pût en être ainsi, qu'il ressemblait au plus grand parachute de toute l'histoire de l'humanité. Il tombait dans un tel silence que j'en étais terrifié, faisant une ombre qui traversa la ville, cacha les maisons, pour atteindre enfin notre jardin, obscurcir la pelouse, occulter la lumière de la lune et dérober Bill à ma vue.

« Oui ! Ils viennent, s'écria Bill. Tu les sens ? Un, deux, une douzaine ! Ô Dieu, oui. »

Et tout autour, dans le noir, je crus entendre des pommes, des prunes et des pêches tomber d'arbres invisibles, des bottes heurter ma pelouse, un bruit d'oreillers s'écrasant dans l'herbe comme des corps, et le vaste frou-frou de tapisseries de soie blanche ou de fumée ou, allez savoir, du tissu même que pourraient composer des âmes humaines arrachées à leur corps et projetées dans l'air houleux.

« Bill !

— Non ! hurla-t-il. Je vais bien. Ils sont tout autour de moi. Ne viens pas t'interposer. *Oui !* »

C'était un véritable tumulte dans le jardin. Les haies frissonnaient comme sous le souffle d'invisibles hélices. L'herbe se couchait. Un arrosoir en aluminium s'envola à travers la pelouse. Les oiseaux étaient catapultés des arbres. Tous les chiens du quartier aboyaient. Des lumières s'allumèrent dans une douzaine de maisons. Une sirène, d'une autre guerre, retentit à quinze kilomètres de là. Une tempête s'était levée, et était-ce le tonnerre qui se faisait entendre là-haut, ou un tir d'artillerie ?

Une dernière fois, j'entendis Bill dire d'une voix presque calme : « Je ne savais pas, ô Dieu, je ne savais pas ce que je faisais. » Et dans un dernier murmure : « S'il vous plaît. »

Et la pluie vint brièvement se mêler aux larmes sur son visage.

Puis elle s'arrêta, les nuages se dispersèrent et le vent tomba.

« Eh bien. » Il s'essuya les yeux, se moucha dans son grand mouchoir, le regarda comme si c'était la carte de France et reprit : « Il est temps de partir. Tu crois que je vais encore me perdre ?

— Si c'est le cas, tu peux toujours venir ici.

— Mon deuxième chez moi, oui. » Il traversa la pelouse, l'œil limpide. « Combien je te dois, Sigmund ?

— Bah, ce n'était qu'une séance d'une demi-heure.

— Donc à moitié prix, ce qui ne fait vraiment pas cher. »

Je l'étreignis. Il se dirigea vers la rue. Je le suivis à tout hasard.

Quand il atteignit le trottoir, il parut désorienté. Il tourna à droite, puis à gauche et s'arrêta. J'attendis un instant, puis lançai d'une voix aussi douce que possible : « À gauche, Bill. *À gauche !*

— Dieu te bénisse, camarade ! » me retourna-t-il avec un petit signe de la main.

Il tourna les talons et regagna sa maison.

On le retrouva un mois plus tard, en train d'errer à trois kilomètres de chez lui. Un mois après il était à l'hôpital, tout le temps en France désormais, avec Rickbacker dans le lit de droite et Von Richthofen dans celui de gauche.

Le lendemain de son enterrement l'oscar arriva, porté par son épouse, pour prendre place au-dessus de ma cheminée, avec une rose rouge à côté, ainsi que la photo de Von Richthofen et celle de l'escadrille en été 1918, cette photo d'où l'on sentait jaillir le vent et le vrombissement des avions. Et le rire de ces jeunes gens, qui semblait ne jamais devoir cesser.

Parfois je descends au salon à trois heures du matin, quand je n'arrive pas à dormir, et je reste à regarder Bill et ses amis. Et, andouille sentimentale que je suis, je brandis un verre de sherry vers eux et leur porte un toast.

« Adieu, Lafayette, dis-je. Lafayette, adieu. »

Et ils éclatent tous de rire comme si c'était la meilleure plaisanterie qu'ils aient jamais entendue.

Titre original : *Lafayette, Farewell*
Traduit par Jacques Chambon

Banshee

C'était une de ces nuits où la traversée de l'Irlande en voiture vous amène, par-delà les petites villes dormantes à l'est de Dublin, au cœur des brouillards qui se diluent en pluies enrobées de silence. La campagne était figée, froide, aux aguets. C'était une nuit propice à d'étranges rencontres à des carrefours déserts avec de grands filaments de toiles tissées par des araignées fantômes. Des grilles grinçaient au fond de lointaines prairies, en des lieux où des fenêtres cliquetaient sous de fragiles clairs de lune.

C'était, comme on dit par ici, un temps fait pour les *banshees* *. Je le sentais, je le savais, alors que mon taxi passait en vrombissant le portail qui menait à sa destination, me faisant arriver au domaine de Courtown House, si loin de Dublin que, si cette ville avait disparu au cours de la nuit, personne ne l'aurait su.

Après avoir payé le chauffeur, je regardai le taxi faire

* Il existe dans tous les folklores celtiques une « Dame blanche », esprit féminin errant qui vient, par ses cris et ses plaintes nocturnes, présager une mort dans une famille. Dans les folklores irlandais et écossais, son nom est *banshee* (du gaélique *bean sidhe :* « femme issue du monde surnaturel »). *(N.d.T.)*

demi-tour pour regagner l'univers des vivants, me laisant seul avec les vingt pages du dernier jet de mon scénario en poche et, m'attendant à l'intérieur, le metteur en scène de cinéma qui était mon employeur. Je demeurai un instant dans le silence de minuit, inspirant l'air de l'Irlande et rejetant par mes poumons celui des mines de charbon humides qui m'emplissaient l'âme.

Puis je frappai à la porte.

Celle-ci s'ouvrit presque aussitôt. John Hampton était devant moi, me fourrant un verre de sherry dans la main et m'attirant dans sa demeure.

« Entre vite, bonhomme, et enlève ton manteau. Donne-moi ton scénario. Alors ça y est, tu l'as fini, hein ? Enfin, que tu dis. Je suis très curieux de voir ça. Tu as bien fait de téléphoner de Dublin. La maison est vide. Clara est à Paris avec les gosses. On va lire ta petite merveille en détail, réfléchir au punch qu'on peut tirer de tes scènes, vider une bonne bouteille, se coucher vers deux heures du matin et... qu'est-ce qui se passe ? »

La porte était restée ouverte. John fit un pas en avant, la tête penchée de côté, les yeux fermés, à l'écoute.

Dans le vent, les herbes hautes bruissaient. Les nuages transmettaient le bruit étouffé d'un vaste lit dont on retournerait les couvertures.

Je tendis moi aussi l'oreille.

Quelque part au bout des champs obscurs, je crus percevoir le plus ténu des gémissements ou des sanglots.

Les paupières toujours closes, John murmura : « Tu as une idée de ce que c'est ?

— Quoi ?

— On en reparlera. Allez, viens. »

Une fois la porte refermée, il me tourna le dos et, en grand seigneur de ce manoir vide, me précéda de son pas impérieux, avec sa veste d'équitation, son pantalon de coutil et ses bottes cirées, les cheveux en bataille, comme ébouriffés par une nage à contre-courant ou par les doigts de femmes inconnues dans des lits étrangers.

Se campant devant la cheminée de la bibliothèque, il m'adressa un de ses éclats de rire radieux qui faisaient briller ses dents comme le signal lumineux d'un phare, puis me donna un deuxième verre de sherry en échange de mon scénario qu'il dut m'arracher de la main.

« Voyons un peu ce qu'a enfanté mon bras droit, mon génie appointé, le ventricule gauche de mon cœur. Assieds-toi. Bois. Prends patience. »

Il s'adossa au montant de la cheminée, se chauffant les reins, et se mit à feuilleter mon manuscrit, sans omettre de remarquer que je sifflais trop vite mon verre, que je fermais les yeux chaque fois qu'il lâchait une page pour la laisser tomber sur le tapis. Quand il eut fini, il envoya la dernière page voleter jusqu'au sol, puis alluma un cigarillo et en tira les premières bouffées, contemplant le plafond, prolongeant à dessein mon attente.

« Petit salopard, dit-il enfin en exhalant une bouffée. C'est bon. Espèce de misérable ! C'est même très bon ! »

Les parties constitutives de mon squelette se disloquèrent à l'intérieur de mon corps. Je n'avais pas prévu une telle salve de louanges.

« Il y a des coupures qui s'imposent, bien sûr », ajouta-t-il.

Mon squelette se réassembla.

« Oui, bien sûr », dis-je docilement.

Il se pencha en bondissant comme un chimpanzé géant pour ramasser les pages et se plaça devant le feu. J'eus l'impression qu'il était tenté de les jeter dans les flammes. Il observa leur danse, les mains crispées sur le manuscrit.

« Il faudra que tu m'apprennes à écrire un jour », déclara-t-il doucement.

Il se décontractait maintenant, acceptant l'évidence, plein d'une admiration sincère.

« Et toi, répliquai-je en riant, il faudra que tu m'apprennes à faire un film.

— *La Bête* sera *notre* film à tous les deux, bonhomme. »

Il s'approcha et fit tinter son verre contre le mien.

« Toi et moi, quelle équipe on va former ! » Il changea subitement de sujet. « Comment vont ta femme et tes enfants ?

— Je dois les rejoindre en Sicile. Il fait beau et chaud là-bas.

— On va te renvoyer au soleil sans traîner ! Je... »

Il s'immobilisa théâtralement, inclina la tête et prêta l'oreille.

« Tiens, on dirait que ça recommence... », prononça-t-il à mi-voix.

Je me détournai, perplexe.

Cette fois, à l'extérieur de la grande vieille maison, je crus entendre l'ébauche d'un son, comme le frottement d'un ongle sur une surface peinte ou le raclement qu'on fait en se laissant glisser le long d'un tronc d'arbre après y avoir grimpé. Puis il y eut une plainte à peine exhalée, un très léger bruit de pleurs.

John se courba en avant dans une posture mélodramatique, comme s'il jouait une pantomime. Sa bouche était grande ouverte comme pour livrer aux sons l'accès de son oreille interne, ses yeux étaient écarquillés comme ceux d'une poule en alarme.

« Tu sais ce que c'est, ce bruit, bonhomme ? Tu veux que je te le dise ? C'est une *banshee !*

— Une quoi ? m'écriai-je.

— Une *banshee !* psalmodia-t-il. Les esprits des femmes qui rôdent à travers les prés et les bois à l'heure où quelqu'un va mourir. *Voilà* ce qu'on entend ! » Il se rendit à la fenêtre, souleva le rideau et regarda dehors. « Chut ! Il s'agit peut-être... de l'un de *nous deux !*

— Ça suffit, John ! fis-je en riant.

— Non, non, je suis sérieux, Doug. » Il fixait les ténèbres, savourant ses effets. « Il y a longtemps que j'habite ici : dix ans. La mort est dans l'air. La *banshee* le *sait* toujours ! Où en étions-nous ? »

Il mit fin à son numéro comme si de rien n'était, retourna vers la cheminée et scruta mon scénario comme s'il s'agissait d'un rébus qu'il tentait de déchiffrer.

« Tu n'as jamais imaginé, Doug, à quel point *La Bête* peut me ressembler ? Le héros sillonnant les mers, passant d'une femme à l'autre, parcourant le monde sans pouvoir s'arrêter ? C'est peut-être pour ça que je tourne ce film. Tu ne t'es pas demandé combien j'ai eu de femmes dans ma vie ? Des centaines ! Je... »

Il s'interrompit, car une page du manuscrit venait d'attirer à nouveau son attention. Son visage s'enflamma à mesure que mes mots s'enfonçaient dans son esprit.

« Formidable ! »

Je restai dans l'expectative.

« Non, non, pas ton scénario ! » Il jeta le manuscrit de côté et prit un journal sur le dessus de la cheminée. « C'est de *ça* que je parle ! Une brillante critique de ton dernier recueil de nouvelles dans le *London Times !*

— Fais voir ! dis-je en sursautant.

— Du calme, bonhomme. Laisse-moi te *lire* cette superbe critique ! Tu vas aimer. Incroyable ! »

J'avais le cœur qui flanchait. Je pressentais la venue d'une autre plaisanterie ou — ce qui était pire — de la vérité déguisée en plaisanterie.

« Écoute ! »

John brandit le *Times* et se mit à lire, comme Achab déclamant des versets de la Bible.

« *Les récits de Douglas Rogers peuvent bien connaître*

un énorme succès aux États-Unis... » John s'arrêta et me lança un regard faussement candide. « Ça te va jusqu'ici ?

— Continue, John », dis-je lugubrement. Je bus jusqu'à la dernière goutte mon verre de sherry. J'avais la sensation d'être au bord d'une catastrophe imminente.

« ... *mais ici à Londres,* continua de réciter John, *nous attendons davantage de nos conteurs. En essayant de rivaliser avec les idées de Kipling, le style de Maugham, la drôlerie de Waugh, Rogers se noie quelque part au milieu de l'Atlantique. Tout cela n'est qu'un ramassis sans nom, un pâle reflet de l'œuvre d'écrivains de premier rang. Que Douglas Rogers reste donc chez lui !* »

Je me levai d'un bond et me précipitai vers John, mais d'un petit coup de main nonchalant il expédia le *Times* dans les flammes, où il s'embrasa comme un oiseau qui bat des ailes avant de mourir et se réduisit en cendres dans un crépitement d'étincelles.

J'avais eu furieusement envie de m'emparer du journal, mais j'étais soulagé en un sens qu'il soit détruit.

John, ravi, étudiait l'expression de mes traits. Je bouillais de rage, je serrais les dents. Ma main accrochée à la tablette de la cheminée se refermait en un poing aussi dur et froid que de la pierre.

Des larmes jaillirent de mes yeux, à la place des mots qui ne pouvaient sortir de ma bouche douloureuse.

« Qu'est-ce qu'il y a, bonhomme ? » John m'examinait avec une curiosité qui n'était pas feinte, comme un singe s'intéressant à un autre animal malade dans sa cage. « Tu te sens diminué ?

— John, franchement ! éclatai-je. Tu aurais pu t'abstenir ! »

Je donnai un coup de pied dans le feu, provoquant la chute des bûches et l'explosion d'une gerbe d'étincelles qui furent aspirées par le conduit.

« Mais, Doug, j'étais loin de penser...

— Tu parles ! » Je lui décochai un regard meurtrier à travers mes yeux embués. « Mais enfin qu'est-ce qui te *prend ?*

— Rien du tout, Doug, qu'est-ce que tu vas chercher ? C'était une très bonne critique ! J'ai simplement modifié quelques termes pour te faire sortir de tes gonds !

— Je ne saurai même pas si tu t'es vraiment moqué de moi ! protestai-je. Regarde-moi ça ! »

D'un dernier coup de pied j'éparpillai les restes du journal réduit en cendres.

« Tu n'auras qu'à t'en procurer un exemplaire demain à Dublin, Doug. Tu verras. Ils t'adorent. Non, je voulais simplement que tu n'aies pas la tête qui enfle. Allez, c'était une blague, oublie-la. Ça ne te suffit pas de savoir, mon cher enfant, que tu as écrit les scènes les plus magnifiques que tu aies jamais pondu de ta vie dans cet admirable scénario ? » John passa un bras autour de mes épaules.

C'était tout lui : après vous avoir lacéré, verser du miel sur la plaie à vif.

« Tu sais quel est ton problème, Doug ? » Il glissa un troisième verre de sherry dans mes doigts tremblants. « Tu ne le sais pas, hein ?

— Non, quoi ? » fis-je en hoquetant, comme un gamin qui renifle à la fin d'un gros chagrin avec l'envie de se remettre à rire.

« Le fait est, Doug, proclama-t-il en arborant un visage rayonnant, les yeux rivés aux miens, que tu ne me portes pas la moitié de l'affection que j'ai pour toi !

— Qu'est-ce que tu racontes ?

— Non, non, je *sais* ce que je dis. Est-ce que tu te rends compte que je serais capable de tuer quelqu'un pour toi ? Tu es l'un des plus grands auteurs vivants, j'aime ton cœur et ton esprit. C'est pour ça que j'ai cru pouvoir te mettre un peu en boîte. Je vois que j'avais tort...

— Voyons, John », soupirai-je, agacé d'être amené par lui à *m'excuser.* « Ce n'est pas grave, écoute.

— Non, je suis désolé, vraiment, je t'assure...

— Oh ! tais-toi, je t'en prie ! coupai-je avec un rire forcé. C'est fini, on oublie ça, d'accord ?

— Ça, c'est un homme ! Bon... » John fit volte-face, se frotta les paumes et manipula les pages du manuscrit comme s'il battait un jeu de cartes. « On se prend une heure pour couper ce merveilleux, ce superbe scénario, et puis... »

Pour la troisième fois de la soirée, son humeur et le ton de sa voix changèrent.

« Chut ! » s'exclama-t-il. Les yeux exorbités, il vacillait au milieu de la pièce comme un cadavre sous l'eau. « Doug, tu entends ? »

Le vent ébranla les murs de la maison. Un ongle grinça le long d'une vitre du grenier. Un nuage de deuil enténébra la lune.

« Les *banshees.* » John hocha la tête et me dévisagea brusquement. « Doug ? Tu vas sortir et *aller voir.*

— Certainement pas.

— Si, si, tu vas y aller, insista John. C'est la soirée des idées fausses, bonhomme. Tu mets en doute ce que je dis, tu prétends que j'invente. Alors viens dans le hall, tu prendras mon manteau. Vite ! »

Il ouvrit largement la porte de la penderie du hall

et en extirpa son grand manteau de tweed qui sentait le tabac et le whisky de qualité. Le saisissant à deux mains, il le secoua devant lui comme la cape d'un torero. « Oh ! *Toro ! Olé !*

— John, objectai-je avec lassitude.

— Serais-tu lâche par hasard, Doug ? Tu as la trouille ? »

Cette fois-ci, la quatrième, je perçus tout comme lui un gémissement, une plainte, un murmure peu à peu estompé, quelque part à l'extérieur de la porte d'entrée glaciale.

« Elle attend, bonhomme ! annonça John triomphalement. Va à sa rencontre et dis-lui bonjour pour moi ! »

J'étais drapé dans le manteau, les narines baignées par les senteurs du tabac et de l'alcool. Après avoir achevé de le boutonner avec des gestes donnant à ma personne une dignité royale, John me prit par les oreilles et m'embrassa le front.

« Je serai aux tribunes pour t'encourager. Je t'aurais bien accompagné, mais les *banshees* sont sauvages : elles n'aiment pas voir plus d'une personne à la fois. Dieu te bénisse, bonhomme, et si tu ne reviens pas... je t'aurai aimé comme un fils !

— Arrête », ripostai-je avec énervement, en ouvrant en grand le battant de la porte.

Mais soudain John s'interposa hâtivement entre moi et la froide clarté lunaire.

« N'y va pas, bonhomme. J'ai changé d'avis ! S'il t'arrivait malheur...

— John », dis-je en écartant ses mains qui cherchaient à me retenir, « c'est *toi* qui as voulu que je sorte, alors je sors. Kelly, la femme de ton valet d'écurie, est sans doute déjà bien cachée là-bas, en faisant des bruits pour que ton canular soit réussi...

— Doug ! » s'insurgea-t-il avec cet air outragé qu'il

aimait à prendre moqueusement. « Je te jure devant Dieu que...

— John, fis-je, mi-irrité, mi-amusé, salut. »

Je franchis la porte en allant au-devant de regrets qui ne tarderaient pas. Il la claqua dans mon dos et referma le loquet. Était-il en train de céder à une crise d'hilarité à mes dépens ? Quelques secondes plus tard, j'aperçus sa silhouette à la fenêtre de la bibliothèque, un verre de sherry à la main, assistant à cette mascarade nocturne dont il était à la fois le metteur en scène et le spectateur goguenard.

Je fis demi-tour en marmonnant quelques insultes qui le visaient, me recroquevillai dans son manteau seigneurial pour me protéger de la morsure cuisante du vent et m'éloignai dans l'allée dont les graviers crissaient sous mes pas.

Je vais rester absent une bonne dizaine de minutes, pensai-je, le temps que John s'inquiète, et ensuite je retournerai sa plaisanterie contre lui, je reviendrai en titubant, la chemise déchirée et ensanglantée, en lui débitant à mon tour une histoire à dormir debout. Oui, c'était bien la parade qui convenait...

Je fis halte.

Car, dans un bosquet en contrebas, il me semblait entrevoir une forme claire pareille à un gros cerf-volant de papier déployé flottant parmi les haies.

De nouveaux nuages dérivèrent sur la lune presque pleine, projetant autour de moi des îlots d'ombre protecteurs.

Puis je revis cette chose, comme un bouquet de fleurs en mouvement le long d'un chemin blafard. Au même instant, je distinguai un geignement évoquant le grincement léger d'une porte sur ses gonds.

« Ohh..., se lamenta une voix que je ne parvenais pas à localiser. Mon Dieu... »

Ce fut alors que j'aperçus la femme.

Elle était debout contre un arbre, vêtue d'une longue robe couleur de lune, avec sur les épaules un grand châle qui paraissait animé d'une vie propre et dont les pans ondulaient, se soulevaient, voltigeaient.

Elle n'avait pas l'air de me voir, ou si elle décelait ma présence, celle-ci lui était indifférente. Je ne pouvais pas l'effrayer, plus rien au monde ne pourrait jamais l'effrayer. Toutes ses facultés d'attention étaient concentrées dans le regard qu'elle fixait vers la maison, la fenêtre de la bibliothèque et la silhouette de l'homme à cette fenêtre.

Elle avait un visage blanc comme neige, comme taillé dans le marbre ; un long cou de cygne, une bouche pulpeuse aux lèvres frémissantes et des yeux d'un vert pâle et lumineux. Il y avait une telle splendeur dans ces yeux-là, et dans ce profil se détachant sur les branches d'arbres secouées par le vent, qu'une partie de mon être eut un tressaillement d'agonie et cessa de vivre. Je ressentis ce que peut éprouver un assassin devant le spectacle de la beauté qui passe et ne repassera pas. On aurait envie de crier : Reste. Je t'aime. Mais on ne prononce pas un mot. Et l'été incarné s'éloigne de vous pour ne jamais revenir.

Et maintenant la belle jeune femme, les yeux toujours axés sur cette seule fenêtre de la maison éloignée, prit la parole.

« Il est chez lui en ce moment ? » demanda-t-elle.

J'entendis ma voix répondre :

« Comment ?

— C'est bien lui ? » s'interrogea-t-elle. Puis elle ajouta avec une fureur concentrée : « Le monstre. La Bête. Lui.

— Je ne...

— Le grand animal, poursuivit-elle, qui marche sur

deux pattes. Lui, il reste. Tous les autres s'en vont. Il s'essuie les mains sur la chair humaine ; les jeunes filles lui servent de serviettes de table, les femmes sont ses festins de minuit. Il les garde cachées comme des bouteilles de bon vin dans une cave et il connaît leurs millésimes mais pas leurs noms. Doux Jésus, c'est *lui* ? »

Je suivis la direction de son regard, observant à mon tour la silhouette à la fenêtre, de l'autre côté du terrain de croquet.

Et je songeai à mon metteur en scène à Paris, à Rome, à New York, à Hollywood, et aux myriades de femmes que j'avais vu John piétiner, laissant sur leur peau la trace de ses pieds, tel un Christ noir sur une mer brûlante. Je pensai aux fêtes et à toutes ces femmes dansant sur les tables, avides de recueillir les applaudissements de John, tandis que lui, sur le point de quitter les lieux, disait négligemment : « Chérie, prête-moi cinq dollars. Ce mendiant à la porte me fend le cœur… »

Je regardai à nouveau cette jeune femme aux longs cheveux noirs ondoyant dans le vent de la nuit et je m'informai :

« *Qui* croyez-vous voir là-bas ?

— Lui, dit-elle. L'homme qui vit ici, qui m'a aimée et qui ne m'aime plus aujourd'hui. » Elle ferma les yeux pour laisser couler ses larmes.

« Il n'habite plus ici, indiquai-je.

— Si ! » Elle tournoya sur elle-même pour me faire face, comme prête à me frapper ou à me cracher à la figure. « Pourquoi me mentir ?

— Écoutez-moi. » J'examinai la couche neigeuse à la fois vierge et apparemment très ancienne qui semblait plaquée sur son visage. « Peut-être était-ce à une autre époque.

— Non, c'est *maintenant* que tout se passe ! » Elle

était comme prête à prendre son élan pour courir vers la maison. « Et moi je l'aime encore, d'un amour si fort que je serais capable de tuer et de m'ôter la vie ensuite !

— Comment s'appelle-t-il ? » Je lui barrais la route. « *Son nom ?*

— C'est Will, bien sûr. Willie. William. »

Elle bougea. Je levai les bras en secouant la tête en signe de dénégation.

« Vous vous trompez. Il n'y a qu'un John ici actuellement. John !

— Menteur ! Je devine sa présence. Il a changé de nom, mais c'est bien *lui.* Vous le sentez ? »

Elle dressa les mains comme pour imprégner le vent qui soufflait vers la maison, et en me retournant je sentis en effet que c'était une autre année dans un autre temps, un temps intermédiaire. C'est ce que me disait le vent, ainsi que la nuit et cette grande fenêtre éclairée où se tenait l'ombre de l'homme.

« C'est lui !

— Je le connais, c'est un ami, rétorquai-je doucement.

— Il n'est l'ami de personne ! »

Je m'efforçai de voir ce que voyaient ses yeux et je me dis : Mon Dieu, en a-t-il toujours été ainsi, est-ce qu'il y a toujours eu un homme dans cette maison, il y a quarante, quatre-vingts, cent ans ? Pas le même homme, non, mais tous pareils à de sombres jumeaux, et cette femme perdue dans les bois, n'ayant que de la neige entre les bras en guise d'amour, que de la glace dans le cœur en guise de réconfort, et ne pouvant plus rien faire d'autre que murmurer, geindre, soupirer ses plaintes et n'arrêter ses pleurs qu'au soleil levant pour les reprendre à la tombée de la nuit suivante.

« Je vous répète que c'est mon ami, repris-je.

— Si c'est vrai, lança-t-elle farouchement, alors vous êtes mon ennemi ! »

Mon regard se porta vers le bout du chemin, là où le vent soulevait des traînées de brume filtrant à travers les grilles du cimetière.

« Regagnez le lieu d'où vous venez », intimai-je.

Elle regarda elle aussi la brume au bout du chemin, et sa voix se brisa. « Alors il n'y a aucune paix à espérer, se désola-t-elle. Je dois continuer de marcher ici, année après année, sans solution ?

— Si l'homme dans cette maison était bien votre Will, votre William, demandai-je, que voudriez-vous que je fasse ?

— Envoyez-le-moi, dit-elle calmement.

— Que feriez-vous de lui ?

— On s'étendrait ensemble, murmura-t-elle, et on ne se relèverait jamais. Il serait retenu à mes côtés comme une pierre au fond d'un ruisseau froid.

— Ah ? fis-je en hochant la tête.

— Alors, vous allez me l'envoyer ?

— Non. Car ce n'est pas le vôtre. Il lui ressemble beaucoup. Comme un frère. Se repaître des femmes en s'essuyant la bouche sur leurs soieries, cela porte un nom ou un autre selon les siècles.

— Et en lui, jamais d'amour ?

— C'est un mot qu'il dit comme des pêcheurs jettent leurs filets à la mer.

— Ô mon Dieu, et je suis prisonnière ! » Elle poussa un cri si aigu que, dans la grande maison en haut de la pelouse, la silhouette se rapprocha de la fenêtre. « Je vais rester ici jusqu'à la fin de la nuit, poursuivit-elle. Il sentira sûrement que je suis là, quel que soit son nom ou l'avilissement de son âme. Nous sommes en quelle année ? J'ai attendu combien de temps ?

— Je ne vous le mentionnerai pas. Cela vous briserait le cœur. »

Elle se tourna vers moi. « Ainsi vous êtes un homme bon, un de ces gentilshommes qui jamais ne mentent et ne font de mal et n'ont jamais besoin de se cacher ? Dieu m'est témoin que j'aurais préféré vous connaître en premier ! »

Le bruissement du vent s'amplifia, comme s'il émanait de sa gorge même. A travers la campagne, une horloge sonna au loin dans la bourgade endormie.

« Je dois partir », dis-je. Je repris mon souffle. « Je n'ai aucun moyen de vous donner le repos ?

— Non, répliqua-t-elle. Ce n'est pas vous qui m'avez fait souffrir.

— Je comprends, opinai-je.

— Vous ne pouvez pas comprendre. Mais vous essayez. Je vous en remercie. Rentrez. Avec ce froid, vous allez attraper la mort.

— Mais vous... ?

— Oh ! moi, s'écria-t-elle, il y a longtemps que je l'ai attrapée. Je ne risque plus rien. Allez-vous-en ! »

Je me retirai non sans soulagement. Je m'étais trop imprégné de la nuit et de la lune, des temps anciens et de sa présence. Je remontai le monticule herbeux, comme propulsé par le vent qui me soufflait dans le dos. Arrivé à la porte, je me détournai pour scruter l'endroit que je venais de quitter. Elle était toujours là-bas sur le chemin blanchâtre, une main levée, les plis de son châle déployés.

Je crus entendre sa voix prononcer : « Dépêchez-vous ! Dites-lui que j'ai besoin de lui ! »

J'enfonçai la porte, la refermai derrière moi violemment, m'avançai dans le hall en trébuchant, le cœur me bombardant les côtes, nargué par mon reflet livide qui zigzaguait dans le grand miroir en pied.

John était dans la bibliothèque où il buvait encore un sherry, et il m'en servit un qu'il m'offrit. « Il faudra vraiment que tu apprennes un jour à ne pas prendre mes blagues au sérieux, déclara-t-il. Seigneur, regarde-toi ! Tu as l'air cadavéreux. Tiens, avale ça. Je t'en verse un autre tout de suite après ! »

Je bus mon verre, il y refit le plein, je bus à nouveau. « Une blague, tout ça ? hoquetai-je.

— *Évidemment,* qu'est-ce que tu vas chercher ? » John se mit à rire, puis se tut.

La plainte lugubre résonnait encore au-dehors, faible lamentation désolée, comme si les rayons de la lune égratignaient le toit.

« C'est ta *banshee,* formulai-je, perdu dans la contemplation de mon verre et incapable d'entamer un mouvement.

— Bien sûr, bonhomme, c'est ça, oui, oui, dit-il. Finis ton verre, et moi je vais te relire cette critique de ton bouquin dans le *London Times,* tu veux bien ?

— John, tu as brûlé le journal.

— C'est vrai, mon petit vieux, mais je m'en souviens si bien que je pourrais te la réciter par cœur. Allez, bois.

— John », demandai-je en examinant dans l'âtre les débris calcinés qui subsistaient du journal, « elle a vraiment... existé, cette critique ? Ou bien est-ce que tu m'aurais...

— Menti ? Moi ? Jamais de la vie ! D'ailleurs, en fait... » Il marqua un temps d'arrêt et sembla s'absorber dans une grande activité imaginative. « Je dois même t'avouer que c'est moi qui l'ai pondue.

— Toi ?

— Le *Times* connaissait mon admiration pour toi, Doug, et ils m'ont proposé de rendre compte de ton bouquin. » Il tendit son long bras pour remplir mon verre une fois de plus. « Alors j'ai accepté. J'ai écrit ça sous un pseudo, bien sûr, par égards pour toi. Mais je devais être honnête, Doug, j'étais forcé d'être sincère. Donc j'ai dit ce que je pensais exactement, ce que je trouvais bon dans ton livre et ce que je trouvais mauvais. Je l'ai critiqué comme quand tu me torches une scène pourrie dans ton scénario et que je t'oblige à la refaire. C'est ce qu'on appelle une impartialité absolue, non ? »

Se penchant vers moi, il me posa une main sous le menton pour me le relever et m'adressa un long regard candide.

« Tu n'es pas fâché ?

— Absolument pas, marmonnai-je d'une voix étranglée.

— Mais si, tu enrages, je le vois. Je te demande pardon. Voyons, quoi, ça aussi c'était une blague, bonhomme. Rien qu'une blague. Tu sais bien que j'adore plaisanter. » Il m'administra une bourrade sur le bras.

Elle avait beau être légère, j'eus l'impression d'être frappé par un marteau-pilon.

« J'aimerais pouvoir te croire, dis-je.

— Mais il faut, bonhomme. Ne fais pas cette tête. Je... »

Le vent tourbillonnait autour de la maison, faisant vibrer et grincer les fenêtres.

Brusquement je changeai de sujet et, pour une raison qui échappait au contrôle de ma volonté, je m'exclamai :

« La *banshee*. Elle est là-bas, dehors.

— Une blague, ça aussi, Doug : je te l'ai déjà dit. Attention à toi, tu n'auras pas le dessus.

— Non, insistai-je en observant la fenêtre. Elle est vraiment là-bas. »

John éclata de rire. « C'est ça, tu l'as vue.

— C'est une très belle jeune femme, avec un simple châle sur sa robe pour se protéger par cette nuit froide. Une jeune femme aux longs cheveux noirs, un teint de neige, des grands yeux verts, un nez aquilin. Ça ressemble à une femme que tu aurais connue, John ?

— A des milliers. » John avait un rire plus contraint, comme s'il cherchait à prendre la mesure de ma plaisanterie. « Bon, dis donc...

— Elle t'attend, continuai-je. Dans le petit bois en bas de la pelouse. »

John jeta vers la fenêtre un regard déconcerté.

« Ces bruits qu'on entendait, c'était elle, appuyai-je. Elle t'a décrit, toi ou quelqu'un qui te ressemble beaucoup. Elle t'appelait Willy, Will, William. Mais je *savais* que c'était toi. »

John était songeur. « Une jeune, dis-tu, et belle femme, qui est là-bas en ce moment... ?

— La plus belle femme que j'aie jamais vue.

— Pas de couteau sur elle... ?

— Aucune arme. »

John exhala un souffle. « Alors tu crois que je devrais sortir et aller lui parler, hein ?

— Elle t'attend », répétai-je.

Il se dirigea vers la porte d'entrée.

« Mets ton manteau, la nuit est froide », lui conseillai-je.

Il enfilait le manteau quand le bruit s'éleva, cette fois très distinct. Plainte, sanglot, gémissement.

« Bon Dieu », fit John, la main sur la poignée de la porte, ne voulant pas flancher devant moi. « Elle est *bien là*. »

Il prit sur lui pour tourner la poignée et ouvrir la porte. Le vent s'engouffra à l'intérieur, apportant dans son sillage l'écho d'un nouveau gémissement.

Debout dans l'encadrement de la porte, John inspectait le territoire froid et ténébreux qu'il allait devoir parcourir.

« N'y va pas ! » criai-je au dernier moment.

John resta immobile.

« Je ne t'ai pas tout dit, poursuivis-je. Elle est là, c'est vrai. Et elle a l'air vivante. Mais... elle est morte.

— Je n'ai pas peur, riposta John.

— Moi si. Tu ne reviendras jamais. Ce n'est pas parce que je te déteste que je vais te laisser aller à sa rencontre. Ferme la porte, John. »

Encore une fois le sanglot, puis la plainte.

« Ferme la porte. »

Je lui pris la main pour lui faire lâcher prise, mais il garda les doigts crispés sur la poignée, tourna la tête pour me regarder de biais et soupira.

« Tu es très bon quand tu joues la comédie, bonhomme. Presque aussi bon que moi. Je te ferai jouer dans mon prochain film. Tu seras un acteur formidable. »

Puis il franchit le seuil et s'avança dans la nuit, en tirant doucement la porte derrière lui.

J'attendis que ses pas crépitent dans l'allée de graviers, puis je fermai la porte à clé et courus d'une pièce à l'autre pour éteindre les lumières dans la maison. Comme je traversais la bibliothèque, une trombe de vent se déversa dans le conduit de la cheminée, éparpillant les dernières cendres du *London Times*.

Les paupières battantes, je les contemplai longuement, comme en hypnose, avant de réagir et de monter les marches quatre à quatre jusqu'au sommet de la tour, pour gagner ma chambre où je m'enfermai, me dévêtis et me mis au lit, la tête sous les couvertures, en écoutant une heure du matin sonner à l'horloge lointaine.

Et ma chambre était tellement en hauteur, elle était tellement isolée dans la maison et au milieu du ciel, que si n'importe qui ou n'importe quoi avait frappé, tapé, cogné à la porte du bas, en geignant, en implorant, en hurlant…

… rien ne me serait parvenu aux oreilles.

Titre original : *Banshee*
Traduit par Alain Dorémieux

J'ai fait un vœu

Dès qu'elle ouvrit la porte, elle vit qu'il avait pleuré. Il n'avait pas même essuyé les larmes qui lui coulaient sur les joues.

« Tom, qu'est-ce qui se passe ? Entre ! »

Elle l'attira vers elle sans qu'il manifeste de réaction. Puis il baissa les yeux, sembla considérer que l'idée était bonne et pénétra dans l'appartement. Il embrassa celui-ci d'un coup d'œil circulaire, comme si elle avait changé les meubles ou refait les peintures.

« Excuse-moi de te déranger.

— Tu plaisantes ? » Elle le guida vers le centre du salon. « Assieds-toi. Tu as une mine affreuse. Je te sers un verre.

— Ce serait pas mal de m'asseoir avant que je tombe, répondit-il distraitement. Et de boire un verre. Je ne me rappelle pas si j'ai mangé aujourd'hui. Peut-être que oui. »

Elle apporta du cognac, en versa, le dévisagea, augmenta la dose.

« Prends ton temps. Bois-le doucement. » Elle le regarda tout avaler d'une traite. « Qu'est-ce qui est arrivé ?

— C'est Beth, sanglota-t-il. Et... et toi.

— Il ne s'agit pas de moi. Parle-moi de Beth.

— Elle a fait une chute et s'est ouvert le crâne. Elle est restée deux jours à l'hôpital sans reprendre conscience.

— Oh ! mon Dieu... » Elle s'agenouilla et l'encercla de ses bras comme pour l'empêcher de perdre l'équilibre. « Pourquoi ne m'as-tu pas *prévenue* ?

— J'ai essayé, mais j'étais à l'hôpital avec Clara, et chaque fois que j'ai pu t'appeler, pas de réponse. Le reste du temps, Clara était si près qu'elle m'aurait entendu te parler... merde... c'est déjà assez moche d'avoir sa fille qui pourrait... à tout moment... enfin bref j'ai fait ce que je pouvais, et maintenant me voilà.

— C'est horrible. Pas étonnant que tu aies une tête pareille. Mais Beth ? Est-ce qu'elle va... ? Elle n'est pas... ?

— Non, elle n'est pas morte. Dieu merci, oh ! Dieu merci ! »

Les larmes ruisselaient maintenant sur sa figure, tombant dans son verre à cognac vide et mouillant les revers de son veston.

Elle s'accroupit à ses pieds et se mit à pleurer elle aussi, une main cramponnée à la sienne.

« Mon Dieu, murmura-t-elle, mon Dieu.

— Si tu savais combien de fois j'ai répété ce nom pendant ce week-end. Je n'ai jamais pratiqué de religion, mais là, tout d'un coup, il fallait que je fasse n'importe quoi, que je prie de toutes mes forces. Je n'ai jamais autant pleuré dans ma vie. Et je n'ai jamais autant prié. »

Il dut s'interrompre, terrassé par le chagrin. Après s'être calmé, il put continuer :

« Elle est sauvée, ça va mieux maintenant, elle a repris connaissance il y a deux heures. Elle va s'en tirer, le médecin en est sûr. Il me l'a certifié. S'il me réclamait un million de dollars pour les soins, je m'endetterais jusqu'à la fin de ma vie pour le payer. Je tiens tellement à elle.

— Je sais. C'est normal qu'un père tienne à sa fille. »

Il s'affala dans un fauteuil et elle resta assise par terre, la tête posée sur ses genoux, attendant que sa respiration entrecoupée s'apaise. Elle finit par demander :

« Ça s'est produit comment ?

— Un accident stupide. Elle cherchait des guirlandes de Noël sur l'étagère du haut dans la penderie. Elle était montée sur un escabeau, un truc branlant qu'on aurait dû foutre à la poubelle depuis longtemps. Cette saloperie a cédé sous son poids, elle est tombée, et c'est sa tête qui a encaissé tout le choc. Le pire, c'est qu'on ne l'a même pas su tout de suite. On était ailleurs dans la maison. On a toujours respecté son intimité. Mais au bout d'une heure, comme sa porte restait fermée et qu'on n'entendait rien, ma femme est entrée dans sa chambre. Tout à coup, elle a hurlé. Je suis arrivé en courant, et Beth était là par terre, allongée au milieu d'une flaque de sang, son crâne avait heurté le bord d'une étagère. J'ai failli me trouver mal en me penchant vers elle. J'essayais de la soulever mais j'avais les jambes en coton. Elle avait le corps inerte, complètement mou, j'ai vraiment cru qu'elle était morte. Je voulais lui tâter le pouls, mais le mien me tapait dans les tempes. Après, j'ai cherché à téléphoner mais j'avais les doigts paralysés et je ne pouvais pas manœuvrer le cadran. Clara m'a pris le téléphone des mains pour faire le numéro des secours d'urgence. Quand elle a eu quelqu'un au bout du fil, elle m'a repassé le téléphone, mais je n'ai même pas réussi à parler. C'est Clara qui a dû tout leur expliquer. Nom de Dieu, Beth a failli mourir à cause de moi. J'étais planté là comme un con, incapable de réagir. Et si j'avais été seul ? Sans Clara pour tout faire à ma place ? Elle serait peut-être morte avant même l'arrivée de l'ambulance. Enfin, Dieu soit loué, en cinq minutes ils étaient là, cinq minutes au lieu d'une demi-heure. Ils ont transporté Beth à l'hôpital. J'étais avec eux dans l'ambulance, à peu près comme si c'était moi le cadavre. Clara nous suivait avec la voiture. A l'hôpital, ils nous ont fait attendre une heure sans qu'on ait le droit de savoir. Sinon que Beth était en réanimation et qu'ils ne pouvaient pas se prononcer. Quand le chirurgien est sorti, il nous a dit qu'elle était entre la vie et la mort, qu'elle avait une chance sur deux de s'en sortir si elle survivait pendant deux jours. Tu imagines ça ? Deux jours à se demander si oui ou non elle va mourir ? On n'a pas quitté l'hôpital avant deux heures du matin, c'est eux qui nous ont obligés à partir en nous disant qu'ils téléphoneraient s'il y avait du nouveau. On est rentrés et on a passé toute la nuit à pleurer. Je crois bien que je n'ai pas cessé plus de dix minutes d'affilée. Est-ce que tu as jamais chialé pendant une nuit entière, avec l'envie de te tuer pour mettre fin à ton chagrin ? C'était la première fois de notre vie qu'on connaissait un *vrai* cauchemar. Tout avait toujours été normal, pas de maladies, pas d'accidents, pas de morts. Écoute-moi, je t'en prie ! Je n'arrête pas de parler, je ne peux pas m'en empêcher. Mon Dieu, je suis si fatigué, mais il fallait que je vienne te voir, Laura.

— Enfin elle va bien, c'est *sûr* qu'elle est tirée d'affaire ? questionna Laura.

— Elle devrait être sur pied d'ici trois jours et pouvoir quitter l'hôpital, d'après ce qu'ont dit les médecins.

— Attends que je te redonne à boire. » Elle lui remplit son verre et le regarda boire convulsivement. Elle eut à nouveau les yeux humectés de larmes. « Je n'ai vu Beth qu'une fois, mais c'était… c'est une fille adorable. Je me mets à ta place…

— Je comprends. » Il ferma les yeux un long moment, puis les rouvrit pour observer sa maîtresse. « Sais-tu pourquoi elle a réellement été sauvée ?

— Parce que les secours d'urgence sont venus à temps.

— Non.

— Parce que les médecins…

— Bien entendu, tout ça est entré en jeu. Mais l'important, c'est que nous avons prié. Nous avons *prié*, Laura. Et Dieu a répondu. *Quelque chose* a répondu. En tout cas, c'est arrivé. Je n'avais jamais cru à la prière. Maintenant j'y crois. »

Il la fixait intensément. D'un regard si pénétrant qu'elle dut détourner le sien, prête à tressaillir. Elle se croisa les mains et baissa les yeux en examinant ses jointures. Une pâleur subite envahit son visage comme sous l'effet d'un pressentiment, mais elle renferma en elle toute idée de ce genre. Après avoir inspiré profondément, elle lui jeta un coup d'œil rapide et demanda :

« Tu as dit quoi ?

— Hein ? fit-il.

— Quelle prière as-tu faite ? Comment l'as-tu formulée ?

— Eh bien, hésita-t-il, ce n'était pas exactement une prière. En tout cas pas seulement. J'ai… fait un vœu. »

Laura devint plus pâle, attendit, inspira de nouveau et interrogea :

« Quel vœu ? »

Il ne put répondre. Il semblait aussi pétrifié qu'il l'avait été, selon sa description, pour appeler les secours au téléphone.

« Alors ? insista Laura.

— J'ai promis à Dieu…

— Oui ?

— Que s'il sauvait Beth...

— Oui ?

— Je te quitterais et ne te reverrais jamais plus ! »

L'aveu avait jailli sourdement de ses lèvres.

« *Quoi ?* » Elle se redressa avec un sursaut et eut un mouvement de recul, en le regardant comme s'il était devenu fou.

« Tu as bien entendu ce que j'ai dit », commenta-t-il calmement.

Elle se pencha vers lui, en proie à une violente agitation, et cria :

« Comment as-tu *pu* promettre à Dieu une chose *pareille* ?

— Il le fallait. C'est la seule pensée qui m'est venue à l'esprit comme une évidence. » Il se laissa glisser du fauteuil pour la rejoindre sur le sol. « J'avais perdu la tête, tu ne comprends donc pas ? Je n'avais plus les idées en place ! »

Elle se recula davantage, augmentant la distance qui les séparait. Elle tourna les yeux frénétiquement vers la fenêtre, vers la porte, comme pour chercher une issue de secours, puis elle reprit d'une voix presque aussi forte :

« Tu sais que je suis maintenant catholique...

— Je sais, je sais.

— Que je viens de me convertir. Est-ce que tu te rends bien compte de la *situation* où tu me mets ?

— Ce n'est pas moi qui t'ai mise dans cette situation, c'est la vie, c'est l'accident de ma fille. J'étais obligé de faire ce vœu pour la sauver ! Tu n'as pas le *droit* de m'en vouloir.

— Je t'aime, salaud, c'est *pour ça* que je t'en veux ! »

Elle se leva d'un bond, tournoya sur elle-même, puis s'immobilisa face à lui, les bras ramenés contre elle, se serrant les coudes de la paume de chaque main. Elle se courba vers lui.

« Mais tu ne réalises donc pas que tu ne peux pas t'amuser à promettre à Dieu n'importe quoi ? Un vœu, c'est quelque chose de grave, espèce de connard. Tu ne peux plus le rompre maintenant !

— Je n'ai pas l'intention de le rompre, répliqua-t-il en la regardant avec stupeur. Tu... tu ne peux pas m'y *forcer* !

— Tom, Tom, expliqua-t-elle, je suis très croyante. Comment oses-tu penser que je chercherais à t'y amener ? Regarde seulement dans quel merdier tu nous a fourrés ! Un vœu, c'est sacré, tu dois le respecter, mais moi, ça veut dire que je me retrouve larguée. Et si tu n'y obéissais pas, je te mépriserais en te considérant comme un menteur, un menteur envers Dieu et ma nouvelle religion. Tu as tout salopé, tout saboté ! Ça n'aurait pas pu être pire si tu l'avais prémédité ! »

Toujours assis par terre, il s'adossa au fauteuil en s'essuyant les joues du revers de la main.

« Tu ne me soupçonnes *tout de même pas* de... ?

— Non, non. Je sais bien que c'était un accident, que tu ne pouvais pas le prévoir, et que c'est ta fille. Mais tu aurais pu réfléchir, prendre ton temps, peser le pour et le contre, être plus prudent.

— Tu crois qu'on a le temps de réfléchir quand on tombe du haut d'un immeuble de vingt étages et qu'on a besoin d'un filet ? »

Debout devant lui, elle fléchit les épaules comme s'il l'avait touchée d'une balle en plein cœur. A l'instant même où il en évoquait l'image, elle se sentit vivre cette chute. S'il y avait un filet quelque part, il ne pouvait pas le partager avec elle. Après avoir atterri et s'être aperçue qu'elle était toujours en vie, elle se força à reprendre la parole d'une voix tremblante :

« Oh ! Tom, Tom, c'est trop moche. Tu n'aurais pas dû...

— Je pleure pour deux choses, hoqueta-t-il. A cause de ma fille, qui a été à deux doigts de la mort. Et à cause de toi, qui vas être comme une morte en ce qui me concerne. J'ai *essayé* de choisir. Pendant un moment d'égarement, j'ai pensé qu'il *y avait* un choix. Mais je me suis dit que Dieu y verrait clair dans ma combine, si jamais j'essayais de le duper. Ce serait trop facile de prier et de faire un vœu pour l'oublier dès qu'il est exaucé. Depuis que ma fille a rouvert les yeux et m'a souri, je suis si reconnaissant que j'aurais envie d'exploser de joie. Et en même temps je me sens si triste à cause de nous, de toi et moi, que je vais continuer de pleurer toute la semaine et que ma femme s'imaginera que c'est une réaction de soulagement au retour de Beth à la maison.

— Je t'en prie, tais-toi, prononça Laura froidement.

— Pourquoi ?

— Parce que. Plus tu parles, moins je trouve d'arguments pour te répondre. Arrête de m'acculer dans un coin sans que je puisse me défendre. Arrête de me pousser au désespoir. Arrête-toi. »

Sans savoir quoi répondre, il ne put que rester prostré, tandis qu'elle allait comme une somnambule chercher un verre et une bouteille. Il lui fallut longtemps pour prendre l'initiative de le remplir et encore plus longtemps pour se rappeler qu'elle avait à le boire. Fixant le mur, le dos tourné, elle demanda :

« Répète-moi ta prière comme tu l'as faite.

— Je ne m'en souviens plus.

— Si, tu t'en souviens. Nom de Dieu, Tom, une chose aussi irréversible ! »

Il rougit et balança la tête de part et d'autre, sans être capable de lever les yeux vers elle.

« Tu veux les mots exacts ?

— Les mots exacts. Je tiens à les entendre. J'exige de les entendre. Je mérite bien ça. Vas-y, je t'écoute.

— C'est terrible, fit-il, le souffle court, ça me fait penser à ma mère me forçant à réciter mes prières quand j'avais cinq ans. J'avais horreur de ça. Je ne savais plus où me mettre. Je ne voyais Dieu nulle part, je ne comprenais même pas à qui j'étais censé m'adresser. C'était si pénible que ma mère a fini par renoncer. Des années plus tard, j'ai appris à prier à ma façon, intérieurement. Bon, bon, d'accord, ne me regarde pas avec cet air. Voilà ce que j'ai dit... »

Il se leva subitement, marcha jusqu'à la fenêtre et passa en revue les bâtiments de la ville, à la recherche de celui qui aurait pu être l'hôpital. Il démarra d'une voix presque inaudible. Il s'en rendit compte, s'interrompit et recommença, afin qu'elle puisse entendre :

« J'ai dit : S'il vous plaît, mon Dieu, sauvez-la, sauvez ma fille, laissez-la vivre. Si vous acceptez, je vous promets, je vous jure de sacrifier ce que j'ai de plus cher au monde. Je vous promets de quitter Laura et de ne plus jamais la revoir. Je vous le promets, mon Dieu. S'il vous plaît. »

Il y eut un long silence avant qu'il répète le dernier mot, très calmement :

« *S'il vous plaît.* »

Sans accomplir un autre mouvement, elle porta le verre à sa bouche et avala le cognac jusqu'à la dernière goutte, puis, les yeux fermés, elle hocha la tête.

« Eh bien, ça y est. Tu vois bien que tu pouvais le redire », murmura-t-elle.

Il se détourna de la fenêtre, eut un élan vers elle, mais le réprima. « Tu me crois, n'est-ce pas ?

— J'aimerais ne pas te croire, mais je te crois. Malheureusement ! »

Elle jeta le verre vide sur la moquette où il roula sans se casser.

« Tu ne pouvais pas promettre *autre chose ?* Tu ne pouvais pas, tu ne pouvais pas, *tu ne pouvais pas ?*

— Promettre quoi ? » Il fit les cent pas dans la pièce, toujours sans arriver à la regarder. « Qu'est-ce qu'on peut promettre à Dieu qui ait un sens ? Du fric ? Ma maison ? Ma voiture ? Annuler mon voyage à Paris ? Démissionner de mon boulot ? Ça ne m'aurait fait ni chaud ni froid ! Mais je n'ai pas l'impression que Dieu prenne les choses aussi à la légère. Il n'y a qu'une seule valeur qui compte pour lui, non ? Pas les biens, ni les intérêts, ni les plaisirs, mais... l'amour. Dans toute mon existence, je savais que je n'avais qu'une seule richesse inestimable à lui offrir en échange.

— Et c'était *moi,* remarqua-t-elle.

— Évidemment que oui ! Cite-moi autre chose. Moi, je ne vois rien d'autre. Il n'y a que toi. Mon amour pour toi a été si grand, si dévorant, si vital, que je savais bien que c'était l'unique don que je puisse proposer. En m'engageant à renoncer à toi, je montrais à Dieu la catastrophe que j'étais prêt à déclencher dans ma vie, la perte immense que j'acceptais de subir. Alors il *fallait bien* qu'il me rende ma fille. Comment aurait-il pu refuser ? »

Il stoppa au milieu de la pièce. Elle ramassa le verre, le scruta, en suivit distraitement le bord du bout de l'index.

« Maintenant j'aurai vraiment tout vu et tout entendu, persifla-t-elle.

— Vu et entendu *quoi ?*

— Cette incroyable habileté des hommes à mettre fin à une liaison.

— Pour toi, *c'est ça ?*

— Il n'y a pas de mystère. Tu avais envie de rompre

depuis longtemps. Aujourd'hui tu t'es trouvé un prétexte. »

Il eut un gémissement douloureux, puis un grondement, et enfin un soupir d'exaspération.

« Un prétexte ? Non. Il s'agit d'un engagement. Que voulais-tu que je fasse d'autre ?

— Certainement pas promettre à Dieu de me laisser tomber, en tout cas ! cria-t-elle au comble de l'exaspération. Pourquoi *moi ?* Pourquoi je paie les pots cassés ?

— Tu ne comprends vraiment rien ? Tu ne m'as donc pas écouté ? Tu es l'être que je chéris le plus. Je t'ai aimée, je t'aime, je t'aimerai toujours. Et maintenant, même si je souffre pendant des années avant de commencer à m'en remettre, il faut que je passe la main. Qui est le plus à plaindre ici, toi ou moi ? A qui ça fait le plus mal : à toi d'être quittée ou à moi de t'abandonner ? Tu as la réponse ?

— Non, dit-elle, les épaules voûtées. Mais je survivrai. Pardonne-moi. Il me faudra simplement du temps. Grand Dieu, quand je pense que ça fait à peine un quart d'heure que tu as mis les pieds ici ! »

Elle opéra un mouvement de retrait, d'un pas lent, vers la cuisine. Il l'entendit chercher dans le réfrigérateur. Il retourna s'asseoir, les mains cramponnées aux bras du fauteuil, comme si celui-ci pouvait soudain l'éjecter à travers le salon.

Elle revint porteuse d'une bouteille de champagne et de deux coupes, marchant précautionneusement comme si elle avançait en terrain miné.

« Qu'est-ce que tu fais ? questionna-t-il avec platitude alors qu'elle se rasseyait par terre près de lui.

— Ça ne se voit pas ? » Elle libéra d'une main experte le bouchon du champagne et, quand il eut été expulsé, elle ajouta : « Notre histoire d'amour a commencé sous le signe du champagne, enterrons-la avec !

— Tu es en colère contre moi...

— En colère, tu parles, je suis folle furieuse, et malheureuse à en crever, si malheureuse que je voudrais aller me coucher et passer un mois sans bouger de mon lit, ce que je compte bien faire à partir de demain, d'ailleurs. Peut-être que cette saleté de champagne m'y aidera. Tiens, prends ta coupe. »

Elle remplit les deux et ils les burent, puis gardèrent longuement le silence.

« Alors c'est la dernière fois qu'on se voit, reprit-elle enfin.

— Tu n'es pas obligée de le dire aussi brutalement.

— Pourquoi ? Il faut que je te traite avec ménagement ? Tu en as eu avec moi ? Ne tournons pas autour du pot. Nous passons les cinq dernières minutes de notre vie commune. Quand tu auras fini ton champagne, je veux que tu sortes d'ici. Je ne peux plus supporter ta présence. Je n'ai pas envie que tu partes. J'aimerais avoir à ma disposition une prière, un vœu aussi fort que le tien, pour crier à Dieu que je veux te garder, pour te forcer à rester. Mais je ne crois pas qu'une telle prière puisse exister. De toute façon je n'ai pas la force de la faire, et puis je n'ai personne qui soit en train de mourir, excepté toi, sauf que tu ne meurs pas pour de bon, tu t'en vas simplement de ma vie. Alors ne me téléphone pas, ne m'écris pas, ne reviens pas, ne passe pas me voir pour prendre de mes nouvelles. Je sais, je sais que tu es sincère dans ton désir d'obéir à ton vœu, et que tu es décidé à ne pas renouer avec moi. Mais tu pourrais céder à une tentation. Et si tu me redonnes signe de vie, je crois bien que cette fois j'en crèverai. Tu me trouves dure, tu me trouves méchante ? Je ne le suis pas. Je n'ai simplement pas d'autre moyen de me protéger si je veux espérer m'en sortir. Par conséquent... »

Elle leva sa coupe, la fit tinter contre celle de l'homme et acheva de la boire. Puis elle se leva, alla ouvrir la porte de l'appartement et attendit sur le seuil.

« Si tôt que ça ? Si vite ? demanda-t-il faiblement.

— Difficile de croire qu'on a été cinq ans ensemble. Mais... oui, si *vite.* »

Il se mit debout et regarda autour de lui comme s'il avait oublié quelque chose, puis il parut s'apercevoir que c'était *elle* qu'il oubliait derrière lui, que c'était la réalité. Il vint se placer devant elle, les bras ballants, sans savoir quoi faire de ses bras ni du reste de son corps.

« Tu me pardonnes ?

— Non. Pas encore. Un jour peut-être, oui, je devrai m'y résigner. Ce sera ça ou bien couper tous mes liens avec la religion. Laisse-moi du temps pour repenser à ce qui est arrivé à ta fille, à la mort dont elle a réchappé, et alors je finirai sans doute par envisager de te pardonner. Ce week-end aura été terrible pour nous tous. Je peux essayer de comprendre que tu as la sensation d'être partagé en deux, amputé d'une moitié de toi. Je te dis adieu. » Sa bouche s'arrondit pour formuler les mots *mon amour,* mais elle ne put les articuler.

Elle l'embrassa une fois, pendant longtemps, et quand elle sentit la légère force de gravité qui rapprochait peu à peu leurs deux corps, elle brisa leur étreinte et recula d'un pas.

Il franchit la porte, s'engagea dans l'escalier et, au bout de quelques marches, se retourna pour la regarder en disant à son tour :

« Adieu. »

Il se remit à descendre les marches d'un pas mesuré, et elle entendit le bruit de ce pas décroître d'étage en étage.

Une éruption de larmes gicla de ses yeux. Elle se

précipita vers la rampe et s'y accrocha en se penchant vers la cage d'escalier.

« Salaud, comment as-tu osé ! » vociféra-t-elle, puis elle se tut.

En suffoquant, elle plongea son regard dans la cage d'escalier vide. Les mots qui suivirent sortirent tout seuls de sa bouche :

« ... aimer ta fille... »

La fin de la phrase tomba comme les branches d'un arbre mort, émise d'une voix si étranglée qu'elle fut seule à l'entendre :

« ... plus que *moi ?* »

Elle fit demi-tour, s'appuya aux murs en tâtonnant, se retrouva chez elle et claqua sa porte avec une incroyable violence.

Du rez-de-chaussée, l'homme perçut ce fracas.

C'était comme le couvercle lourdement refermé d'un tombeau.

Titre original : *Promises, Promises*
Traduit par Alain Dorémieux

L'âme sœur

Toute la matinée une senteur avait flotté dans l'air limpide, une senteur de blés coupés, d'herbe tendre ou de fleurs, Sio n'aurait su préciser. Il descendit le flanc de la colline, laissant derrière lui sa grotte secrète, se retourna, leva sa tête fine, força ses yeux à regarder ; la brise soufflait sans cesse, soulevant autour de lui des vagues de parfums douceâtres. Il se mit en quête des fleurs sombres qui poussaient en bouquets sur la pierre dure, mais n'en trouva point. Alors il chercha une trace d'herbe, de cette prompte marée qui déferlait sur Mars au printemps l'espace d'une brève semaine, mais la terre n'était qu'os et cailloux, couleur de sang.

Soucieux, Sio regagna sa grotte. Il observa le ciel et vit flamboyer les fusées des Terriens, là-bas, près des villes qui s'ébauchaient. Parfois, la nuit, il glissait le long des canaux au silence traversé de clapotis paisibles, amarrait sa barque à l'abri des regards et, d'une brasse sans hâte, nageait vers la lisière des villes nouvelles ; là, il épiait les hommes qui martelaient, clouaient, peignaient, les hommes qui criaient dans la nuit après le mal que leur donnait la chose étrange qu'ils construisaient sur cette planète. Il écoutait leur mystérieux langage et s'efforçait de comprendre, regardait les fusées former de vastes panaches de feu, une splendeur, et s'enfoncer en rugissant dans les étoiles ; quel peuple incroyable ! Puis, vivant et bien portant, seul, Sio reprenait le chemin de sa grotte. Il lui arrivait parfois de couvrir des kilomètres de montagne afin de trouver ceux qui comme lui se cachaient, des hommes de son espèce, et quelques femmes, plus rares encore, des gens à qui parler, mais il s'était accoutumé à l'isolement, et passait ses jours solitaires à songer au destin qui avait fini par exterminer son peuple. Il ne rejetait pas la faute sur les Terriens ; il avait été accidentel, le mal qui avait consumé son père et sa mère dans leur sommeil, et les pères et les mères d'une multitude de fils.

À nouveau, il huma l'air. Étrange arôme… Cette senteur sucrée, fugace, mousse verte et fleurs mêlées.

« Mais qu'est-ce que c'est ? » Il plissa les paupières, et ses yeux dorés se tournèrent dans quatre directions.

Il était grand, adolescent encore, bien que dix-huit étés eussent étiré les muscles de ses bras, et que ses jambes se fussent allongées sous l'effet des saisons passées à nager dans les canaux, s'enhardir jusqu'à courir, se mettre à l'abri, courir encore, se mettre précipitamment à l'abri, sur le flamboiement des fonds de mer sans vie, ou à emporter dans d'interminables quêtes des cages d'argent pour y enfermer fleurs-assassines et lézards-feu destinés à les nourrir. Sa vie entière lui paraissait faite de nage et de marche, de ces choses à quoi les jeunes gens dépensent énergie et passion avant de se marier et de laisser bientôt une femme accomplir ce que jadis faisaient les fleuves et les montagnes. Il avait conservé plus longtemps que les autres, jusqu'aux premières années de l'âge adulte, la passion du lointain et de la randonnée, et si nombre de ses semblables étaient partis à la dérive, dans de fines barques, sur les canaux mourants, une femme en travers du corps tel un bas-relief, Sio avait continué de bondir et jouer, la plupart du temps seul, conversant souvent avec lui-même. Il avait donné bien du souci à ses parents, et fait le désespoir des femmes qui avaient regardé son ombre s'allonger gracieusement dès l'heure de son quatorzième anniversaire, échangé des hochements de têtes entendus et guetté sur le calendrier le passage d'une année, d'*une seule* année encore...

Mais depuis l'invasion et le Mal, l'immobilité l'avait progressivement gagné. Son univers avait sombré dans la mort. Les villes découpées, clouées et fraîchement peintes véhiculaient la maladie. Le fardeau de l'hécatombe pesait de tout son poids sur ses rêves. Souvent il s'éveillait en pleurant, tendait les bras dans l'air nocturne. Mais ses parents n'étaient plus, et il était temps, grand temps de trouver une amitié particulière, une émotion, un amour.

Le vent tournoyait et répandait la vive senteur. Sio inspira profondément et sentit se réchauffer sa chair.

Et puis il y eut un son. On aurait dit un petit orchestre. La musique montait de l'étroite vallée caillouteuse, jusqu'à sa grotte.

À quelques centaines de mètres, une volute de fumée paressait dans le ciel. Au-dessous d'elle, au bord de l'antique canal, se dressait une maisonnette construite un an plus tôt par les hommes de la Terre pour une mission archéologique. On l'avait ensuite abandonnée, et Sio était souvent allé épier les pièces vides, mais sans jamais entrer tant il craignait que ne l'effleure le mal noir.

C'était de la maisonnette que venait la musique.

« Tout un orchestre dans cette maison de rien du tout ? » s'interrogea-t-il avant de se ruer silencieusement, dans la lumière des premières heures de l'après-midi, vers le fond de la vallée.

Malgré la musique qui s'échappait des fenêtres ouvertes, la maison paraissait vide. Sio effectua une série de bonds d'un rocher à l'autre, et prit le temps de s'aplatir une demi-heure au sol, à moins de trente mètres de l'effrayante et bruyante maison. Il resta couché sur le ventre, sans s'éloigner du canal. Si besoin était, il pouvait toujours plonger et laisser le courant le ramener rapidement dans les collines.

La musique s'envolait, s'écrasait sur les rochers, bourdonnait dans l'air brûlant, vibrait dans ses os. Des nuages de poussière s'élevaient du toit frémissant. La peinture s'écaillait des murs en une douce tempête de neige.

Sio bondit sur ses pieds et se laissa aussitôt retomber à terre. À l'intérieur, nul orchestre. Rien que des rideaux fleuris. La porte d'entrée était grande ouverte.

La musique s'arrêta, puis reprit. La même mélodie se répéta dix fois. Et l'odeur qui l'avait attiré hors de son refuge de pierre était ici plus dense, comme une eau claire léchant son visage en sueur.

Enfin il s'élança, s'immobilisa devant la fenêtre, et jeta un coup d'œil à l'intérieur.

Sur une table basse luisait une machine brune. Dans la machine, une aiguille d'argent reposait sur un disque noir tournant sur lui-même. L'orchestre tonnait ! Sio observa l'étrange appareil.

L'espace d'un instant, la musique cessa. Durant cet intervalle de silence sifflant, il entendit des pas. Il prit ses jambes à son cou et plongea dans le canal.

Il se laissa couler jusqu'au fond de l'eau fraîche et resta là à attendre, retenant sa respiration. Était-ce un piège ? L'avait-on attiré là pour le capturer puis le tuer ?

Une minute passa, lentement, tandis que ses narines laissaient échapper un chapelet de bulles. Il se remit en mouvement et regagna sans hâte la grande vitre liquide qui le séparait du monde d'en haut.

Il nageait en risquant un œil par-dessus la fraîcheur verte du courant lorsqu'il la vit.

Là-haut, son visage ressemblait à une pierre blanche.

Il ne fit pas un geste, resta un long moment sans bouger, mais il la vit. Retenant son souffle, il se laissa glisser lentement, lentement dans le courant, et elle était belle, elle était de la Terre, elle était venue dans une fusée qui avait roussi la terre et calciné l'air, et elle était aussi blanche qu'une pierre.

Le canal l'emporta parmi les collines. Il sortit de l'eau, tout ruisselant.

Elle était belle, songea-t-il. Pantelant, il s'assit au bord du canal. Il se sentait la poitrine comme prise dans un étau. Son sang lui chauffait les joues. Il contempla ses mains. Le mal noir était-il en lui ? Le simple fait de la regarder l'avait-il contaminé ?

J'aurais dû me lever au moment où elle se baissait, se dit-il, et refermer mes mains autour de son cou. Elle nous a tués, elle nous a tués. Il revit sa gorge blanche, ses épaules blanches. Curieuse couleur, songea-t-il encore. Mais non, non, elle ne nous a pas tués. C'était le Mal. La noirceur pouvait-elle habiter tant de blancheur ?

« M'a-t-elle vu ? » Il se mit debout et laissa le soleil le sécher. Puis il posa sa main sur sa poitrine, sa main svelte et brune. Il sentit son cœur battre à tout rompre. « Oh ! fit-il. Je l'ai vue, *elle !* »

Il retourna à la grotte, sans se presser mais sans tarder. En bas, le vacarme continuait, comme une fête jouant toute seule.

Sans un mot, il entreprit, résolument et avec précision, d'emballer ses affaires. Il jeta des morceaux de craie phosphoreuse, un peu de nourriture et quelques livres dans un morceau d'étoffe qu'il noua bien serré. Il vit que ses mains tremblaient. Les yeux écarquillés, il examina ses doigts sous toutes les coutures. Puis il se releva prestement, coinça sous son bras son léger paquetage et sortit de la grotte ; là, il se lança dans l'escalade du canyon, tournant le dos à la musique et au parfum entêtant.

Il ne jeta pas un regard en arrière.

Le soleil commençait à descendre dans le ciel. Il sentit son ombre s'allonger derrière lui, comme pour revenir là où il aurait dû rester. Il n'était pas bon d'abandonner la grotte où il avait souvent séjourné, enfant. Dans cette caverne, il s'était découvert dix passe-temps, cent inclinations. Dans le roc, il avait creusé un four, et chaque jour s'était fait cuire des gâteaux tout chauds, merveilles de texture et de variété. Dans un petit champ de montagne, il avait planté du blé pour se nourrir. Il s'était confectionné des vins limpides et pétillants. Fabriqué des instruments de musique, des flûtes d'argent et de métal-épine, de minuscules harpes. Il avait composé des chansons. Construit de petits sièges et tissé la matière de ses vêtements. Et il avait peint sur les parois de la grotte des images pourpres, ou bleu colbalt phosphorescent, des images qui luisaient d'un éclat de braise tout au long des nuits, des images d'une grande complexité et d'une grande beauté. Et il avait souvent relu un recueil de poèmes écrits à l'âge de quinze ans et que ses parents avaient déclamés, fiers mais sereins, devant une assistance choisie. L'existence avait été belle, dans cette grotte, en compagnie de ses petites créations.

Alors que le soleil se couchait, il atteignit le sommet du défilé. La musique avait disparu. L'odeur avait disparu. Il soupira, puis s'assit pour prendre quelque repos avant de poursuivre son chemin par-dessus les montagnes. Il ferma les yeux.

Un visage blanc lui apparut à travers une nappe d'eau verte.

Tout à ses sensations, il posa les doigts sur ses paupières closes.

Des bras blancs s'agitèrent dans des courants bouillonnants.

Il se releva d'un bond, saisit son paquet de souvenirs ; il était sur le point de s'éloigner hâtivement lorsque le vent tourna.

De nouveau la musique. Faible, très faible. La musique démente, métallique, rugissante, à des kilomètres de là.

Faible encore, une ultime trace de parfum se coula parmi les rochers.

Tandis que se levaient les lunes, Sio fit demi-tour et repartit vers la grotte.

Elle était froide et inhospitalière. Il fit du feu et dîna d'un peu de pain et de quelques baies trouvées sur la mousse des rochers. Il ne l'avait pas quittée depuis longtemps, mais la grotte était déjà devenue glaciale et dure. Les murs lui renvoyaient le son étrange de sa propre respiration.

Il étouffa le feu et s'étendit pour dormir. Mais voilà qu'un rai de lumière frappait la paroi de la grotte. Il sut que cette faible clarté avait remonté plusieurs centaines de mètres, depuis les fenêtres de la maison du canal. Il ferma les yeux, mais la lumière était tout de même là. Soit elle, soit la musique, soit encore le parfum de fleurs. Il se surprit à essayer de capter, par les yeux, les oreilles ou le nez, l'une ou l'autre de ces invraisemblables sensations.

À minuit, il était debout à l'entrée de sa grotte.

Comme un jouet attirant, les lumières jaunes de la maison brillaient dans la vallée. Par l'une des fenêtres il crut voir une silhouette danser.

« Je dois aller la tuer, dit-il. C'est pour *cela* que je suis revenu. Pour la tuer, l'ensevelir. »

Dans son demi-sommeil, il entendit une voix égarée qui disait : « Menteur ! Menteur ! » Il n'ouvrit point les yeux.

Elle vivait seule. Le deuxième jour, il la vit se promener sur les contreforts des montagnes. Le troisième, elle alla nager, nager des heures dans le canal. Le quatrième et le cinquième, Sio s'approcha de plus en plus près de la maison jusqu'à ce qu'au crépuscule du sixième jour, alors que les ténèbres s'épaississaient, il vienne se tenir devant les fenêtres pour observer la femme qui vivait là.

Elle était assise à une table sur laquelle reposaient une vingtaine de minuscules pots en cuivre de couleur rouge. Elle appliquait sur son visage, par petites touches, une crème à l'aspect frais qui lui faisait un masque. Puis elle l'essuya au moyen de mouchoirs en papier qu'elle jeta dans une corbeille. Elle essaya un tube de couleur qu'elle pressa contre sa bouche pleine, puis serra les lèvres, ôta la couleur, en ajouta une autre, ôta la couleur, en ajouta une autre, ôta celle-là aussi, en expérimenta une troisième, une cinquième, une neuvième, puis poudra ses joues de rouge, et s'épila les sourcils avec une pince d'argent. Ensuite elle releva ses cheveux en les enroulant sur d'incompréhensibles mécanismes et se polit les ongles en chantant une douce et étrange mélodie d'ailleurs, une chanson dans sa langue à elle, une chanson qui devait être très belle. Elle fredonnait, martelant de ses talons aiguilles le plancher de bois dur. Elle chantait en arpentant la pièce vêtue de son seul corps blanc, ou couchée sur son lit dans sa seule chair blanche, la tête renversée, ses cheveux d'or lançant leurs flammes vers le sol, tandis qu'elle portait à ses lèvres rouges,

rouges, un cylindre en feu qu'elle tétait, les yeux clos, avant de laisser s'échapper de ses narines pincées et de sa bouche paresseuse de longues et lentes cascades de fumée qui dessinaient dans l'air de grandes formes spectrales. Sio se mit à trembler. Les spectres étranges qui sortaient de sa bouche. Avec quelle nonchalance. Quelle aisance. Sans même les regarder, elle les créait.

Lorsqu'elle se leva, ses pieds explosèrent sur le plancher. Elle se remit à chanter. Elle virevolta, lança sa chanson au plafond, claqua des doigts. Elle écarta les mains, comme des oiseaux en vol, et valsa seule, cercle après cercle, faisant craquer le plancher sous ses talons.

La mélodie d'ailleurs. Si seulement il en comprenait les paroles ! Si seulement il possédait le don, que souvent possédaient ses semblables, de projeter son esprit, de lire, connaître, interpréter instantanément ; langues étrangères, pensées d'ailleurs. Il essaya. Mais rien n'arriva. Elle continua de chanter cette chanson merveilleuse et inconnue dont il ne comprenait pas un mot :

« *Vois un peu comme je suis sage, je garde mon amour pour toi...* »

À la vue de ce corps de Terrienne, de cette beauté de Terrienne, de cette chose si radicalement différente qui avait franchi tant de millions de kilomètres, il se sentit défaillir. Ses mains devinrent moites, ses paupières tressautèrent désagréablement.

Une sonnerie retentit.

Et voilà qu'elle s'emparait d'un curieux instrument noir dont la fonction n'était pas très éloignée de celle d'un autre appareil en usage au sein du peuple de Sio.

« Allô, Janice ? Ça alors, je ne suis pas fâchée de t'entendre ! »

Sio sourit. Elle parlait avec une ville lointaine. Il était excitant d'entendre sa voix. Mais que signifiaient les mots ?

« Bon sang, Janice, dans quel trou m'as-tu envoyée ! Je sais, mon chou, les vacances. Mais c'est à cent kilomètres de Nulle Part ! Je ne fais rien d'autre que jouer aux cartes et nager dans le canal. »

En réponse, la machine émit un bourdonnement.

« Je ne me supporte plus ici, Janice. Je sais, je sais. Les églises. C'est un scandale qu'ils soient venus jusqu'ici. Tout allait si bien. Ce que je veux savoir, *moi,* c'est : quand est-ce qu'on rouvre ? »

Adorable, songea Sio. Gracieuse. Incroyable. Debout dans le noir devant sa fenêtre ouverte, il contemplait son visage et son corps stupéfiants. Et de quoi parlait-on ? D'art, de littérature, de musique, oui, de musique puisqu'elle chantait, chantait sans cesse. Curieuse musique, d'ailleurs, mais pouvait-on s'attendre à comprendre la musique d'un autre monde ? Ou ses coutumes, son langage, sa littérature ? Non, il fallait se fier à son instinct. Mettre de côté les idées préconçues. Il fallait bien admettre que sa beauté n'était pas celle de Mars, la beauté brune, svelte et satinée d'une race en train de s'éteindre. La mère de Sio avait des prunelles dorées, des hanches minces. Mais cette femme-là, qui chantait toute seule dans le désert, était d'une autre sorte : seins plantureux, hanches larges, et il y avait les jambes, oui, les jambes comme des flammes blanches, et cette curieuse habitude de se promener avec pour tout vêtement ces étranges chaussons qui claquaient sur le sol. Mais peut-être toutes les Terriennes se comportaient-elles ainsi ? Oui. Il faut que tu comprennes. Les femmes de ce monde lointain, nues, avec des cheveux jaunes, des formes plantureuses et des talons qui claquaient, il les voyait maintenant. Et les tours de magie qu'elle faisait avec sa bouche et ses narines. Les spectres, les âmes sortant de ses lèvres en volutes de fumée. Sans aucun doute, c'était une créature magique de feu et d'imagination. Avec le talent de son esprit, elle dessinait des corps dans l'air. Qui d'autre qu'un esprit de clarté et de pur génie pouvait avaler le feu gris et carmin et, par les narines, recracher des panaches de perfections architecturales d'une finesse et d'une complexité sans pareilles ? Du génie ! Une artiste ! Une créatrice ! Comment faisait-on, combien d'années fallait-il travailler pour arriver à ce résultat ? À quoi consacrait-on son temps ? Sa présence lui faisait tourner la tête. Il se sentit pris d'une envie irrésistible de lui crier : « Apprends-moi ! » Mais il avait trop peur. Il se sentait comme un enfant. Il voyait les formes, les lignes, les infinis tourbillons de fumée. Si elle était là, dans le désert, c'était pour être seule, pour donner forme à ses fantasmes en toute sécurité à l'écart des autres. On ne dérangeait pas les créateurs, les écrivains, les peintres. On restait en retrait et on gardait ses pensées pour soi.

Quel peuple ! songea-t-il. Sont-elles toutes ainsi, les femmes de ce fougueux monde vert ? Sont-elles musique et spectres fougueux ? Marchent-elles vêtues de leur flamboyante nudité dans leurs maisons pleines de bruit ?

« Il me faut observer, dit-il à mi-voix. Étudier. » Il sentait ses mains se crisper. Il avait envie de toucher. Il voulait qu'elle chante pour lui, bâtisse pour lui dans les airs ces fragments de chefs-d'œuvre, qu'elle l'instruise, lui parle de ce bout du monde, de ses livres et de sa musique raffinée...

« Mais Janice, que veux-tu dire par “ bientôt ” ? Et les autres filles ? Les autres villes ? »

Le téléphone vrombit comme un insecte.

« Toutes les villes fermées ? Définitivement ? Sur toute cette maudite planète ? Il doit bien y avoir *un* endroit, non ? Si tu ne me trouves pas un autre endroit bientôt, je... ! »

Rien ne lui était familier. C'était comme s'il voyait

une femme pour la première fois de sa vie. Sa façon de pencher la tête en arrière, d'agiter ses mains aux ongles rouges, tout était nouveau, différent. Elle croisa ses jambes blanches, le coude posé sur un genou nu, invoquant puis exhalant des spectres, parlant, scrutant du coin de l'œil la fenêtre où lui, oui, lui se tenait dans l'ombre, elle regardait tout droit à travers lui, oh ! si elle savait, que ferait-elle ?

« Qui, moi ? Moi j'ai peur de vivre toute seule ici ? »

Elle éclata de rire, et dans les ténèbres baignées de lune Sio rit en cadence. Oh ! la beauté de son rire d'ailleurs, de sa tête rejetée en arrière, des nuages mystiques qui surgissaient de ses narines et prenaient forme devant elles !

Haletant, il dut se détourner.

« Mais oui ! Bien sûr ! »

Quel discours rare et raffiné sur la vie, la musique, la poésie tenait-elle maintenant ?

« Écoute, Janice. Comment veux-tu qu'on ait peur des Martiens ? Combien en reste-t-il, une douzaine, deux douzaines ? Tu peux les mettre en rang et me les amener ! D'accord ? D'accord ! »

Poursuivi par son rire, il contourna la maison à l'aveuglette, trébuchant sur les bouteilles qui jonchaient le sol. Les yeux clos, il revit l'empreinte de sa peau phosphorescente et les fantômes qui jaillissaient de sa bouche, autant de sorcelleries évocatrices de nuées, de pluie et de vent. Oh ! pouvoir traduire ! Oh ! dieux, *savoir !* Écouter ! Quel est ce mot, et celui-ci, et celui-là aussi, tiens ! ? Était-elle en train de le rappeler ? Non. Était-ce son nom qu'il entendait ?

De retour à la grotte, il mangea sans faim.

Il resta une heure assis à l'orée de la grotte tandis que les lunes se levaient et traversaient en trombe le ciel glacé, et vit son haleine se superposer à l'air, comme plus tôt les spectres, et les silences farouches qui s'exhalaient autour de son visage, tandis qu'elle parlait, parlait ; il entendait ou n'entendait pas sa voix venir vers lui du bas de la colline, au milieu des rochers, il respirait son souffle, ce souffle plein de vaporeuses promesses et de mots tièdes réchauffés dans sa bouche.

Enfin il se dit : Je vais descendre et lui parler très doucement, lui parler tous les soirs, jusqu'à ce qu'elle comprenne ce que je lui dis, jusqu'à ce que je connaisse ses mots à elle, jusqu'à ce qu'elle revienne avec moi dans les collines, où nous serons heureux. Je lui parlerai de mon peuple, de ma solitude, et des nuits si nombreuses que j'aurai passées à la regarder, l'écouter...

Mais... elle est la Mort.

Il frissonna. L'idée, les mots refusaient de s'en aller.

Comment aurait-il pu oublier ?

Qu'il touche seulement sa main, sa joue, et en quelques heures, une semaine tout au plus, il se ratatinerait. Il changerait de couleur, s'écroulerait en plis d'encre et deviendrait cendre, noirs fragments de feuilles qui s'effriteraient puis seraient emportés par le vent.

Un seul frôlement et... la Mort.

Puis il eut une autre idée. Elle vivait seule, loin de ceux de son espèce. Comme elle devait tenir à ses propres pensées, pour vivre ainsi à l'écart ! Donc, ne sommes-nous pas pareils, elle et moi ? Et puis, puisqu'elle vivait loin des villes, peut-être la Mort n'était-elle pas en elle... ? Mais oui ! Pourquoi pas !

Comme il serait bon de rester avec elle un jour, une semaine, un mois, de nager avec elle dans les canaux, de se promener dans les collines et de lui faire chanter son étrange chanson, d'effleurer à son tour les vieux livres-harpes, de les obliger à répondre à ses chants par les leurs ! Ne serait-ce pas mieux que rien, mieux que tout ?

L'homme mourait lorsqu'il était seul, n'est-ce pas ? Alors, pense à ces lumières jaunes dans cette maison, là-bas. Un mois à comprendre des choses, à être et vivre avec la beauté, avec une faiseuse de spectres, ces esprits qui sortaient de sa bouche, n'était-ce pas une chance à saisir ? Et si la mort venait... quelle belle mort, quelle mort originale ce serait !

Il se leva. Se mit en mouvement. Alluma une bougie dans une niche de la paroi où les images de ses parents se mirent à vaciller. Dehors les fleurs sombres attendaient l'aube pour frémir et s'ouvrir, et elle serait là pour les voir, les soigner, marcher à ses côtés dans les collines. Les lunes n'étaient plus dans le ciel. Il dut se servir de sa vision spéciale pour pouvoir se diriger.

Il prêta l'oreille. À ses pieds, dans la nuit, la musique jouait. À ses pieds, *sa* voix prononçait des merveilles qui traversaient le temps. À ses pieds, dans les ombres, sa chair blanche brûlait et les spectres dansaient autour de sa tête.

Il se déplaçait rapidement à présent.

Ce soir-là, à neuf heures quarante-cinq précises, elle entendit gratter doucement à sa porte.

Titre original : *The Love Affair*
Traduit par Jacques Chambon

Un coup pour Sa Seigneurie, et un coup pour la route !

Qu'ait lieu une naissance, et il faut parfois presque toute une journée pour que la nouvelle fermente, filtre ou voyage de toute autre façon à travers les prairies irlandaises jusqu'au village le plus proche et le pub le plus apprécié, à savoir celui d'Heeber Finn.

Mais que quelqu'un meure, et tout un orchestre symphonique s'élève dans les champs et les collines. Le formidable claironnement gifle la campagne pour aller ricocher sur les ardoises du pub et arracher aux buveurs ce cri accablé : Remettez-nous ça !

Il en fut ainsi en ce brûlant jour d'été. Le pub n'était pas plus tôt ouvert, aéré et rempli que Finn, à la porte, vit un nuage de poussière s'élever sur la route.

« Tiens, voilà Doone », marmonna Finn.

Doone était le pied-agile du pays, aussi prompt à sortir des cinémas avant ce maudit hymne national qu'à colporter les nouvelles.

« Et les nouvelles sont mauvaises, murmura Finn. À voir la vitesse à laquelle il se ramène ! »

« Ha ! » gémit Doone en franchissant le seuil d'un bond. « C'est fini, il est mort ! »

La foule qui se pressait au bar se retourna.

Doone, savourant son triomphe, les fit patienter.

« Bon, ça va, voilà un verre. Peut-être que ça te déliera la langue ! »

Finn fourra un verre dans la main tendue de Doone. Celui-ci s'humecta le sifflet et mit de l'ordre dans les faits.

« Lui-même, finit-il par éructer. Lord Kilgotten. Mort. Y a pas une heure de ça !

— Dieu du ciel », fit en sourdine une voix plus ou moins générale. « Béni soit le vieux bonhomme. Une agréable nature. Un chic type. »

Car lord Kilgotten avait fréquenté leurs champs, leurs pâturages, leurs granges et ce bar lui-même durant toute leur existence. Son départ était pareil à celui des Normands regagnant la France à la rame ou à celui de ces maudits Anglais quittant Bombay.

« Un brave homme, dit Finn en buvant à sa mémoire, même s'il passait quinze jours par an à Londres.

— Quel âge avait-il ? demanda Brannigan. Quatre-vingt-cinq ? Quatre-vingt-huit ? On croyait l'enterrer plus tôt que ça.

— Y a des types comme ça, intervint Doone. Y faut que Dieu leur assène un grand coup de hache pour leur faire débarrasser le plancher. Tenez, Paris, y a de ça quelques années, on pensait que ça allait le tuer, mais non. Et la boisson, il aurait dû périr noyé, mais non, il regagnait toujours le rivage à la nage. La foudre, qu'il a fallu, un petit coup de foudre au milieu du champ, y a de ça une heure, et lui sous l'arbre qui cueillait des fraises avec sa petite secrétaire de dix-neuf ans.

— Doux Jésus, dit Finn. Il n'y a pas de fraises à cette époque de l'année. C'est *elle* qui lui a fait monter la tension. Grillé par un coup de sang, qu'il a été ! »

Cette réflexion déclencha une salve de rires qui

cessèrent d'eux-mêmes lorsqu'on en considéra l'objet et que d'autres villageois vinrent humer l'air et se rafraîchir le gosier.

« Je me demande », dit enfin Heeber Finn d'une voix songeuse qui aurait fait se tenir tranquilles à table les dieux du Walhalla, « je me demande. Qu'est-ce que va devenir tout ce vin ? Je veux dire, le vin que lord Kilgotten a mis à l'ombre par caisses et tonneaux, par dizaines et dizaines et milliers de litres, dans ses caves et ses greniers et, qui sait, jusque sous son lit ?

— Ouais, fit tout le monde, consterné, en se rappelant soudain. Ouais. Sûr. Qu'est-ce que tout ça va devenir ?

— Probable que ça a été laissé à quelque bon à rien de cousin ou de neveu yankee, corrompu par Rome, rendu fou par Paris, qui va se ramener dès demain par avion, tout prendre et tout boire, pendant que Kilcock et nous on restera comme des couillons au bord de la route ! lâcha Doone d'une seule traite.

— Ouais. » Leurs voix, comme des tambours voilés de velours sombre, allaient à la rencontre de la nuit. « Ouais.

— Il n'y a pas de parents ! dit Finn. Pas de crétins de neveux yankees ou de gourdes de nièces tombées de gondole à Venise et qui viendraient ici à la nage. Ça fait partie de mon boulot d'être bien renseigné. »

Finn marqua un temps. C'était son quart d'heure à présent. Tout le monde avait les yeux fixés sur lui. Tout le monde tendait l'oreille pour entendre sa puissante déclaration.

« Et si, je me disais, si Kilgotten, par Dieu, avait laissé la totalité de ses dix mille bouteilles de bourgogne et de bordeaux aux citoyens de la plus jolie petite ville de l'Eire ? A *nous !* »

Ces paroles soulevèrent une tempête de commentaires qui s'interrompirent lorsque les battants de l'entrée s'ouvrirent à la volée, et que la femme de Finn, qui mettait rarement, les pieds dans la porcherie, entra, fusilla tout le monde du regard et lança sèchement :

« Les obsèques ont lieu dans une heure !

— Une heure ? se récria Finn. Mais... il est à peine froid...

— A midi tapant, précisa la femme dont la taille augmentait à mesure que son regard affrontait l'affreuse tribu. Le toubib et le curé reviennent tout juste de là-bas. De promptes obsèques, telle était la volonté de Sa Seigneurie. “ Voilà qui est contraire à la bienséance, a dit le père Kelly, et il n'y a aucune fosse de creusée. — Mais si qu'il y en a une ! a dit le toubib. Hanrahan était censé mourir hier mais il a voulu contrarier son monde et a passé la nuit. J'ai eu beau le traiter en conséquence, il s'accroche ! En attendant, il y a sa fosse qui est vide. Kilgotten peut la prendre, terre et pierre tombale comprises. ” Tout le monde est invité. Magnez-vous le train ! »

La porte à double battant se referma en coup de vent. L'imposante apparition était repartie.

« Un enterrement ! s'écria Doone, prêt à tricoter des jambes.

— Non ! » Finn rayonnait. « Tout le monde dehors. On ferme. Une *veillée mortuaire !* »

« Même le Christ, haleta Doone en s'épongeant le front, ne descendrait pas de sa croix pour marcher un jour pareil.

— La chaleur, dit Mulligan, est *proprement* intolérable. »

Leur veste sur le bras, ils gravissaient péniblement la colline. Juste après la loge de la propriété Kilgotten, ils rencontrèrent le curé, le père Padraic Kelly, qui faisait de même. C'était tout juste s'il avait défait son col, et il était rouge comme une betterave.

« Quelle journée d'enfer ! admit-il. Pas un de nous n'y tiendra !

— Pourquoi toute cette précipitation ? » demanda Finn en alignant son pas sur les furieuses enjambées du saint homme. « Je renifle du vilain. Qu'est-ce qui se mijote ?

— Effectivement, dit le curé. Il y avait un codicille secret dans le testament...

— Je le *savais !* s'exclama Finn.

— Quoi ? demanda la foule qui fermentait au soleil immédiatement derrière.

— Ça aurait déclenché une émeute si la chose avait filtré », se borna à dire le père Kelly, les yeux fixés sur les grilles du cimetière. « Vous découvrirez ça au moment pénultième.

— C'est le moment avant ou le moment après la fin, mon père ? demanda Doone, innocemment.

— Ah ! vous êtes si bête que c'en est une pitié, soupira le curé. Passez-moi par cette porte. Et ne tombez pas dans le trou ! »

Doone s'exécuta. Les autres suivirent, se composant une expression encore plus sombre au moment où ils franchissaient le seuil du cimetière. Le soleil, comme pour observer la scène, se cacha derrière un nuage, et une douce brise vint rafraîchir un peu l'atmosphère.

« Voilà la fosse. » Le curé hocha la tête. « Alignez-vous des deux côtés de l'allée, pour l'amour du ciel, arrangez vos cravates, si vous en avez, et surtout, vérifiez vos braguettes. Offrons un beau spectacle à Kilgotten, le voilà qui arrive ! »

Et en effet lord Kilgotten arrivait, dans une bière posée à même les planches d'une de ses bétaillères, en bonne âme toute simple qu'il était, et derrière la bétaillère, c'était tout un convoi d'autres véhicules, voitures, camions, qui s'allongeait jusqu'à mi-pente dans la lumière redevenue agressive.

« Quel cortège ! s'écria Finn.

— Jamais rien vu de pareil ! s'écria Doone.

— La ferme, intima poliment le curé.

— Bon sang, dit Finn. Vous voyez le *cercueil ?*

— On voit, Finn, on *voit !* » s'étrangla tout le monde.

Car le cercueil qui passait bruyamment devant eux était d'une superbe facture, joliment cloué avec des clous d'or et d'argent, mais de quel étrange bois était-il fait ?

De planches de caisses de vin, de douves de tonneaux qui n'avaient quitté les côtes de France que pour venir s'entrechoquer et sombrer dans les caves de lord Kilgotten !

Une tempête d'exhalaisons déferla sur les clients de Finn. Ils basculèrent sur leurs talons. Saisirent le bras du voisin.

« Toi qui connais les mots, Finn, murmura Doone, dis-nous les *noms !* »

Finn observa le cercueil fait de caisses de grands crus et soupira enfin : « Je vais en marcher sur ma langue. Regardez ! Là, château-lafite Rothschild, 1970. Châteauneuf-du-pape 68 ! A l'envers, *cette* appellation, corton ! Retour à l'endroit : la lagune ! Quel style, grand Dieu, quelle classe ! Personnellement, ça ne me ferait rien d'être enterré dans du bois pareillement gravé au feu !

— Je me demande, rêvassa Doone, s'il peut *lire* les appellations *de l'intérieur ?*

— Vos gueules, marmonna le curé. Voilà le *reste* qui arrive ! »

Si le corps dans le cercueil n'avait pas suffi à assombrir le ciel, cette seconde arrivée causa un malaise assez lourd pour faire carrément ruisseler les hommes déjà suants.

« C'était comme si, devait plus tard se rappeler Doone, quelqu'un avait glissé, était tombé dans la fosse, s'était cassé une cheville et avait *gâché* tout l'après-midi ! »

Car la dernière partie du cortège était composée d'une collection de voitures et de camions chargés à la diable de caisses de vin français et, pour finir, d'un vieux camion-brasserie Guinness tiré par un attelage de fiers chevaux blancs drapés de noir, que mettait en nage la surprise qu'ils traînaient derrière eux.

« Dieu me damne ! dit Finn. Lord Kilgotten a amené ses propres amis pour sa veillée funèbre !

— Hourra ! s'écria-t-on. Quel brave homme !

— Il a dû deviner qu'il ferait aujourd'hui une chaleur à mettre le feu à une bonne sœur, à enflammer un curé, à nous faire pendre la langue sur la poitrine !

— Dégagez ! Laissez passer ! »

Les hommes s'écartèrent tandis que tous les véhicules, chargés d'étranges crus du sud de la France et du nord de l'Italie, dans un bruit de clapotis caverneux, roulaient pesamment dans le cimetière.

« Un jour, murmura Doone, il faudra élever une statue à Kilgotten, philosophe de l'amitié !

— Ne vous laissez pas aller, dit le curé. Il est trop tôt pour dire quoi que ce soit. Car il nous arrive quelque chose de *pire* qu'un croque-mort !

— Qu'est-ce qui pourrait être pire ? »

Quand le dernier camion de vin se fut rangé près de la tombe, un homme apparut en haut de la côte, chapeau sur la tête, veste boutonnée, manchettes bien tirées, chaussures cirées jusqu'à l'absurde, moustache itou, une serviette impeccable, tel un sac de dame, serrée sous le bras, l'air de sortir d'une glacière ou d'un caveau couvert de neige, la langue comme un glaçon, le regard pareil à un étang gelé.

« Doux Jésus ! s'exclama Finn.

— Un *notaire !* » s'exclama Doone.

Tout le monde s'écarta.

Le notaire, car c'en était bien un, s'avança à grands pas, tel Moïse au milieu du passage ménagé par la mer Rouge, tel le Roi-Soleil s'accordant une petite promenade, ou telle la putain la plus hautaine de Piccadilly : à vous de choisir.

« C'est l'homme de loi de Kilgotten, fit Muldoon entre ses dents. Je l'ai vu opérer sur Dublin : l'Apocalypse en personne ! Avec un nom pas possible : Clement ! Irlandais de la fesse droite et anglais des deux. La *pire* des choses !

— Qu'est-ce qui peut être pire que la mort ? murmura quelqu'un.

— On ne va pas tarder à le savoir, marmonna le curé.

— Messieurs ! » clama une voix.

Tout le monde se tourna vers le notaire.

Me Clement, debout au bord de la tombe, prit l'impeccable serviette qu'il serrait sous le bras, l'ouvrit et en retira un document cacheté et enrubanné, dont la beauté fit sortir les yeux des têtes et défaillir les cœurs.

« Avant les obsèques, dit-il, avant que le père Kelly ne prononce l'oraison funèbre, j'ai un message à communiquer, à savoir ce codicille dans le testament de lord Kilgotten, que je vais lire à voix haute.

— Je parie que c'est le onzième commandement, murmura le curé, les yeux baissés.

— Qu'est-ce que pourrait bien *être* le onzième commandement ? demanda Doone en plissant le front.

— Pourquoi pas : TU TE TAIRAS ET ÉCOUTERAS ? dit le curé. *Chut !* »

Car le notaire lisait son document enrubanné, le son de sa voix porté par le vent brûlant, ce qui donnait ceci :

« “ Et attendu que mes vins sont les meilleurs... ”

— *Ça,* on peut le dire ! lâcha Finn.

— “ ... et attendu que les plus grands crus du monde emplissent mes caves, et que les gens de cette ville, Kilcock, n'apprécient pas de tels trésors, préférant les boissons plus... euh... raides... ”

— Comment ça ?! se récria Doone.

— À la niche ! intima le curé, *sotto voce.*

— “ J'affirme et je déclare par la présente ”, poursuivit le notaire avec un sourire de satisfaction plein d'obséquiosité, “ que contrairement au vieil adage, un homme *peut* emporter son bien avec lui. En conséquence de quoi j'ordonne, écris et signe ce codicille à mon testament en ce qui pourrait bien être le dernier mois de ma vie. ” Signé, William, lord Kilgotten. Le sept du mois dernier. »

Le notaire se tut, replia le document et resta planté là, les yeux fermés, attendant le coup de tonnerre qui allait suivre l'éclair.

« Est-ce que ça veut dire, demanda Doone en grimaçant, que le lord a l'intention... ? »

Quelqu'un fit sauter un bouchon.

Ce fut comme une fusillade qui fit revenir tout le monde à soi.

C'était seulement, bien sûr, ce bon Me Clement qui, au bord de cette maudite tombe, ouvrait une bouteille de vieille-ferme 73 !

« C'est la *veillée mortuaire,* alors ? dit Doone en laissant échapper un rire nerveux.

— *Non* », se lamenta le curé.

Avec un sourire radieux, Me Clement versa le vin, glou par glou, dans la tombe, sur le cercueil de caisses de vin où reposaient les os assoiffés de lord Kilgotten.

« Attendez ! Il est devenu fou ! Attrapez la bouteille ! Non ! »

Ce fut une vaste explosion, pareille à celle d'une foule qui vient de voir son champion de football se faire massacrer au milieu du terrain.

« Attendez ! Dieu du ciel !

— Vite. Allez chercher le lord.

— Abruti, marmonna Finn. Sa Seigneurie est *dans* cette boîte, et son vin va *dans* la tombe ! »

Assommée par cette incroyable calamité, la foule ne put que regarder pendant que ce qui restait de la première bouteille coulait dans la terre consacrée.

Clement tendit la bouteille vide à Doone et en déboucha une seconde.

« Un petit instant ! » tonna la voix même du Jugement dernier.

Et, comme il fallait s'y attendre, le père Kelly s'avança, fort de l'autorité plus haute qu'il représentait.

« Voulez-vous dire », rugit le curé, les joues en feu, les yeux comme des charbons ardents, « que vous allez jeter tout ça dans la fosse de Kilgotten ?

— Telle est mon intention. »

Le notaire commença à vider la deuxième bouteille. Mais le curé lui bloqua le bras pour renvoyer le vin le long du goulot.

« Et vous comptez que nous allons rester comme ça à *regarder* un tel sacrilège ? !

— A une veillée mortuaire, oui, ce serait la moindre des politesses. » Le notaire fit mine de poursuivre ce qu'il avait commencé.

« Arrêtez-moi ça tout de suite ! » Le curé regarda autour de lui, en l'air, à ses pieds, il regarda ses amis du pub, Finn, leur chef spirituel, le ciel où Dieu se cachait, la terre où Kilgotten jouait à bouche cousue et enfin Me Clement et son maudit codicille enrubanné. « Attention, mon vieux, vous êtes en train de provoquer une guerre civile !

— Ouais ! » cria tout le monde, le menton en avant, les poings aux flancs, broyant et débroyant d'invisibles cailloux.

« De quelle année est ce vin ? » Sans faire attention à eux, Clement examina calmement l'étiquette. « Corton, 1970. Le meilleur vin de la meilleure des années. Excellent. » Il s'écarta du curé et fit couler le vin.

« Faites quelque chose ! s'époumona Doone. Vous n'avez pas quelque malédiction sous la main ?

— Un prêtre ne lance pas de malédictions, répondit le père Kelly. Mais... Finn, Doon, Hannahan, Burke. Amenez-vous. Mêlée tactique ! »

Le curé partit en avant et les hommes se précipitèrent à sa suite pour former une mêlée circulaire, tête contre tête, et s'entretenir à voix basse. Au milieu de la conférence le curé se redressa pour voir ce que faisait Me Clement. Celui-ci en était à la troisième bouteille.

« Vite ! cria Doone. Il va *tout* gaspiller ! »

Un quatrième bouchon sauta, entraînant un nouveau tollé de l'équipe de Finn, les Guerriers de la Soif, comme ils devaient se surnommer plus tard.

« Finn ! » entendit-on le curé s'exclamer de sous le cercle de têtes, « vous êtes un génie !

— Et comment ! » admit Finn. Le petit comité se dispersa et le curé se hâta de revenir près de la tombe.

« Auriez-vous l'obligeance, cher monsieur, dit-il en arrachant la bouteille des mains du notaire, de nous lire une dernière fois ce maudit codicille ?

— Avec plaisir. » Un plaisir qui n'était pas feint. Le sourire du notaire étincela au moment où il défaisait les rubans et, d'une secousse, dépliait le testament.

« “ ... que contrairement au vieil adage, un homme peut emporter son bien avec lui... ” »

Quand il en eut terminé, il replia le papier et risqua un autre sourire qui parut le satisfaire à défaut de satisfaire les autres. Il tendit la main vers la bouteille confisquée par le curé.

« Attendez. » Le père Kelly fit un pas en arrière. Il jeta un coup d'œil à la foule suspendue à ses lèvres. « Laissez-moi vous poser une question, monsieur le notaire. Est-ce qu'il est précisé quelque part *comment* le vin doit aller dans la tombe ?

— Aller dans la tombe, c'est aller dans la tombe.

— Donc, le *tout,* c'est qu'il finisse par y *aller,* nous sommes bien d'accord ? demanda le curé avec un étrange sourire.

— Je peux le vider par-dessus mon épaule ou le jeter en l'air, dit le notaire, tant qu'il atterrit sur un des côtés du cercueil ou dessus, tout va bien.

— Parfait ! s'exclama le curé. Soldats ! Une escouade ici. Un bataillon là-bas. Tout le monde en ligne ! Doone !

— Chef ?

— Distribuez les rations. Et que ça saute !

— Bien, chef ! » Et Doone de s'activer.

Sous les acclamations des hommes qui s'empressaient de former les rangs.

« Je vais chercher la police ! dit le notaire.

— La police, c'est *moi,* fit un homme au bout de la cohue. Agent Bannion. Vous vous plaignez de quoi ? »

Interdit, Me Clement ne réussit qu'à cligner les paupières et, d'une voix étranglée, à chevroter : « Je m'en vais.

— Vous n'atteindrez pas la sortie vivant, lança gaiement Doone.

— Bon, je reste. Mais...

— Mais ? » s'enquit le père Kelly tandis que les

bouchons sautaient et que le tire-bouchon jetait des éclairs le long des rangs.

« Vous ne respectez pas la lettre de la loi !

— Mais non, expliqua calmement le curé, nous ne faisons que changer un peu la ponctuation, mettre des barres aux *t* et des points sur les *i*.

— At'tention ! » cria Finn, puisque tout le monde était prêt.

Des deux côtés de la tombe, les hommes attendaient, chacun avec une pleine bouteille de château-lafite Rothschild, de corton ou de chianti.

« Est-ce qu'on boit *tout* ? demanda Doone.

— La ferme », fit le curé. Il regarda le ciel. « Seigneur. » Les hommes baissèrent la tête et enlevèrent leurs casquettes. « Seigneur, pour ce que nous sommes sur le point de recevoir, remplis-nous d'une sincère reconnaissance. Et merci, Seigneur, pour le génie d'Heeber Finn, qui a eu cette idée...

— Ouais, fit toute l'assistance en douceur.

— Ce n'était rien, dit Finn en rougissant.

— Et bénissez ce vin, qui va peut-être faire des tours et des détours, mais qui finira par arriver où il doit aller. Et si aujourd'hui et ce soir ne suffisent pas, si tout ne se boit pas, bénissez-nous lorsque nous reviendrons chaque soir jusqu'à ce que le contrat soit rempli et l'esprit du vin en repos.

— Ah ! ce que vous pouvez bien parler ! murmura Doone.

— Chut ! fit toute l'assistance.

— Et dans le climat de cet instant, Seigneur, ne devrions-nous pas demander à notre bon ami Me Clement, dans la grande bonté de son cœur, de se *joindre* à nous ? »

Quelqu'un glissa une bouteille du meilleur dans les mains du notaire. Il s'y cramponna, de peur qu'elle ne se brise.

« Et enfin, Seigneur, bénissez le vieux lord Kilgotten, dont les années de mises en cave nous sont d'un grand secours en cette heure de mise en terre. *Amen.*

— Amen, répéta tout le monde.

— At'tention ! » cria Finn.

Les hommes se mirent au garde-à-vous et levèrent leurs bouteilles.

« Un coup pour Sa Seigneurie, dit le curé.

— Et un coup pour la route ! » ajouta Finn.

Un doux bruit de descente se fit entendre, ainsi, Doone devait s'en souvenir des années plus tard, qu'un rire heureux en provenance du cercueil.

« Tout va bien, dit le curé, ébahi.

— Oui. » Le notaire, qui avait lui aussi entendu, hocha la tête. « Tout va bien. »

Titre original : *One for His Lordship, and One for the Road!*
Traduit par Jacques Chambon

À minuit, au mois de juin

Longtemps, longtemps il avait attendu au cœur de cette nuit d'été, tandis que les ténèbres pesaient toujours plus tièdes sur la terre et que les étoiles gravitaient lentement sur la voûte du ciel. Il était assis dans l'obscurité la plus totale, ses mains reposant légèrement sur les bras du fauteuil Morris. Il entendit sonner neuf heures, puis dix, onze, et enfin minuit. La brise entrait par une fenêtre ouverte côté jardin et traversait la maison nocturne, sombre courant qui effleurait sa silhouette pareille à un roc noir, tandis qu'il regardait en silence la porte d'entrée — en silence.

À minuit, au mois de juin...

La fraîcheur nocturne du poème d'Edgar Allan Poe glissa à la surface de son esprit comme les eaux d'un ruisseau ombragé.

La dame dort ! Ô puisse-t-elle avoir
Le sommeil profond des gens sans histoire !

Il longea les couloirs obscurs, informes de la maison, passa par la fenêtre de derrière, sentit la présence de la ville enfouie sous les couvertures, sous le rêve, sous la nuit. Il vit le serpent luisant du tuyau d'arrosage lové dans l'herbe. Il ouvrit le robinet. Arrosant là, tout seul, le parterre de fleurs, il s'imagina en chef d'orchestre dirigeant une symphonie avec pour seuls auditeurs les chiens de la nuit à l'étrange sourire blanc en route pour nulle part. Il enfonça avec grand soin les deux pieds dans la boue, juste sous la fenêtre, et pesa de tout son poids pour y laisser de profondes empreintes parfaitement dessinées. Puis il repassa par la fenêtre et, maculant le sol de boue, emprunta à nouveau le couloir absolument invisible en laissant ses mains voir à sa place.

Par la fenêtre donnant sur la véranda il distingua les contours vagues d'un verre de limonade plein au tiers, posé sur le rebord de la balustrade, là où *elle* l'avait laissé. Il se mit à trembler doucement.

Il la sentait venir à présent. Il la sentait traverser la ville, loin, dans la nuit d'été. Il ferma les yeux et projeta son esprit à sa rencontre ; il la sentit se déplacer dans l'obscurité ; il savait avec exactitude quand elle descendait d'un trottoir, remontait sur un autre, et faisait claquer ses talons, tac-tac, sous les ormes de juin et les derniers lilas, avec une amie. Arpentant ainsi le désert abandonné de la nuit, il *était* elle. Il sentit un sac à main au bout de son bras. Il sentit une longue chevelure le chatouiller dans le cou, sa bouche devint grasse de rouge à lèvres. Immobile dans son fauteuil, il marchait, marchait, passé minuit ; il rentrait à la maison.

« Bonsoir ! »

Il entendait et n'entendait pas leurs voix, elle approchait, elle n'était plus qu'à un kilomètre, puis quelques centaines de mètres seulement, elle s'engloutissait, comme une jolie lanterne blanche au bout d'un fil invisible, dans le grillon, la grenouille, le ravin résonnant de chutes d'eau. Il reconnaissait la texture du ravin de bois qu'étaient les escaliers, comme si, enfant, il les descendait quatre à quatre, percevant leur grain rugueux, la poussière, les dernières traces de la chaleur du jour...

Il étendit ses mains ouvertes. Ses pouces se touchèrent, puis ses doigts, de telle manière que ses mains formèrent un cercle refermé sur le vide, là, devant lui. Puis, avec une extrême lenteur, il pressa de plus en plus fort ses deux mains l'une contre l'autre, la bouche ouverte, les yeux clos.

Une nuit, il y avait bien longtemps, il avait grimpé tout en haut de l'escalier de secours de la tour du tribunal, et contemplé la cité argentée, la cité de la lune, la cité de l'été. Et dans toutes les maisons obscures il avait vu deux choses : les gens et le sommeil ; les lits réunissaient les deux éléments dont toute la fatigue, toute la terreur s'exhalaient dans l'air immobile, puis retournaient tranquillement à leur point de départ avant de s'exhaler encore, jusqu'à ce que ce double élément soit purifié, les problèmes et les haines et les horreurs de la veille exorcisés avant le matin, évacués pour toujours.

Il avait été enchanté par l'instant, la veille, et s'était senti invincible, tel le magicien aux marionnettes qui enfile les destinées sur des soies d'argent de part et d'autre de la scène. Tout en haut de la tour, il avait vu la plus petite feuille danser furtivement dans le clair de lune, la dernière lueur, comme un œil rose en forme de potiron, s'éteindre. La ville ne pouvait rien dissimuler à son regard — elle ne pouvait rien faire sans qu'il connût le moindre de ses frémissements, le moindre de ses gestes.

Il en allait de même ce soir. Il avait l'impression d'être une tour avec une horloge à l'intérieur qui battait lentement, annonçant les heures de sa grosse voix de bronze et observant la ville où une femme, alternativement pressée et retardée par des coups de vent soufflant tantôt la terreur, tantôt la confiance, suivait des trottoirs crayeux qui la ramenaient, à minuit, vers la maison, traversait à gué de solides avenues de goudron et de pierre, passait entre des pelouses fraîchement tondues et courait, courait maintenant, dévalait les marches, franchissait le ravin, remontait la colline, en atteignait le sommet !

Il entendit le bruit de ses pas avant même de les entendre réellement. Il l'entendit haleter avant de percevoir son halètement. Il riva son regard au verre de limonade, dehors, sur la balustrade. Puis les vrais sons, le vrai bruit de course, le halètement, résonnèrent follement à l'extérieur. Il se redressa sur son siège. Les pas traversaient précipitamment la rue, le trottoir : la panique. Il y eut un balbutiement, une marche maladroitement manquée sur le porche, une clef fourrageant dans la serrure, une voix poussant un cri étouffé, qui se conjurait elle-même : « Ô mon dieu, mon Dieu ! » Murmures ! Murmures ! Et la femme passant la porte en hâte, la claquant violemment derrière elle, poussant le loquet, parlant, chuchotant, parlant toute seule dans la pièce enténébrée.

Il sentit, plus qu'il ne vit, sa main se tendre vers le commutateur.

Il se racla la gorge.

Elle resta adossée à la porte, dans le noir. Si le clair de lune avait pu la frapper, elle aurait miroité comme une flaque d'eau par une nuit de grand vent. Il sentit les fines pierreries saphir qui se détachaient sur son visage, son visage tout luisant de petites gouttes salées.

« Lavinia », murmura-t-il.

Elle écarta les bras contre la porte, comme sur un crucifix. Il entendit sa bouche s'ouvrir et ses poumons exhaler leur tiédeur dans l'air. Elle était une ravissante phalène, indistincte et blanche ; par l'épingle aiguisée de la terreur, il la tenait clouée à la porte de bois. S'il le désirait, il pouvait faire le tour du spécimen, l'admirer à loisir.

« Lavinia », murmura-t-il.

Il entendit son cœur battre. Elle ne bougeait pas.

« C'est moi, murmura-t-il encore.

— Qui ? fit-elle si faiblement que le mot n'était qu'une pulsation dans sa gorge.

— Je ne te le dirai pas », murmura-t-il. Il se tenait bien droit au centre de la pièce. Dieu, qu'il se sentait *grand !* Grand, sombre, extrêmement beau à ses propres yeux, et à la façon dont il étendait les mains devant lui on aurait dit qu'il s'apprêtait à jouer du piano, une mélodie charmante, un air de valse. Il avait les mains moites, comme s'il les avait plongées dans un lit de menthe et de menthol frais.

« Si je te disais qui je suis, tu n'aurais peut-être pas peur, murmura-t-il. Or, je veux que tu aies peur. As-tu peur ? »

Elle ne répondit pas. Elle respirait, inspirait et expirait tour à tour, petit soufflet qui, actionné régulièrement, attisait sa peur et lui conservait sa substance, sa flamme.

« Pourquoi es-tu allée au spectacle ce soir ? murmura-t-il. *Pourquoi* es-tu allée au spectacle ? »

Pas de réponse.

Il fit un pas vers elle, l'entendit suspendre son souffle, sifflement d'épée glissant dans son fourreau.

« Pourquoi es-tu revenue seule par le ravin ? Tu es bien revenue seule, non ? Pensais-tu me rencontrer au milieu du pont ? Pourquoi es-tu allée au spectacle ce soir ? Pourquoi es-tu revenue seule par le ravin ?

— Je..., s'étrangla-t-elle.

— Tu..., souffla-t-il.

— Non..., geignit-elle.

— Lavinia », fit-il. Un nouveau pas en avant.

« Je vous en prie, dit-elle.

— Ouvre la porte. Va-t'en. Cours », murmura-t-il.

Elle ne bougea pas.

« Lavinia, ouvre cette porte. »

Une plainte naquit dans la gorge de la jeune femme.

« Cours », fit-il.

Il bougea et sentit quelque chose contre son genou. Il poussa, quelque chose bascula dans l'espace et tomba, une table, un panier, et une demi-douzaine de pelotes de fil culbutèrent comme des chats dans le noir et roulèrent sans bruit. Dans l'unique flaque de clair de lune, devant la fenêtre, gisaient, comme une flèche métallique, les ciseaux de couture. Ils furent dans sa main comme glace hivernale. Soudain, dans l'air tranquille, il les lui tendit.

« Tiens », murmura-t-il.

Il les posa contre la main. Elle la retira vivement.

« Tiens », insista-t-il. Une pause, puis : « Prends-les. »

Il détendit des doigts déjà morts et froids au toucher, des doigts raides, étranges à manipuler, et y pressa les ciseaux. « Maintenant », dit-il.

Par la fenêtre il contempla longtemps le ciel baigné de lune, et lorsqu'il reporta son regard sur elle, il eut du mal à la distinguer dans l'obscurité.

« J'ai attendu, reprit-il. Mais il en a toujours été ainsi. Les autres aussi, je les ai attendues. Mais elles finissaient toujours par venir me chercher. C'était aussi facile que cela. Cinq belles dames ces deux dernières années. Je les ai attendues dans le ravin, dans la campagne, au bord du lac, partout j'ai attendu ; elles sortaient, me cherchaient et me trouvaient. J'avais toujours plaisir, le lendemain, à lire les journaux. Et ce soir, tu étais à ma recherche, je le sais, sinon tu ne serais pas rentrée seule par le ravin. T'es-tu fait peur, là-bas ? As-tu couru ? Savais-tu que je t'attendais ici ? Si tu t'étais *entendue* remonter l'allée en courant ! Passer la porte ! La fermer *à clef !* Tu pensais être en sécurité à l'intérieur, tu pensais être enfin rentrée chez toi, à l'abri, à l'abri, à l'abri, n'est-ce pas ? »

Les ciseaux dans sa main morte, elle éclata en sanglots. Il n'entrevit qu'une lueur, comme de l'eau coulant sur la paroi d'une caverne obscure. Il entendit les bruits qu'elle faisait.

« Non, murmura-t-il. Tu as les ciseaux. Ne pleure pas. »

Elle pleurait. Sans un mouvement. Elle se tenait là, tremblante, la tête appuyée contre la porte, et commençait à glisser vers le plancher.

« Ne pleure pas, murmura-t-il. Je n'aime pas t'entendre pleurer. Je ne peux pas le supporter. »

Il étendit les bras devant lui et remua les mains jusqu'à ce que l'une frôle sa joue. Il en sentit l'humidité, sentit son souffle tiède effleurer sa paume comme un phalène d'été. Alors il prononça encore une parole, une seule :

« Lavinia, dit-il doucement. Lavinia. »

Comme il se rappelait bien les nuits d'antan, le temps ancien où il était enfant et où, avec les autres, il courait, courait, se cachait et se cachait encore, jouait à cache-cache. Durant les premières nuits de printemps, les chaudes nuits d'été, les soirs de fin d'été, les premières nuits d'automne, frisquettes, lorsqu'on fermait tôt les portes et que les balcons n'étaient plus peuplés que de feuilles mortes apportées par le vent. Les parties de cache-cache se prolongeaient tant que le soleil permettait d'y voir, ou bien la lune montante, recouverte d'une fine croûte de neige. Sur les pelouses vertes leurs pieds étaient comme des jets épars de pêches et de pommes sauvages, et celui qui cherchait, la tête nichée dans les bras, psalmodiait à la nuit : cinq, dix, quinze, vingt, vingt-cinq, trente, trente-cinq, quarante, quarante-cinq, cinquante… Et le son des pommes jetées s'évanouissait, les enfants étaient tous claquemurés dans l'ombre d'un arbre, d'un buisson, sous le lattis des vérandas, tandis que les chiens futés prenaient garde à ne pas remuer la queue et révéler ainsi leur secret. Et le décompte prenait fin : quatre-vingt-cinq, quatre-vingt-dix, cent !

Prêts ou non, me voici !

Et le Chercheur s'élançait à travers le désert de la ville, en quête des Cherchés, et les Cherchés gardaient dans la bouche leur rire secret comme de précieuses fraises de juin, en s'aidant de leurs mains plaquées. Et le Chercheur traquait dans l'orme élancé le moindre battement de cœur ou, sous un buisson, une étincelle dans un œil de chien, ou encore le petit bruit d'eau d'un rire qui ne pouvait s'empêcher d'éclater à son passage, parce qu'il ne savait pas voir l'ombre dans l'ombre…

Il pénétra dans la salle de bains de la maison plongée dans le silence, repensant à tout cela, jouissant de cette claire avalanche, de cette tumultueuse giclée de souvenirs, chute d'eau de l'esprit par-dessus un à-pic tombant toujours plus bas vers le fin fond de sa tête.

Dieu, comme ils s'étaient sentis mystérieux et grands, dans leurs cachettes ! Dieu, comme les ombres les maternaient, les enserraient, gainés dans leur propre triomphe ! Comme ils s'accroupissaient, luisants de sueur, telles des idoles, en songeant qu'ils auraient pu se cacher *pour toujours !* Tandis que le Chercheur filait sur son erre, vers l'échec et l'inévitable frustration.

Parfois, le Chercheur s'arrêtait *juste* au pied de votre

arbre, levait les yeux dans votre direction, vers vous qui étiez accroupi là, dans vos ailes invisibles et tièdes, vos grandes ailes de chauve-souris, incolores comme des vitres aux fenêtres, et disait : « Je te *vois !* » Mais vous ne disiez rien. « Je *sais* que tu es là-haut ! » Mais vous ne disiez rien. « *Descends* de là ! » Mais vous ne disiez mot, vous contentiez d'un sourire victorieux digne du chat du Cheshire. Et, à vos pieds, le doute s'emparait du Chercheur. « C'est bien *toi,* n'est-ce pas ? » Il reculait, cédait. « Oh ! je suis *sûr* que tu es là-haut ! » Pas de réponse. Rien que l'arbre planté dans la nuit et vibrant doucement, feuille après feuille. Et le Chercheur, craignant l'ombre au cœur des ténèbres, partait en bondissant chercher une proie plus facile, une chose à nommer, une chose dont il pût être sûr. « Tant pis pour *toi !* »

Dans la salle de bains, il se lava les mains et songea : Pourquoi suis-je en train de me laver les mains ? Et puis les grains du temps, aspirés, remontèrent l'étranglement du sablier, et ce fut une autre année...

Il se rappela que parfois, lorsqu'il jouait à cache-cache, on ne réussissait pas à le trouver, il ne se laissait pas trouver. Il ne prononçait pas une parole, restait si longtemps dans le pommier qu'il se transformait en une pomme à chair blanche ; il s'attardait si longtemps dans le noyer qu'il acquérait la dureté et l'éclat mordoré des noix de l'automne. Et Dieu, quelle sensation de puissance il y avait à rester invisible ! Comme cela vous rendait immense, au point que vos bras se ramifiaient, poussaient dans toutes les directions, attirés par les étoiles et la lune, mère des marées, jusqu'à ce que votre invisibilité englobe la ville et l'enveloppe comme maternellement de votre tolérance et votre compassion. Dans les ombres, on pouvait tout faire, tout. Si l'on voulait, on pouvait. Quelle jouissance que d'être assis au-dessus du trottoir et de voir les gens passer à vos pieds sans jamais savoir que vous étiez là à les regarder, de savoir que vous pouviez étendre un bras, leur frôler le nez de cette araignée à cinq pattes qu'était votre main et, d'un effleurement, faire naître la terreur dans leur esprit soucieux.

Il acheva de se laver les mains et les essuya avec une serviette.

Mais les jeux avaient toujours une fin. Lorsque le Chercheur avait trouvé tous les Cherchés, que ceux-ci devenaient à leur tour Chercheurs et s'éparpillaient, appelaient votre nom et vous cherchaient partout, c'était *là* que vous vous sentiez réellement puissant, important.

« Ohé ! Où es-tu ? Rentre, la partie est finie ! »

Et vous, vous ne bougiez pas, vous ne rentriez pas. Même lorsqu'ils se rassemblaient tous au pied de votre arbre, vous voyaient (ou croyaient vous voir) au sommet et vous lançaient des appels : « Oh ! allez, descends ! Arrête de faire l'idiot ! Dis, on te voit ! On sait que tu es là. »

Même à ce moment-là vous ne répondiez pas — pas avant l'événement final, fatal. Au bout du monde, un pâté de maisons plus loin, hurlait un sifflet d'argent ; la voix de votre mère appelait votre nom, puis c'était encore le sifflet. « Neuf heures ! geignait la voix. Neuf heures ! Il est temps de rentrer ! »

Pourtant vous attendiez que tous les autres soient partis. Alors, dépliant précautionneusement vos membres, votre tiédeur et votre mystère, évitant au coin des rues la lumière des réverbères, vous rentriez seul en courant, seul dans les ténèbres et dans l'ombre. Le souffle court, vous vous efforciez d'étouffer, de garder pour vous le bruit de votre cœur. Ainsi, les gens qui l'entendraient diraient que c'était seulement le vent soulevant ici ou là une feuille morte dans la nuit. Et votre mère debout là, dans l'encadrement de la porte…

Il avait fini de s'essuyer les mains. Il songea quelques instants à ce qu'avaient été ces deux dernières années ici, en ville. Le jeu d'un autre temps continuait, avec lui jouant tout seul, les enfants disparus, désormais installés dans l'âge mûr, tandis qu'il était toujours, comme autrefois, l'ultime, dernier, unique Cherché, et que toute la ville cherchait, ne trouvait rien, rentrait à la maison et bouclait ses portes.

Mais ce soir, comme cela lui arrivait souvent maintenant, il avait entendu ce même son issu d'un passé depuis longtemps révolu, le son du sifflet d'argent sans cesse stridulent. Ce n'était certainement pas le chant d'un oiseau de nuit, car il connaissait par cœur tous les bruits. Mais le sifflet l'appelait encore et toujours, et une voix disait : *Il faut rentrer,* et aussi : *Neuf heures !* encore qu'il fût minuit passé. Il prêta l'oreille. Encore le sifflet d'argent. Alors que sa mère était morte depuis des années, après avoir mené prématurément son père à la tombe par son tempérament et sa langue : « Fais ci, fais ça, fais ci, fais ça, fais ci, fais ça, fais ci, fais ça… » Disque brisé jouant indéfiniment, inlassablement le même sillon rayé, sa voix, sa cadence, toujours la même, à tourner encore et encore, à jouer et rejouer.

Et le son clair du sifflet d'argent qui s'élevait, et la partie de cache-cache qui était finie. Plus question d'arpenter les rues de la ville pour se couler derrière les arbres et les buissons, et sourire d'un sourire brûlant qui perçait le plus épais feuillage. Quelque chose de machinal était en train de se produire. Ses pieds marchaient, ses mains bougeaient, et il savait tout ce qui lui restait à faire maintenant.

Ses mains ne lui appartenaient pas.

Il arracha un bouton de sa veste et le laissa tomber

dans le puits sombre et profond de la pièce. Il ne l'entendit pas toucher le fond. Le bouton descendait en flottant. Il attendit.

Le bouton parut rouler indéfiniment. Enfin, il s'immobilisa.

Ses mains ne lui appartenaient pas.

Il s'empara de sa pipe et la lança elle aussi dans les profondeurs de la pièce. Sans attendre qu'elle heurte le vide, il reprit tranquillement le chemin de la cuisine et regarda ses empreintes de pieds par la fenêtre ouverte et tendue de blanc qui laissait pénétrer la brise. Il était le Chercheur, c'était lui qui cherchait maintenant, au lieu d'être le Cherché dans sa cachette. Il était le Chercheur paisible qui trouvait, passait au crible et faisait disparaître les indices, et ces empreintes lui étaient désormais aussi étrangères qu'un vestige des âges préhistoriques. Elles avaient été laissées là un million d'années auparavant par un autre homme occupé à une autre tâche ; elles ne faisaient pas du tout partie de lui. Il s'émerveilla de leur précision, leur profondeur, leur forme qui se découpait sous la lune. Il avança sa main tout près, comme si c'était une grande et belle découverte archéologique ! Puis il repartit à travers les pièces, arracha un morceau de tissu au revers de son pantalon, le déposa au creux de sa main et, soufflant dessus, le fit s'envoler comme un phalène.

Ses mains n'étaient plus ses mains, son corps n'était plus son corps.

Il ouvrit la porte d'entrée et alla s'asseoir un moment sur la balustrade de la véranda. Il prit le verre de limonade, but le reste de liquide tiède d'avoir attendu toute la soirée, et appuya les doigts contre le verre, fort, fort, très fort. Puis il le reposa sur la rampe.

Le sifflet d'argent !

Oui, pensa-t-il. J'arrive, j'arrive.

Le sifflet d'argent !

Oui, songea-t-il. Neuf heures. Il faut rentrer, rentrer à la maison. Neuf heures. Les devoirs, le lait, les sablés, le lit blanc et frais, la maison, la maison ; neuf heures, le sifflet d'argent.

En un clin d'œil il était au bas de la véranda et courait silencieusement, légèrement, presque sans souffle ni battements de cœur, comme on court quand on est pieds nus, quand on est tout feuilles, herbe verte de juin et nuit ; tout ombre, il courait pour l'éternité, fuyant la maison silencieuse, traversant la rue et s'enfonçant dans le ravin...

Il ouvrit toute grande la porte et entra à *La Chouette affamée,* ce long wagon de chemin de fer qui, ôté de ses rails, s'était vu assigner un destin solitaire et immobile au centre de la ville. L'endroit était désert. Tout au bout du comptoir, le serveur leva brièvement les yeux en entendant se refermer la porte, et le client longea l'alignement de sièges pivotants pour l'heure inoccupés. Le serveur enleva son cure-dents de sa bouche.

« Tom Dillon, vieille branche ! Qu'est-ce que tu peux bien faire ici à cette heure de la nuit, Tom ? »

Tom Dillon passa sa commande sans regarder la carte. Tandis qu'on lui préparait son repas, il introduisit une petite pièce dans le téléphone mural, obtint le numéro demandé et parla quelques instants à voix basse. Puis il raccrocha, revint s'asseoir et tendit l'oreille. Soixante secondes plus tard, serveur et client entendirent la sirène de police ululer à quatre-vingts kilomètre-heure. « Allez-y, les gars, fit le premier. Attrapez-les ! »

Il déposa sur le comptoir un grand verre de lait et une assiette contenant six petits sablés bien frais.

Tom Dillon resta un long moment assis sans bouger à

contempler secrètement le revers déchiré de son pantalon et ses chaussures boueuses. La lumière du restaurant était vive et crue, il avait l'impression d'être sur scène. Il tenait à la main son grand verre de lait frais, buvait à petites gorgées, les paupières closes, savourant la texture des sablés, en sentant la présence dans le moindre recoin de sa bouche, en enduisant sa langue.

« Qualifierais-tu mon repas de copieux ? s'enquit-il doucement.

— Très copieux, en effet », sourit le serveur.

Tom Dillon mâcha un autre biscuit en y mettant toute sa concentration, en le sentant tout entier dans sa bouche. Ce n'est qu'une question de temps, songea-t-il, patient.

« Encore un peu de lait ?

— Oui », fit Tom.

Il regarda avec un intérêt soutenu, la plus pure et la plus vive concentration dont il ait jamais fait preuve, le carton blanc qui s'inclinait et luisait, le lait neigeux qui coulait, frais et paisible comme le son d'une source en pleine nuit, et remplissait le verre jusqu'en haut, jusqu'au bord, jusqu'à ras bord, et par-dessus...

Titre original : *At Midnight, in the Month of June*
Traduit par Jacques Chambon

Bénissez-moi, mon père, parce que j'ai péché

La veille de Noël, le père Mellon se réveilla en sursaut peu avant minuit, après avoir dormi seulement quelques minutes. Une impulsion singulière et irrésistible le poussait à sortir de son lit, à aller ouvrir la porte de l'église malgré la neige qui ne manquerait pas de s'y engouffrer, puis à se rendre dans son confessionnal pour s'y asseoir et attendre.

Attendre quoi ? Qui aurait pu répondre à cette question ? C'était assez ridicule comme perspective. Mais l'envie qui l'animait était d'une force si incroyable qu'il ne songea pas à s'y opposer.

« Qu'est-ce qui me prend ? marmonna-t-il tout en s'habillant. Je deviens fou ou quoi ? A une heure pareille, personne ne pourrait avoir l'idée de venir se confesser, et je me demande bien pourquoi je me sentirais obligé de... »

Il continua pourtant de se vêtir, puis se rendit jusqu'à la haute porte d'entrée de l'église qu'il déverrouilla et dont il écarta le battant, contemplant les entrelacs délicats de la neige sur les toits et les lampadaires, l'épais tapis cotonneux dont elle avait recouvert les voitures et les trottoirs. Des flocons mouillèrent ses paupières, puis son cœur. Il resta un instant le souffle coupé devant cette beauté virevoltante, avant de tourner les talons pour gagner le refuge de son confessionnal.

Espèce d'imbécile, se dit-il. Vieillard stupide. *Va-t'en* d'ici ! Retourne donc te coucher !

Ce fut alors qu'il entendit un bruit à la porte, puis des pas résonnant sur les dalles de l'église, et enfin le froissement étouffé causé par une personne venue s'agenouiller de l'autre côté de la grille du confessionnal.

« Bénissez-moi, mon père, murmura une voix d'homme, parce que j'ai péché ! »

Étonné par la tournure rapide de l'événement, le père Mellon ne put que rétorquer :

« Comment *pouviez*-vous savoir que l'église serait ouverte et que je serais ici ? »

Une réponse calme lui parvint :

« J'ai prié, mon père. C'est Dieu qui vous a *incité* à ouvrir pour me recevoir. »

Ne trouvant aucune objection à formuler, le vieux prêtre garda le silence, et le pécheur apparemment endurci qu'était son interlocuteur en fit autant, durant un long moment alors que l'horloge se rapprochait de minuit. Enfin, le réfugié des ténèbres répéta :

« *Bénissez* le pécheur que je suis, mon père ! »

Mais au lieu de prononcer les paroles rituelles, le père Mellon se pencha vers la grille et ne put s'empêcher de déclarer :

« Vous devez être chargé d'un terrible fardeau pour être parti à l'aventure par une nuit pareille, à la recherche d'un confesseur que seule la volonté de Dieu vous a permis de rencontrer.

— La liste de mes fautes est en effet terrible, mon père, comme vous allez pouvoir en juger !

— Alors, parlez, mon fils, dit le prêtre, avant que nous gelions tous deux sur place...

— Eh bien, pour commencer », chuchota la voix hivernale derrière le mince panneau de bois et de grillage, « il y a soixante ans...

— Pardon ? s'étonna le prêtre en haussant le ton. Soixante ans ! » Il resta bouche bée. « Aussi *longtemps ?*

— Oui, soixante ans ! » Ces mots furent suivis d'un profond silence tourmenté.

« Je vous écoute, insista le prêtre, un peu gêné de le rompre.

— Soixante ans cette semaine, poursuivit la voix grisailleuse. J'avais douze ans à cette époque, et j'accompagnais ma grand-père pour faire des achats de Noël, dans une petite ville de l'Est. Nous étions à pied. En ce temps-là, qui possédait une voiture ? Nous rentrions à la maison avec nos paquets-cadeaux, et ma grand-mère m'a fait une remontrance. J'ai depuis bien longtemps oublié quel en était le motif, mais sur le moment je suis devenu fou de rage et je me suis mis à courir pour lui échapper. Derrière moi, je l'entendais m'appeler, puis me crier de revenir, de revenir, d'une voix affolée, mais je n'ai pas obéi. Elle s'est mise ensuite à gémir, et je savais que je lui faisais de la peine, que je lui causais de l'inquiétude, mais je m'en réjouissais et j'ai couru encore plus vite, tout joyeux, en riant, arrivant bien avant elle à la maison. Quand elle m'y a rejoint, elle était hors d'elle et sanglotait si fort qu'on aurait cru qu'elle n'allait jamais s'arrêter. Alors j'ai eu tellement honte que je suis parti me cacher... »

Il y eut à nouveau un long silence.

« C'est *tout ?* dit le prêtre d'une voix pressante.

— La liste est longue, se lamenta la voix derrière la grille.

— Continuez, fit le prêtre en fermant les yeux.

— Un jour d'été, reprit la voix, deux petites brutes m'avaient tapé dessus. Après leur départ, j'ai vu sur un buisson deux papillons, tendrement enlacés. Leur bonheur m'a rendu furieux. Je les ai attrapés et j'ai refermé le poing sur eux jusqu'à les réduire en poussière. Oh ! mon père, la honte que j'ai éprouvée ! »

A cet instant, une bourrasque s'engouffra dans l'église et tous deux levèrent les yeux pour entrevoir un neigeux fantôme de Noël qui tournoya aux abords de la porte avant de se fragmenter et de se disperser en une poudre blanche qui retomba en s'éparpillant sur les dalles.

« Il y a surtout une autre dernière chose vraiment horrible », dit encore le vieil homme enfoui dans son chagrin et son repentir. Puis il ajouta :

« Quand j'avais treize ans, toujours la semaine de Noël, mon chien Bo s'est sauvé et on l'a cru perdu pendant trois jours et trois nuits. Je l'aimais plus que ma vie. C'était un animal spécial, il était beau et affectueux. Et voilà que tout d'un coup il n'était plus là, et toute sa beauté était partie avec lui. J'ai attendu. J'ai pleuré. J'ai attendu. J'ai prié. Au fond de moi je hurlais de désespoir, en sachant que jamais il ne reviendrait, jamais ! Et alors, oh ! alors, il y a eu cette nuit de Noël à deux heures du matin, avec la neige partout sur les trottoirs et sur les toits comme ce soir, et brusquement j'ai entendu un bruit dans mon sommeil et je me suis réveillé en l'écoutant gratter à la porte ! J'ai sauté de mon lit si vite que j'ai failli me tuer ! Je suis allé ouvrir la porte, et là j'ai vu mon malheureux chien, tout crotté, tout tremblant, tout excité de me revoir. J'ai poussé des cris de bonheur, je l'ai fait entrer en refermant la porte, je suis tombé à genoux devant lui, je l'ai pris dans mes bras et j'ai pleuré. Quel cadeau de Noël, quel cadeau ! Je n'arrêtais pas de répéter son nom, et lui aussi il pleurait avec moi, en geignant et en gémissant de joie et de tristesse. Et puis je l'ai repoussé. Et vous savez ce que j'ai fait alors? Est-ce que pouvez deviner l'acte affreux que j'ai commis? Je l'ai battu. Oui, battu pour me venger. Avec mes poings, mes mains, mes paumes, et puis encore mes poings, en criant : Comment as-tu osé t'en aller, comment as-tu osé t'enfuir, comment as-tu pu me faire ça à moi, comment as-tu pu? Et je lui ai cogné dessus, je l'ai tabassé jusqu'à ce que je n'en puisse plus, en pleurant toutes les larmes de mon corps, et quand je me suis arrêté parce que je n'avais plus la force de continuer, je me suis demandé ce qui m'avait pris et je l'ai regardé pour voir ce qu'il devenait, et il n'avait même pas bougé, il avait encaissé tous les coups comme s'il savait qu'il les méritait, comme s'il comprenait qu'il avait trahi mon amour et que maintenant je trahissais le sien, et j'ai compris combien c'était horrible, je pleurais au point que je n'arrivais plus à respirer, alors je l'ai repris et je l'ai serré à nouveau contre moi, mais cette fois c'était pour crier : Pardonne-moi, oh! je t'en prie, Bo, pardonne-moi. Je ne voulais pas te faire de mal. Oh! Bo, pardonne-moi...

« Mais, oh! mon père, il ne pouvait pas me pardonner. C'était qui? Une bête, un animal, un chien, l'amour de ma vie. Et il me regardait avec une telle expression dans ses grands yeux marron que ça m'a fendu le cœur et que j'en ai toujours éprouvé un profond remords par la suite. *Moi* je n'ai jamais pu me pardonner. Tout au long de ces années, j'ai gardé le souvenir de cet amour et de ma trahison, et chaque fois que revient Noël, pas le reste du temps mais toutes les veilles de Noël, il y a son fantôme qui revient vers moi, je revois le chien, j'entends le bruit des coups, je ressens mon impuissance à réparer cette action. Oh! mon Dieu! »

L'homme retomba dans un silence entrecoupé de sanglots.

Le vieux prêtre se décida enfin à reprendre la parole avec un certain embarras. « Et c'est uniquement pour ces péchés-là que vous êtes venu ici, mon fils ?

— Oui, mon père. Ce ne sont pas des fautes affreuses ? Des péchés terribles ? »

Le prêtre ne fut pas en mesure de répondre, car lui aussi avait désormais le visage inondé de larmes, et le souffle lui manquait inexplicablement.

« Est-ce que Dieu me pardonnera, mon père ? demanda le pénitent.

— Oui.

— Est-ce que *vous* me pardonnez, mon père ?

— Oui. Mais maintenant laissez-moi vous parler à mon tour, mon fils. J'ai quelque chose à vous raconter. Quand j'avais une dizaine d'années, j'ai commis les mêmes peccadilles que les vôtres, en causant du chagrin à mes parents, bien sûr, ou en faisant du mal à des bestioles innocentes. Mais surtout... j'ai eu également un chien : mon chien, l'amour de *ma* vie, qui lui aussi s'est sauvé et que j'ai détesté de m'avoir abandonné, et quand il est revenu, j'ai réagi comme vous. D'abord en le prenant contre moi avec tout mon amour, puis en le battant avec méchanceté, et ensuite en le cajolant à nouveau tellement j'avais honte de m'être laissé emporter. Jusqu'à ce soir, je ne l'ai jamais dit à personne. Cette honte est restée au fond de moi pendant toutes ces années. J'ai tout avoué au prêtre qui me tient lieu de confesseur. Mais *jamais* cette chose-là. Alors... »

Il y eut un silence.

« *Alors,* mon père ?

— Eh bien, cher inconnu, Dieu nous pardonnera. Après si longtemps, nous avons fini vous et moi par faire remonter à la surface ce remords enfoui, par oser nous délivrer de ce poids. Et quant à moi, je vous pardonne. Mais en fin de compte... »

La voix du vieux prêtre était si étranglée par les pleurs qu'il ne put poursuivre.

Le pénitent de l'autre côté de la grille devina ses pensées et s'informa doucement : « Vous voulez *mon* pardon, mon père ? »

Le prêtre acquiesça en silence. Sans doute l'homme discerna-t-il l'ombre de son hochement de tête, car il s'empressa d'ajouter : « Oh ! oui, je vous l'accorde ! »

Tous deux restèrent immobiles dans le confessionnal tandis qu'un autre fantôme de neige tourbillonnant se pulvérisait au milieu de l'entrée de l'église.

« Avant de partir, proposa le prêtre, accepterez-vous de boire un verre de vin avec moi ? »

La grande horloge de la place sur laquelle se trouvait l'église commença à sonner les douze coups de minuit.

« C'est Noël, mon père, dit la voix derrière la grille.

— Le plus beau Noël que j'aie jamais connu, je crois bien.

— Le plus beau, oui. »

Le vieux prêtre se leva et sortit du réduit.

Il attendit un instant que se produise un mouvement dans la partie latérale.

Aucun bruit ne se faisait entendre.

Les sourcils froncés, le prêtre tira le rideau qui fermait l'habitacle.

Il n'y avait personne à l'intérieur.

Médusé, il avança le bras pour explorer l'espace ombreux.

Celui-ci était bien vide.

Il se tourna et se précipita vers la porte de l'église pour regarder dehors.

Il ne vit que la neige tombant sur les rues désertes

tandis qu'au loin les diverses horloges de la ville finissaient de tintinnabuler.

Faisant à nouveau demi-tour, il aperçut le haut miroir accroché près de l'entrée de l'église.

Il y distingua le reflet d'un vieillard, ce vieillard qui était lui-même.

D'un geste quasi machinal, il leva la main et fit le signe de la croix. Le reflet dans le miroir l'imita, lui donnant ainsi sa bénédiction.

Puis le vieux prêtre, s'essuyant les yeux, alla chercher du vin dans le cellier.

Dehors, Noël et la neige étaient partout.

Titre original : *Bless me, Father, for I Have Sinned*
Traduit par Alain Dorémieux

Exécution !

« Compagnie, at'tention ! »

Clac.

« Compagnie, en avant... *'arche !* »

Plonk, plonk.

« Compagnie, *halte !* »

Plonk, badam, clomp.

« Tête à droite. »

Wisp.

« Tête à gauche. »

Frtt.

« Demi-tour ! »

Plonk, crouic, plonk.

En plein soleil, jadis, l'homme hurlait et la compagnie obéissait. Près d'une piscine d'hôtel, sous le soleil de Los Angeles, durant l'été 52, il y avait ce sergent instructeur et sa petite troupe au garde-à-vous.

« Fixe ! Tête relevée ! Menton rentré ! On bombe le torse ! On rentre le ventre ! Les épaules en arrière, bon sang, *en arrière !* »

Légers froissements, frottements, frôlements, silence.

Et le sergent instructeur qui s'avance en short de bain au bord de la piscine pour fixer son regard d'eau froide sur sa compagnie, son escouade, sa petite troupe, son...

Fils...

Un garçon de neuf ou dix ans, droit comme un I, les yeux fixés devant lui sur quelque grand vide militaire, les épaules raides, tandis que son père allait et venait autour de lui, aboyant des ordres, se penchant vers lui, détachant chaque syllabe d'une voix cassante. Le père et le fils étaient en tenue de bain et, un moment auparavant, en train de nettoyer les abords de la piscine, arrangeant les serviettes, jouant du balai. Mais à présent, juste au début de l'après-midi :

« Compagnie ! Exécution ! Une, deux !

— Trois, quatre, hurlait le garçon.

— Une, deux ! braillait le père.

— Trois, *quatre !*

— Compagnie, halte, arme sur l'épaule, présentez arme, on me range ce menton, on me met ces orteils au carré, *han !* »

Le souvenir allait et venait comme un film projeté dans de mauvaises conditions dans un vieux cinéma de quartier. D'où avait-il surgi, et pourquoi ?

J'étais dans le train entre Los Angeles et San Francisco, installé dans la voiture-bar à une heure avancée de la nuit, seul, exception faite du barman et d'un étranger ni jeune ni vieux assis juste en face de moi et qui en était à son deuxième martini.

C'était lui qui avait fait émerger ce vieux souvenir.

À deux mètres de distance, ses cheveux, son visage, ses yeux effarouchés où se lisait une blessure avaient soudain interrompu le cours du temps pour me faire remonter dans le passé.

Alternativement, j'étais dans le train, puis auprès de cette piscine, tantôt en train de regarder les yeux douloureux de cet homme de l'autre côté du couloir central, tantôt en train d'entendre son père trente ans plus tôt et de regarder le fils qui, il y avait de cela quelque cinq mille après-midi, effectuait une conversion ou un demi-tour, se figeait au garde-à-vous, présentait ou mettait sur l'épaule une arme imaginaire.

« At'tention ! aboyait le père.

— 'tention ! reprenait le fils en écho.

— Mon Dieu, murmurait Sid, mon meilleur ami, allongé à côté de moi dans le brûlant soleil de l'après-midi.

— Mon Dieu, oui, marmonnai-je.

— Il y a combien de temps que ça dure ?

— Des années, peut-être. Ça en a l'air. Des années.

— Han, deux !

— Trois, quatre ! »

Une cloche d'église sonna midi dans le voisinage ; c'était le moment d'ouvrir le bar de la piscine.

« Compagnie... *'arche !* »

Toujours comme à l'exercice, l'homme et l'enfant foulèrent les dalles en direction des panneaux à demi fermés du bar en plein air.

« Compagnie, halte ! À mon commandement... déverrouillage des panneaux ! Han ! »

L'enfant débloqua les verrous.

« Han ! »

L'enfant repoussa les panneaux sur les côtés, fit un saut en arrière et se figea dans l'attente des nouveaux ordres.

« Demi-tour, en avant, 'arche ! »

Quand l'enfant eut presque atteint le bord de la piscine et se trouva à la limite de tomber dedans, le père, avec un sourire suprêmement désabusé, lança d'un ton calme : « ... halte. »

Le fils se tenait en équilibre tout au bord du bassin.

« Nom d'un chien », souffla Sid.

Le père laissa le fils dans cette position, raide comme un piquet, et s'éloigna.

Sid bondit brusquement sur ses pieds, n'en croyant pas ses yeux.

« Assieds-toi, dis-je.

— Bon Dieu, est-ce qu'il compte laisser ce gosse planté là à *attendre ?!*

— Assieds-toi, Sid.

— Mais c'est inhumain !

— Ce n'est pas ton fils, Sid, dis-je d'une voix posée. Tu cherches la bagarre ?

— Parfaitement ! Nom de nom !

— Ça ne servirait à rien.

— Si ! À me soulager de mon envie de lui flanquer...

— Regarde la tête du gosse, Sid. »

Sid suivit mon regard et ses épaules s'affaissèrent.

L'enfant, debout dans l'éclat brûlant du soleil et de l'eau, était fier. La façon dont il tenait la tête, dont ses yeux flamboyaient, dont ses épaules nues supportaient le poids du harcèlement auquel il était soumis, tout disait sa fierté.

Ce fut la logique de cette fierté qui fit finalement céder Sid. Accablé d'un certain désespoir, il se laissa tomber sur les genoux.

« Est-ce qu'il va falloir rester là tout l'après-midi à regarder l'autre crétin jouer à... » La voix de Sid s'éleva malgré lui. « ... Jacques a dit ?! »

Le père entendit. Alors qu'il était en train d'empiler des serviettes à l'autre bout de la piscine, il se figea. Les muscles de son dos jouèrent comme un flipper totalisants les points. Puis il se retourna d'un mouvement vif, contourna son fils, qui se tenait toujours en équilibre à un centimètre du bord, lui jeta un regard, manifesta d'un hochement de tête son approbation bourrue et vint projeter son ombre de fer sur Sid et moi.

« Je vous serais reconnaissant, monsieur, dit-il calmement, d'éviter de parler trop fort, pour ne pas troubler mon fils...

— Je dirai ce qu'il me plaît comme il me plaît ! » Sid entreprit de se relever.

« Non, monsieur. » L'homme approcha son nez de celui de Sid ; il aurait pu tout aussi bien s'agir d'un pistolet. « C'est ma piscine, mon territoire, j'ai passé un accord avec l'hôtel, leur territoire à eux s'arrête là-bas près de la porte. Si je dois tenir une boutique propre, bien rangée, ça doit être avec une autorité pleine et entière. Tous ceux qui mouftent... *dehors. Manu militari.* Sur le mur du gymnase, à l'intérieur, vous trouverez une ceinture noire de jiu-jitsu et mes titres de boxeur et de tireur d'élite. Si vous essayez de me serrer la main, je vous brise le poignet. Si vous éternuez, je vous casse le nez. Un mot, et il faudra deux ans à votre dentiste pour vous refaire un sourire. Compagnie, *at'tention !* »

Tout cela avait été dit d'une traite.

L'enfant se raidit au bord de la piscine.

« Quarante longueurs ! Han !

— Han ! » cria l'enfant, et il s'élança.

Le bruit de son corps frappant l'eau et l'énergie qu'il mettait à nager eurent raison de l'indignation de Sid. Mon ami ferma les yeux.

Le père lui sourit et se retourna pour regarder le garçon brasser l'eau estivale dans un jaillissement d'écume.

« Il y a là tout ce que je n'ai jamais été, dit-il. Messieurs. »

Il nous salua d'un bref signe de tête et s'éloigna d'un pas martial.

Il ne restait plus à Sid qu'à se précipiter dans la piscine. Il fit lui-même vingt longueurs. La plupart du temps, l'enfant le distançait. Quand Sid ressortit de l'eau, le rouge de la colère avait quitté son visage et il se jeta par terre.

« Bon Dieu, marmonna-t-il, le visage enfoui dans sa serviette, un jour il *faudra bien* que ce gosse se rebiffe et tue ce fils de pute !

— Comme le dit quelque part un personnage d'Hemingway, répondis-je en regardant l'enfant terminer sa trente-cinquième longueur, ça fait toujours du bien de l'*imaginer.* »

La dernière fois, le dernier jour où je les vis, le père continuait d'aller et venir d'un pas décidé, vidant les cendriers (personne ne pouvait les vider à *sa* façon), rangeant les tables, alignant fauteuils et chaises longues d'une manière toute militaire, disposant les serviettes propres sur les bancs en piles rigoureusement mathématiques. Même la façon dont il passait les abords de la piscine au balai-brosse était géométrique. Au cours de ses allées et venues, de ses mises en ordre et de ses réalignements, il lui arrivait seulement de relever de temps en temps la tête pour s'assurer d'un coup d'œil que son escouade, sa section, sa compagnie était toujours au garde-à-vous en l'espèce de cet enfant droit comme un piquet, les cheveux flottant dans le vent d'été, les yeux fixés sur l'horizon de fin d'après-midi, les lèvres serrées, le menton rentré, les épaules en arrière.

J'étais fasciné. Sid était parti depuis longtemps. Je me tenais sur le balcon de l'hôtel qui donnait sur la piscine, un dernier verre à la main, incapable de détourner les yeux des allées et venues énergiques du père et de l'immobilité de statue du fils. À la tombée du jour, le père accéléra le pas en direction de la grand-porte et, comme à la suite d'une réflexion après coup, lança par-dessus son épaule :

« 'tention ! Demi-tour... droite ! Une, deux...

— Trois, quatre ! » cria l'enfant.

Il franchit la porte au pas cadencé, frappant le ciment du talon comme s'il avait porté des bottes. Il marcha ainsi jusqu'au parking tandis que son père refermait la porte d'un geste sec et assuré de robot, et jetait un ultime regard d'inspection.

Ce faisant, le père leva les yeux, me vit et hésita. Je sentis le feu de son regard sur mon visage. Le haut de mon corps eut un mouvement de recul, mon menton s'affaissa, mes épaules tressaillirent. Pour mettre un terme à mon malaise, je levai mon verre, l'agitai négligemment dans sa direction et bus.

Que va-t-il arriver, songeai-je, dans les années à venir ? Est-ce que le fils, devenu grand, finira par tuer son vieux, lui rentrer dedans, ou se contentera-t-il de s'enfuir pour connaître une vie misérable à marcher sans cesse au cri silencieux de « Han ! » ou « 'arche ! » mais jamais « Repos ! » ?

Ou alors, me dis-je tout en buvant, est-ce que le garçon aurait lui-même des enfants et passerait tout son temps à *leur* gueuler après par de chauds après-midi au bord de lointaines piscines ? Enfoncerait-il un jour un canon de revolver dans sa bouche et tuerait-il son père de la seule façon connue de lui ? Ou bien se marierait-il et n'aurait-il *pas* d'enfants pour enterrer ainsi tous les hurlements, tous les exercices et tous les sergents ? Des questions, des demi-réponses, encore des questions.

Mon verre était vide. Le soleil avait disparu, et le père et le fils avec lui.

Mais à présent, en chair et en os, juste en face de moi dans ce train de nuit qui fonçait vers des destinations plongées dans l'obscurité, l'un d'entre eux était revenu. Il était là, le gosse en personne, le bleusaillon, l'enfant du père qui hurlait des après-midi entiers et ordonnait au soleil de se lever ou de se coucher.

Tout juste vivant ? *À demi* vivant ? *Pleinement* vivant ?

Je n'étais sûr de rien.

N'empêche qu'il était assis là, trente ans plus tard, jeune vieillard ou vieux jeune homme, en train de siroter son troisième martini.

Je me rendis compte que mes coups d'œil commençaient à se faire trop insistants et risquaient de l'embarrasser. J'étudiai ses yeux bleus où se lisait une blessure sans y voir autre chose que cette blessure et, prenant mon courage à deux mains, lui adressai la parole.

« Excusez-moi. Cela peut paraître idiot, mais... il y a trente ans j'allais souvent me baigner en fin de semaine à l'*Ambassador Hotel* où un ancien militaire s'occupait de la piscine avec son fils. Il... enfin, seriez-vous ce fils ? »

Le jeune vieil homme réfléchit un instant, posa sur moi un regard mal assuré et finit par m'adresser une ombre de sourire.

« Oui, dit-il. Je suis bien ce fils. Venez vous asseoir de mon côté. »

Nous échangeâmes une poignée de main. Je m'installai et commandai une dernière tournée pour nous deux, comme si nous célébrions quelque chose, ou participions à une veillée funèbre, il était bien difficile de trancher. Lorsque le barman nous eut servis, je dis : « À l'année 1952, je porte ce toast. Une bonne année ? Une mauvaise ? À elle en tout cas ! »

Nous bûmes, et le jeune vieil homme dit presque immédiatement après : « Vous vous demandez ce que mon père est devenu.

— Ma foi..., soupirai-je.

— Non, non, m'assura-t-il, il n'y a pas de mal. Un

tas de gens se le sont demandé, m'ont posé la question, au fil des années. »

Le garçon caché à l'intérieur de l'homme plus vieux cajolait son martini tout en remâchant le passé.

« Répondez-vous aux gens quand ils vous interrogent à ce sujet ? dis-je.

— Absolument. »

Je pris une profonde inspiration. « Bon, alors : qu'est-ce que votre père est devenu ?

— Il est mort. »

Un long silence s'ensuivit.

« C'est *tout ?*

— Pas tout à fait. » Le jeune vieil homme plaça son verre juste en face de lui sur la table, disposa un napperon selon un angle bien précis par rapport au verre et installa une olive au centre exact du napperon, lisant le passé dans l'ensemble. « Vous vous rappelez comment il était ?

— De façon très précise.

— Oh ! quels abîmes de signification vous avez mis dans ce “ de façon très précise ” ! » Il laissa échapper un léger grognement. « Vous vous rappelez ses allées et venues autour de la piscine, ses demi-tour droite, demi-tour gauche, at'tention, on ne bouge plus, on rentre le ventre et le menton, on bombe le torse, en avant 'arche, han, deux ?

— Je me rappelle.

— Eh bien, un jour, en 1953, longtemps après que la vieille clientèle était partie, vous avec, mon père me faisait faire des exercices dehors en fin d'après-midi. Il y avait quelque chose comme une heure qu'il me faisait tenir au garde-à-vous en plein soleil et qu'il me criait dans la figure, je le revois encore me postillonner sur la poitrine, le nez, les paupières, quand il hurlait : On ne bouge pas un muscle ! On ne cligne pas des paupières !

On ne tressaille pas ! On ne respire pas jusqu'à ce que j'en donne *l'ordre !* Vous entendez, soldat ? Hein ? Vous entendez ? Hein ?!

« " Oui, chef ! " grinçais-je entre mes dents.

« En se retournant, il a glissé sur les dalles et il est tombé à l'eau. »

Le jeune vieil homme marqua un temps et laissa échapper un étrange éclat de rire.

« Saviez-vous ? Non, bien sûr. Moi non plus, je ne savais pas... que durant toutes ces années passées à travailler dans différentes piscines, à nettoyer les douches, remettre les serviettes en place, réparer les plongeoirs, arranger la plomberie, il n'avait jamais, mon Dieu, jamais appris à nager ! *Jamais !* Doux Jésus, c'est incroyable. Jamais.

« Il ne me l'avait jamais dit. Je ne sais pas pourquoi, mais je ne m'en étais jamais douté. Et vu qu'il venait juste de me gueuler après, de m'imposer tous ces exercices, de me donner des *ordres :* demi-tour droite ! on ne tressaille pas ! on ne *bouge* pas ! je me suis contenté de rester là au garde-à-vous, les yeux fixés droit devant moi sur le soleil de fin d'après-midi. Je me suis bien gardé de les baisser, ne serait-ce qu'une petite fois. Je regardais droit devant moi, conformément aux ordres, exécution !

« Je l'ai entendu battre l'eau, hurler. Mais je n'arrivais pas à comprendre ce qu'il disait. Je l'ai entendu boire la tasse, hoqueter, s'étrangler, boire encore la tasse, s'enfoncer, crier, mais je me tenais droit, menton et ventre rentrés, les yeux à l'horizontale, le front couvert de sueur, les lèvres serrées, les fesses de même, la colonne vertébrale comme un manche à balai, pendant que lui hurlait, suffoquait, ingurgitait des litres d'eau. Je continuais d'attendre qu'il beugle : " Repos ! " " Repos ! " aurait-il dû beugler, mais cet ordre n'est jamais venu. Alors que pouvais-je faire ? Je suis resté là, comme une statue, jusqu'à ce que ses hurlements cessent, que l'eau vienne lécher le bord de la piscine et que tout soit redevenu calme. Je suis resté comme ça dix minutes, peut-être vingt, une demi-heure, jusqu'à ce que quelqu'un sorte et me trouve là. Ils ont regardé dans la piscine et vu quelque chose au fond, ont crié : « Dieu du ciel ! » et ont fini par se retourner et venir jusqu'à moi, parce qu'ils nous connaissaient, mon père et moi, et là ils ont dit : “ Repos. ”

« Et alors j'ai fondu en larmes. »

Le jeune vieil homme acheva son verre.

« Voyez-vous, le fait est que je ne pouvais pas être sûr qu'il ne feignait pas. Il s'était déjà livré à des ruses de ce genre pour me coincer, me faire me relâcher. Il se cachait dans un coin, attendait, resurgissait pour voir si je me tenais bien droit. Ou il faisait semblant d'aller aux toilettes, et il revenait brusquement pour me prendre en faute. Alors il me punissait. Aussi, ce jour-là, au garde-à-vous au bord de la piscine, je me suis dit : C'est un coup pour me faire rompre. Alors il fallait que j'attende, non, pour être sûr ?... pour être sûr. »

Son récit achevé, il posa son verre vide sur le plateau et se carra dans son propre silence, les yeux fixés quelque part au-dessus de mon épaule. J'essayai de voir si son regard était mouillé, ou si sa bouche offrait quelque signe que tout était dit, mais je ne distinguai rien.

« Maintenant, dis-je, je sais pour votre père. Mais... que s'est-il passé pour *vous ?*

— Comme vous le voyez, je suis là. »

Il se leva, tendit le bras et me serra la main.

« Bonne nuit », dit-il.

Je le regardai bien en face et vis le jeune garçon en train d'attendre des ordres il y avait de cela cinq mille après-midi. Puis je regardai sa main gauche : pas d'alliance. Ce qui signifiait quoi ? Pas de fils, pas de futur ? Mais je ne pouvais pas poser de question à ce sujet.

« Je suis heureux de ces retrouvailles, m'entendis-je dire.

— Oui. » Il hocha la tête, et me serra une dernière fois la main. « C'est bien de voir que vous avez fait votre chemin. »

Moi, pensai-je. Mon Dieu ! *Moi ?!*

Mais il avait déjà tourné les talons et s'éloignait dans le couloir d'un pas parfaitement assuré, nullement déséquilibré par le mouvement du train. Le corps que je voyais se déplacer était sain, souple, en excellente forme, indifférent aux cahots du train.

Comme il atteignait la porte, il hésita, mais sans se retourner, comme s'il attendait quelque ultime parole, un ordre, un cri de quelqu'un.

En avant, *marche !* eus-je envie de dire. Exécution !

Mais aucun son ne sortit de ma bouche.

Sans savoir si cela allait lui faire du bien ou du mal, je me mordis la langue et le regardai ouvrir la porte, se glisser silencieusement dans l'entrebâillement et s'éloigner à grandes enjambées dans le couloir du wagon-couchettes voisin vers un passé que j'aurais pu simplement imaginer, vers un futur que je ne pouvais pas deviner.

Titre original : *By the Numbers !*
Traduit par Jacques Chambon

Un soupçon de mauvaise humeur

Par un soir normal de mai, une semaine avant ses vingt-neuf ans, Jonathan Hughes rencontra son destin, venu d'un autre temps, d'une autre année, d'une autre vie.

Son destin ne se fit pas immédiatement connaître, bien sûr. Il monta dans le même train de banlieue que lui, à Pennsylvania Station, et s'assit à ses côtés tandis que la rame s'ébranlait pour traverser Long Island, à cette heure tardive où les gens rentraient dîner chez eux. Ce fut le journal du soir tenu par ce destin déguisé sous la forme d'un homme âgé qui attira le regard de Jonathan Hughes et l'amena finalement à s'enquérir :

« Excusez-moi, monsieur, mais votre exemplaire du *New York Times* semble différent du mien. On dirait que les caractères du titre et la mise en pages ne sont pas les mêmes. C'est la toute dernière édition ?

— Non ! » L'homme âgé s'interrompit, resta la gorge nouée, puis se reprit. « Si. C'est une édition très... moderne.

Hughes regarda autour de lui. « Excusez-moi encore, mais... tous ceux que je vois dans les mains des autres voyageurs ont l'air identiques au mien. Est-ce que le vôtre serait le tirage d'essai d'une future maquette ?

— Future ? » Les lèvres de l'homme remuaient à peine. Son corps parut rapetisser dans ses vêtements, comme s'il perdait du poids chaque fois qu'il exhalait une parole. « Une future maquette. Très drôle, vraiment. »

Jonathan Hughes cligna des yeux pour déchiffrer la date figurant en haut de la première page :

2 mai 1999.

« Mais dites donc, qu'est-ce que... ? » protesta-t-il, puis ses yeux s'orientèrent vers un article placé dans le coin supérieur gauche de la page :

MEURTRE D'UNE FEMME

LA POLICE RECHERCHE

LE MARI DE LA VICTIME

Le corps de Mrs. Alice Hughes
a été retrouvé criblé de balles...

Le train passa sur un pont dans un fracas de tonnerre. De l'autre côté de la vitre, un milliard d'arbres se dressèrent, agitèrent convulsivement leurs branches, puis s'effondrèrent comme coupés à la hache.

Le train entra en bringuebalant dans la gare suivante, comme si absolument rien ne s'était passé.

En silence, l'homme plus jeune reporta son regard sur le texte :

Jonathan Hughes, expert-comptable
habitant le 112 Plandome Avenue, à Plandome...

« Mon Dieu ! s'écria-t-il. Allez-vous-en ! »

Mais ce fut lui qui se leva et recula de quelques pas

avant que l'autre homme ait le temps de bouger. Un cahot du train le projeta sur un siège vide d'où il fixa avec égarement un torrent de lumière verte qui défilait le long des fenêtres.

Mais enfin je rêve, pensa-t-il, qui s'amuse à me jouer ce sale tour ? Qui veut nous faire du mal ? Tourner en dérision ce récent mariage heureux avec une femme adorable ? Non, vraiment, c'est insensé !

Le train amorça un virage qui, le faisant basculer, le remit en position debout. Comme un homme ivre de rage, écrasé par la pesanteur, en proie au mal des voyages, il retourna en titubant vers l'individu maintenant plongé dans la lecture de son journal. Hughes le lui arracha des mains et lui agrippa l'épaule. L'autre tressaillit et leva sur lui des yeux pleins de larmes. Tous deux se dévisagèrent un long moment au milieu du vacarme assourdissant. Hughes eut l'impression que son âme allait s'évader de son corps.

« *Qui* êtes-vous ? »

Quelqu'un devait avoir hurlé cette question.

Le train se balançait comme s'il était sur le point de dérailler.

L'homme âgé se leva comme frappé en plein cœur, en glissant à l'aveuglette un rectangle de bristol entre les doigts de Jonathan Hughes, avant de filer d'un pas mal assuré vers l'extrémité du couloir pour passer dans le wagon voisin.

Hughes retourna la carte de visite que l'autre lui avait fourrée dans la main. Il lut trois lignes imprimées qui lui sautèrent au visage en le forçant à se rasseoir. Il les relut plus posément :

JONATHAN HUGHES
Expert-comptable
679-4990 Plandome

« Non ! » cria une voix.

C'est moi, songea-t-il. Ce personnage, c'est... *moi.*

C'était un coup monté, une conspiration collective. On avait mis au point cette farce macabre pour qu'il en soit la victime. Tous les voyageurs du train étaient complices, riant à ses dépens à l'abri des livres et des journaux déployés qui masquaient leur physionomie, pendant que ce salopard, comme poursuivi par une armée de démons, fuyait de wagon en wagon. Jonathan Hugues était déchaîné, au bord de la folie, quand il le rattrapa enfin dans le wagon de queue, qui était presque vide.

L'ayant rejoint, il se planta devant lui, mais l'homme âgé se refusa à lever les yeux pour le regarder. Il avait d'ailleurs maintenant succombé à une telle crise de larmes que toute conversation eût été impossible.

Mais qu'est-ce qu'il a donc à chialer comme ça ? se demanda Hughes, furibond. Il ne va pas s'arrêter ?

Comme s'il en avait reçu l'ordre, l'homme se redressa, s'essuya les yeux, se moucha et se mit à parler d'une voix si frêle que Jonathan Hughes dut se pencher, puis finalement s'asseoir près de lui pour entendre son murmure :

« Nous sommes nés...

— Nous ? protesta Hughes.

— Nous, chuchota l'autre en contemplant le crépuscule grandissant qui se fragmentait en lambeaux de fumée derrière la vitre, nous, oui, nous, tous les deux, sommes nés à Quincy en 1945, le 22 août... »

Exact, songea Hughes.

« Nous habitions 49, Washington Street et nous faisions nos études à Central School où nous allions tous les matins à pied avec la petite Isabel Perry... »

Isabel, se remémora l'homme jeune.

« Nous... », murmura son aîné. « Notre... », rectifia-t-il. Et il poursuivit :

« Notre professeur de travaux manuels s'appelait Mr. Bisbee. Notre professeur d'histoire, miss Monks. On s'est cassé la cheville droite à l'âge de dix ans, en faisant du patin à glace. On a failli se noyer à onze ans ; c'est papa qui nous a tirés de là. À douze ans, on est tombés amoureux d'Impi Johnson... »

Adorable fille, et dire qu'elle est morte aujourd'hui, mon Dieu, pensa l'homme jeune qui était en train de vieillir.

Et c'était exactement le phénomène qui se produisait. À mesure que l'homme âgé parlait, il rajeunissait à vue d'œil, les yeux plus vifs et le teint plus coloré, pendant que le cadet, alourdi par le poids du savoir ancien qui lui était communiqué, s'affaissait et pâlissait, si bien que, l'un écoutant l'autre, ils se croisèrent en quelque sorte en devenant au passage pareils à des jumeaux. Il y eut un moment où Jonathan Hughes eut la conviction délirante que, s'il avait observé leurs reflets dans la vitre obscurcie par l'ombre du dehors, il aurait aperçu deux individus strictement semblables.

Mais il n'osa pas regarder.

L'homme acheva son récit, la stature droite, la tête haute, revigoré par les révélations enfouies dont il s'était délivré.

« C'était le passé », déclara-t-il.

Je devrais lui taper dessus, réfléchit Hughes, l'accuser de me mener en bateau, le traiter de tous les noms. Pourquoi est-ce que je reste là sans réagir ?

Parce que...

L'homme devina ce qu'il avait en tête et ajouta : « Tu sais que je suis bien ce que je dis être. Je sais tout ce qu'il est possible de savoir sur nous. Maintenant… si on en venait au futur ?

— Le mien ?

— Le nôtre », rectifia le narrateur.

Jonathan Hughes acquiesça, les yeux posés sur le journal que tenait l'homme. Celui-ci le replia et le plaça à côté de lui.

« Peu à peu tes affaires vont péricliter. Pour quelle raison, qui peut le dire ? Un enfant naîtra et mourra en bas âge. Tu prendras une maîtresse qui te quittera. Ta femme deviendra difficile à supporter. Et en fin de compte, oh ! crois-moi, oui, lentement, insensiblement, tu en viendras — comment l'exprimer ? — à haïr sa simple présence. Bon, je me tais, je vois bien que je te bouleverse. »

Ils gardèrent un long silence ponctué seulement par le ferraillement du train, et pendant ce temps l'homme redevint vieux tandis que son double regagnait sa jeunesse. Quand tous deux eurent atteint leur âge véritable, le jeune fit signe que la conversation pouvait reprendre, en évitant de regarder le vieux qui continuait :

« Tu crois que c'est impossible, bien sûr, après juste un an de mariage, une année de bonheur. Difficile d'imaginer qu'une unique goutte d'encre puisse noircir une carafe d'eau claire et pure. Et pourtant c'est ce qui se passe, toute l'eau devient noire. Et finalement c'est l'univers entier qui est changé, pas simplement notre épouse, cette belle femme, ce merveilleux rêve.

— Tu…, balbutia Jonathan Hughes, tu… l'as tuée ?

— *Nous* l'avons tuée. Tous les deux. Mais si je parviens à mes fins, si je réussis à te convaincre, aucun de nous n'aura commis ce crime, elle sera toujours en vie, et tu vieilliras pour devenir moi… un moi plus heureux, plus serein. Je prie pour ça. Je pleure pour ça. Il n'est pas trop tard. Par-delà le gouffre des années, je voudrais te secouer les idées, te les remettre en place, t'amener à changer ce que tu as dans la tête. Mon Dieu, si les gens savaient à quoi s'en tenir sur le meurtre. C'est un acte si absurde, si stupide, si... répugnant. Mais il reste un espoir, puisque j'ai pu franchir la distance qui nous sépare, entrer en contact avec toi, entamer le changement qui sauvera notre âme. Maintenant, écoute-moi. Tu admets, n'est-ce pas, le fait que nous ne formons qu'une personne, que nous sommes des jumeaux temporels embarqués cette nuit sur ce train ? »

Le train siffla au-devant d'eux, comme pour tracer sa voie à travers une accumulation d'années.

L'homme jeune eut un hochement de tête affirmatif presque imperceptible. Il n'en fallait pas plus à son compagnon qui insista :

« Je me suis sauvé. J'ai fui pour te retrouver. Je ne peux rien dire d'autre. Elle n'est morte que depuis hier, et je me suis enfui. Où aller pour me cacher ? Je n'avais pas d'autre refuge que le temps : le passé. Personne auprès de qui plaider ma cause, pas de juge ni de jury, pas de témoins, à part... toi. Tu es le seul à pouvoir laver ce sang, tu comprends ? C'est toi qui m'as mis sur les rails, au début. Ta jeunesse, ton innocence, ta joie, ta vie encore intacte : ce sont les mécanismes qui ont déterminé mon sort. Tu es ma seule sauvegarde. Si tu me tournes le dos, je suis perdu, *nous* sommes perdus. Nous partagerons la même tombe et serons ensevelis à jamais dans le désespoir. Dois-je te dire ce qu'il faut faire ? »

L'homme jeune se leva.

« Plandome, cria une voix. Plandome. »

Et ils descendirent sur le quai, le jeune se cognant aux murs et aux voyageurs, comme si ses membres se disloquaient, et le vieux lui courant après.

« Attends ! appela l'homme âgé. Oh ! je t'en prie. »

Son double juvénile poursuivit sa marche.

« Tu ne réalises donc pas qu'on est plongés là-dedans tous les deux, qu'on doit en parler ensemble et trouver une solution, pour que tu ne deviennes pas ce que je suis et que je ne sois pas obligé d'aller me lancer à ta recherche ? Oh ! toute cette histoire a l'air d'être complètement délirante, insensée, oui, je le sais bien, mais écoute-moi ! »

L'homme jeune s'arrêta à la sortie du quai, là où s'engageaient les voitures venues chercher les voyageurs, dans un concert de klaxons, un ronflement de moteurs, un claironnement de salutations joyeuses.

Son aîné lui empoigna le coude.

« Bon Dieu, ta femme, la mienne, arrivera ici d'un moment à l'autre, et j'ai *tant* de choses à te raconter, tu *ne peux pas* savoir tout ce que je sais, il y a vingt-cinq années d'informations que tu ignores et que je dois te transmettre ! Tu m'écoutes ? Mais enfin, tu ne me *crois* donc pas ? »

Jonathan Hughes surveillait la rue. Au loin se rapprochait une dernière voiture. Il lâcha rapidement : « Qu'est-ce qui s'est passé dans le grenier de ma grand-mère l'été 53 ? Je suis le seul à être au courant. Alors ? »

L'homme âgé baissa les épaules et récita mécaniquement, comme s'il lisait un prompteur : « Tu t'es caché — *on s'est cachés* — pendant deux jours, sans donner signe de vie. Tout le monde nous croyait noyés dans le lac et personne n'a deviné qu'on était enfermés là-haut pendant tout ce temps, en train de pleurer parce qu'on avait l'impression de ne pas être aimés, avec l'envie de mourir. »

L'homme se tourna, les larmes aux yeux, pour fixer son double vieilli. « Alors tu m'aimes ?

— Je n'ai pas le choix, répondit l'autre. Tu es tout ce qui me reste. »

La voiture atteignait la gare. Derrière la vitre, la jeune femme au volant sourit en agitant la main.

« Vite, ordonna l'homme âgé. Il faut que je vienne à la maison avec toi. Je dois observer, te montrer, t'apprendre, découvrir ce qui ne va pas, trouver le moyen de modifier les choses, te permettre de mener peut-être jusqu'au bout une vie sans encombre. Emmène-moi ! »

La voiture stoppa, la jeune femme se pencha par la vitre baissée.

« Bonsoir, amour de ma vie ! » cria-t-elle.

Jonathan Hughes éclata de rire et se précipita impulsivement en avant. « Ma jolie, ma toute belle, bonsoir !

— Une minute », entendit-il derrière lui.

Il s'immobilisa brusquement et pivota pour inspecter l'homme âgé resté sur le quai, son journal sous le bras, le corps agité de tremblements. L'homme leva une main vers lui d'un air interrogateur.

« Tu es sûr de n'avoir rien oublié ? »

Un silence. Puis : « Si, soupira Jonathan Hughes. Toi. »

La voiture suivit la courbe d'un virage dans la nuit. La femme au volant, son mari et le voyageur du train eurent le corps légèrement déporté sous l'effet de la trajectoire déviée.

« Vous avez dit que vous vous appeliez comment ? demanda la jeune femme en élevant la voix pour couvrir le bruit du moteur et de la circulation.

— Il n'a rien dit, se hâta de préciser Jonathan Hughes.

— Weldon, répondit l'homme âgé.

— Ça alors ! s'exclama Alice Hughes. C'est *mon* nom de jeune fille. »

L'homme hésita avant de poursuivre : « *Vraiment ?* Comme c'est ccurieux !

— Est-ce que par hasard nous aurions un lien de parenté ? Vous...

— Il a été mon professeur au collège, s'empressa d'ajouter Jonathan Hughes.

— Et je le suis toujours, déclara l'homme. Je le suis toujours. »

Enfin ils arrivèrent à la maison.

Pendant toute la durée du dîner, l'homme âgé resta le plus souvent les mains vides posées près de son assiette, sans pouvoir s'empêcher de dévisager la ravissante jeune femme installée en face de lui de l'autre côté de la table. Jonathan Hughes gigotait, parlait trop fort pour meubler les silences et mangeait du bout des lèvres. L'homme s'obstinait à contempler Alice comme si un miracle avait lieu toutes les dix secondes. Il observait sa bouche comme si c'était une fontaine déversant des diamants. Il examinait ses yeux comme s'ils renfermaient les secrets de toute la sagesse du monde, découverts par lui pour la première fois. Étourdi, comme en hypnose, il avait visiblement oublié la raison de sa présence ici.

« J'ai une miette de pain sur le menton ? s'écria soudain Alice Hughes. Pourquoi est-ce que vous me *regardez* comme ça tous les deux ? »

Sur ces entrefaites, l'homme âgé éclata en sanglots qui mirent chacun mal à l'aise. Comme il semblait incapable de se calmer, Alice finit par se lever et contourna la table pour venir lui poser une main sur l'épaule.

« Pardonnez-moi, fit-il. C'est simplement parce que vous êtes si jolie. Retournez vous asseoir, je vous en prie. Excusez-moi. »

Une fois le dessert expédié, Jonathan reposa ses couverts et s'essuya la bouche avec de grands gestes spectaculaires, avant de lancer : « Quel merveilleux repas. Ma chérie, je t'aime ! » Il embrassa son épouse sur la joue, puis, se ravisant, sur la bouche. « Alors ? » Il fixa l'homme âgé d'un air de défi. « J'aime *énormément* ma femme, non ? »

L'homme hocha doucement la tête et acquiesça : « Oui, oui, je me souviens.

— Vous vous *souvenez ?* murmura Alice avec perplexité.

— Allez, je porte un toast ! coupa Jonathan Hughes. Je bois à la santé de mon adorable femme et d'un avenir radieux ! »

Son épouse, rieuse, leva son verre.

« Mr. Weldon, questionna-t-elle au bout d'un instant. Vous ne buvez pas ?... »

C'était un spectacle étrange de voir le visiteur sur le seuil du séjour.

« Tu veux une petite démonstration ? » interrogea-t-il. Il ferma les yeux et se mit à se déplacer dans la pièce avec une grande sûreté de mouvements. « Par ici il y a le porte-pipes, par là les étagères à livres. Sur la quatrième en partant du bas se trouve un exemplaire de *La Machine à voyager dans le temps* de Wells, un titre tout à fait de circonstance en ce qui nous concerne. Et un peu plus loin c'est mon fauteuil préféré, celui où je m'asseyais toujours. »

Il y prit place. Il rouvrit les yeux.

Resté sur le pas de la porte, Jonathan Hughes demanda : « Tu ne vas pas recommencer à pleurer, j'espère ?

— Non. C'est fini, je ne pleure plus. »

De la cuisine provenaient des bruits de vaisselle, ainsi

que le fredonnement allègre de la belle jeune femme qui s'affairait là-bas. Les deux hommes se tournèrent dans cette direction, prêtant l'oreille au chantonnement.

« Et tu prétends qu'un jour je la détesterai ? martela Jonathan Hughes. Que je la haïrai au point de la tuer ?

— Ça semble incroyable, n'est-ce pas ? Je ne l'ai pas quittée du regard pendant une heure, et je n'ai pas décelé la moindre faille, pas la plus petite anicroche, rien qui cloche en elle, rien qui ne soit la perfection même. Toi aussi je t'ai regardé, pour essayer de comprendre si *tu* avais — si *nous* avions — une part de responsabilité dans tout ça.

— Et ? » L'homme jeune servit deux verres de sherry et en tendit un à son interlocuteur.

« Je ne vois rien à te reprocher. Sinon que tu bois un peu trop. Fais-y attention. »

Hughes posa son verre sans en avoir avalé une gorgée. « Rien d'autre ?

— Je suppose que je devrais te donner une liste de tout ce qui est à éviter, te conseiller de la garder précieusement, de la consulter chaque jour. Les conseils du vieux cinglé au jeune fou.

— Dis-moi tout ce que tu veux, je m'en souviendrai.

— Crois-tu ? Pendant combien de temps ? Un mois, un an, et puis, comme tout le reste, ça se dispersera en lambeaux. Tu seras trop occupé à mener ta vie. Tu te transformeras lentement en... moi. Et elle, elle deviendra lentement quelque chose dont la seule solution pour s'en débarrasser est de l'éliminer. Répète-lui tous les jours que tu l'aimes.

— Je n'y manquerai pas.

— Promets-le ! C'est *très* important. C'est peut-être là que j'ai été — que nous avons été — en faute. Tous les jours, sans jamais oublier ! » L'homme se pencha en avant, le visage enflammé. « Tous les jours, tu entends ? Tous les jours ! »

Alice se montra à la porte, un peu alarmée par le son de leurs voix.

« Quelque chose ne va pas ?

— Ce n'est rien, répliqua Jonathan Hughes avec un sourire. Nous discutions pour savoir lequel de nous deux t'apprécie le plus. »

Elle se mit à rire, eut un haussement d'épaules insouciant et se retira.

« Je crois », dit Jonathan Hughes en fermant les yeux et en faisant un effort pour finir sa phrase, « qu'il est temps pour toi de t'en aller.

— Oui, je m'en rends compte. » Mais l'homme âgé ne bougea pas. Sa voix était triste et lasse. « Je me sens complètement vaincu. Je ne trouve aucun indice. Je ne vois pas la faille. Je ne peux même pas t'adresser de recommandation. Mon Dieu, c'est si ridicule, jamais je n'aurais dû venir t'inquiéter, troubler ton existence, sans avoir rien d'autre à proposer que des suggestions vagues et des jérémiades ineptes sur les menaces du futur. Il y a un moment je pensais : et si je la tuais tout de suite, si je me débarrassais d'elle maintenant, pour être le seul coupable et te permettre de continuer de vivre sans elle ? Grotesque, non ? Je me demande si ça marcherait ? On retombe sur ce vieux truc du paradoxe temporel, hein ? Est-ce qu'il me serait possible de détourner le cours des choses, de faire dévier l'univers préétabli ? Non, non, ne t'en fais pas, ne me jette pas ce coup d'œil affolé. Il n'y aura pas de meurtre maintenant. Il a déjà été commis… il le sera dans vingt-cinq ans de ta vie future. Sans avoir réussi à éviter quoi que ce soit, sans t'avoir été d'aucun secours, le vieux maboul va ouvrir la porte et sortir de ta vie pour retourner vers sa folie. »

Il se leva et ferma de nouveau les yeux.

« Voyons si je suis capable de partir de chez moi à l'aveuglette. »

Il se déplaça, accompagné de son cadet qui l'escorta jusqu'à la penderie de l'entrée et en ouvrit la porte pour lui sortir son manteau et l'aider à l'enfiler.

« C'est faux, ton intervention n'a pas été inutile, objecta Jonathan Hughes. Tu m'as incité à toujours me rappeler de lui dire combien je l'aime.

— C'est vrai, je t'aurai au moins indiqué ça. »

Ils firent face à la porte.

« Y a-t-il un espoir pour nous ? demanda soudain l'homme âgé avec une véhémence farouche.

— Oui, j'y veillerai, assura Jonathan Hughes.

— Bien, très bien. Je parviens presque à y croire ! »

L'homme tendit le bras et, gardant les yeux fermés, ouvrit la porte d'entrée.

« Je ne vais pas lui dire adieu. Je ne supporterai pas de revoir ce merveilleux visage. Dis-lui que le vieux fou a pris congé. Pour aller où ? T'attendre plus loin sur la route. Un jour tu arriveras.

— Pour devenir toi ? Aucun risque, protesta son interlocuteur.

— Ne cesse jamais de t'en persuader. Et... au fait... pendant que j'y pense... » L'homme fouilla dans sa poche et en retira un petit objet enveloppé dans du papier journal froissé. « Il vaudrait mieux que tu gardes ça. Même maintenant, il n'est pas sûr qu'on puisse me faire confiance. Je pourrais me livrer à un acte irréparable. Tiens. Prends-le. »

Il mit l'objet dans les mains de l'homme jeune. « Au revoir. Est-ce que ça signifie : Dieu soit avec toi ? Oui. Au revoir. »

L'homme s'éloigna précipitamment dans la nuit. Un souffle de vent agita les arbres. Au loin passa lentement un train, pénétrant en gare ou repartant, impossible de le savoir.

Jonathan Hughes s'attarda devant la porte, essayant de discerner si quelqu'un venait vraiment de disparaître dans le noir.

« Chéri », appela sa femme.

Il entreprit de déplier le papier qui emballait l'objet.

Elle était maintenant derrière lui dans le vestibule, mais sa voix paraissait aussi lointaine que les bruits de pas qui s'estompaient dans la rue.

« Ne reste pas là, tu vas laisser passer des courants d'air », dit-elle.

Il sursauta en achevant de déballer l'objet. Ce qu'il tenait à la main était un petit revolver.

Dans le lointain le train émit un dernier sifflement qui fut emporté par le vent.

« Ferme la porte », ajouta sa femme.

Il avait froid au visage. Il baissa les paupières.

Cette voix qu'elle avait prise. Ne contenait-elle pas l'amorce d'un ton acariâtre, un *soupçon* de mauvaise humeur ?

Il fit volte-face pesamment, avec l'impression de perdre l'équilibre. Son épaule frôla le battant de la porte. Celle-ci glissa sur ses gonds.

Puis le vent, par sa seule force, la referma avec un claquement.

Titre original : *A Touch of Petulance*
Traduit par Alain Dorémieux

un train, [illegible] en gare ou [illegible] de la savoir.

Jonathan Hughes s'attarda devant la porte, [illegible] [illegible] [illegible] de [illegible] dans [illegible].

[illegible] sa femme.

Il [illegible] [illegible] le [illegible] [illegible] [illegible] [illegible] [illegible] [illegible] mais sa voix [illegible] [illegible] que les [illegible] de pas [illegible] [illegible].

[illegible] [illegible] pas [illegible] [illegible] [illegible] [illegible]

Il [illegible] en [illegible] de [illegible] [illegible]. Ce qu'il tenait [illegible] [illegible] [illegible] [illegible].

[illegible] [illegible] le [illegible] au dernier [illegible] qui [illegible] par le vent.

[illegible] la porte [illegible] sa femme.

Il avait [illegible] un visage. Il [illegible] les [illegible].

[illegible] qu'elle [illegible]. Ne [illegible] pas l'[illegible] de son mari [illegible] [illegible] de mauvaise humeur.

[illegible] [illegible] [illegible] [illegible] perdre l'équilibre [illegible] [illegible] battant de la porte [illegible] sur ses genoux.

Puis [illegible] sa seule [illegible], la [illegible] avec [illegible] [illegible].

Titre original : A [illegible]
Traduit par Alain Dorémieux

Le partage

« Tu as fait *changer* la serrure ! »

Stupéfait, il restait debout sur le seuil de la porte, les yeux baissés sur la poignée qu'il avait manœuvrée d'une main et sur l'ancienne clé qu'il avait inutilement actionnée de l'autre.

Elle lâcha l'autre côté de la poignée qu'elle venait d'ouvrir et recula pour le laisser passer.

« Je ne veux pas que des étrangers puissent entrer ici.

— Des étrangers ! » s'exclama-t-il amèrement. Il secoua la poignée une dernière fois, puis retira sa clé en soupirant avant de refermer la porte. « Oui, je suppose que c'est le terme qui convient. Nous sommes devenus des étrangers l'un pour l'autre. »

Évitant de s'asseoir, elle se tint au centre de la pièce sans le quitter du regard.

« Bon, alors on *règle* ça, fit-elle.

— On dirait que tu t'en es *déjà* occupée. Merde ! » Il fixa avec incrédulité les deux entassements de livres rangés soigneusement en piles par terre. « Tu aurais quand même pu m'attendre, non ?

— J'avais envie de gagner du temps », rétorqua-t-elle. Elle fit un signe de tête vers sa gauche, un autre vers sa droite. « Ceux-ci sont à moi. Ceux-là sont à toi.

— Voyons un peu ça.

— Vas-y. Mais tu peux ergoter autant que tu veux, voici les miens, voilà les tiens.

— Non mais, dis donc, pas question ! » Il s'élança vers les piles de livres et entreprit de les passer en revue, en allant à tour de rôle de l'une à l'autre pour en vérifier le contenu. « Je reprends tout à partir de zéro.

— Tu vas tout foutre en l'air ! maugréa-t-elle. J'ai mis des heures à faire le tri.

— Oui, eh bien, dit-il hors d'haleine, un genou au sol, *moi aussi* j'en ai pour des heures. *L'Analyse freudienne.* Tiens, tu vois ? Qu'est-ce que *ça* vient faire dans mes piles ? Je ne peux pas supporter Freud !

— Je voulais m'en débarrasser.

— T'en débarrasser ? Alors là c'est la meilleure. Les bouquins que tu veux flanquer à la poubelle, tu les refiles à ton ex-mari ! On va préparer trois tas : un pour toi, un pour moi et un autre pour l'armée du Salut.

— Tu *emportes* ce qui est pour l'armée du Salut et tu t'occupes de les contacter.

— Parce que je ne peux pas les appeler d'ici ? Je ne vais pas trimbaler pour rien des livres à jeter. Ce serait plus simple de...

— Bon, entendu, discute si ça te plaît. Mais arrête de tripoter ces livres. Tu regardes les miens et puis les tiens, et tu vois si tu es d'accord ou pas.

— J'aperçois mon exemplaire de Thurber dans tes piles, qu'est-ce qu'il fiche là ?

— Tu m'en avais fait cadeau pour Noël il y a dix ans, tu ne te souviens pas ?

— Ah ! » Il prit le temps de la réflexion. « Oui, c'est vrai. Bon, mais... et Willa Cather, qu'est-ce qu'elle fait là-bas ?

— Tu me l'avais donnée pour mon anniversaire il y a douze ans.

— On dirait que je t'ai beaucoup gâtée.

— C'est sûr, mais ça remonte à longtemps. J'aurais aimé que ça continue. On n'en serait peut-être pas arrivés à ce partage ridicule. »

Il s'empourpra et se releva, le dos tourné, en donnant machinalement de petits coups de pied dans les piles de livres.

« Karen Horney, je te la laisse, elle est trop barbante elle aussi. Jung... ce n'est pas pareil, je l'ai toujours préféré, mais *enfin* tu peux le garder.

— Merci, tu es bien bon.

— C'est toujours ce qui venait de la tête qui t'a intéressée, pas ce qui venait du cœur.

— Un mec qui trouve normal de coucher à droite et à gauche ferait mieux de la boucler pour ce qui est de la tête et du cœur. Un mec qui ose rentrer chez lui avec des suçons plein le cou...

— Oh ! ça va, celle-là, on se l'est déjà jouée cent fois. C'est du passé. » Il s'agenouilla de nouveau et suivit de l'index les titres au dos des livres. « *La Nef des fous* de Katherine Anne Porter, comment as-tu pu lire jusqu'au bout une connerie *pareille ?* C'est *à toi.* Les nouvelles de John Collier ! Tu *sais* que j'adore ce qu'il écrit ! Ça va dans *ma* pile !

— Fais attention !

— Je dis bien : *ma* pile. » Il arracha le volume du tas où il se trouvait et le jeta par terre.

« Fais gaffe enfin ! Tu vas l'esquinter.

— Je m'en fous. Maintenant il est à moi. » Il poussa le livre du pied.

« Heureusement que tu ne t'occupes pas de la bibliothèque municipale, ironisa-t-elle.

— Bon, continuons. Voilà Gogol : un casse-pieds.

Saul Bellow : un autre casse-pieds. John Updike, du style mais pas d'idées. Encore un casse-pieds. Frank O'Connor ? Pas mal, mais tu peux le garder. Henry James ? Toujours un casse-pieds. Tolstoï ? Jamais pu me rappeler les noms des personnages, pas vraiment emmerdant mais on s'y perd, tu le gardes. Aldous Huxley ? Eh là ! attends ! Tu *sais bien* que je trouve ses essais très supérieurs à ses romans !

— On ne va pas éparpiller son œuvre !

— Tu parles que je vais me gêner ! On va casser le bébé en deux. Tu prends les romans, moi ses idées. »

Il attrapa trois des livres et les expédia vers l'autre tas.

Elle se pencha pour examiner les piles qu'elle avait préparées pour lui.

« Qu'est-ce que tu fais ? interrogea-t-il.

— Je révise certains de mes choix. Je crois que je vais reprendre John Cheever.

— Putain ! Mais à quoi ça rime ! Moi je te prends ci, toi tu me prends *ça ?* Laisse Cheever à sa place. Tiens, il te reste Pouchkine, un raseur russe. Robbe-Grillet, un raseur français. Knut Hamsun, un raseur scandinave.

— Arrête de tout critiquer. Tu me donnes l'impression que j'ai raté mon examen de littérature. Mais tu t'imagines quoi à la fin ? Que tu conserves tout ce qui a de la valeur en me laissant tout ce qui est merdique ?

— Possible. Quand je pense à tous ces ploucs, ces auteurs à la mords-moi le nœud qui se contemplent le nombril en faisant de l'esbroufe !

— J'espère que tu ne prétends pas que Dickens était un plouc ?

— Dickens ! On n'a pas eu un seul écrivain de sa trempe depuis *un siècle !*

— Quel soulagement de te l'entendre dire ! Tu

remarqueras que je t'ai donné tous les romans de Thomas Love Peacock. Toute la science-fiction d'Asimov. Et tout Kafka. C'est tellement banal !

— Et *maintenant* qui s'amuse à condamner les bouquins au bûcher ? » Il se baissa, furieux, pour examiner alternativement leurs deux tas de livres. « Peacock, nom de Dieu, un des plus grands humoristes de tous les temps. Kafka ? Profond, délirant, sublime. Asimov ? Un génie !

— Je vois. C'est trop drôle. » Elle s'assit, les mains sur les genoux, hochant la tête vers les pyramides de littérature amoncelées. « Je crois que je commence à piger de quelle façon tout s'est déglingué. Tout ce que tu lisais, je considérais que c'était nul. Et tout ce que moi je lisais, tu le trouvais débile. On n'aurait pas pu s'en apercevoir dix ans plus tôt ?

— Il y a beaucoup de choses qui ne comptent pas quand on est... », il ralentit la fin de sa phrase, « ... amoureux. »

Le mot avait été prononcé. Elle bougea avec gêne sur son siège, joignit les mains et se croisa les jambes de façon guindée. Elle le dévisagea d'un regard où brillait un éclat particulier.

Il détourna le sien et se mit à arpenter la pièce. « Oh ! et puis j'en ai marre ! » proféra-t-il en donnant aux amas de livres des coups de pied méthodiques. « Je me fous de ce qu'il y a dans ces piles de bouquins, je n'en ai rien à foutre, qu'est-ce que tu veux que ça me fasse ?

— Tu as assez de place pour les mettre dans ta voiture ? questionna-t-elle doucement, sans le quitter des yeux.

— Je pense que oui.

— Tu veux que je t'aide à les transporter ?

— Non. » Il y eut un autre long moment de silence. « Je me débrouillerai tout seul.

— Tu en es sûr ?

— Sûr. »

Avec un profond soupir, il souleva un paquet de livres qu'il déposa près de la porte.

« J'ai des cartons dans la voiture. Je vais les chercher.

— Tu ne veux pas jeter un coup d'œil au reste des livres pour t'assurer que tu n'en retrouveras pas d'autres auxquels tu tiens ?

— Non, répondit-il. Tu connais bien mes goûts. Apparemment tu as tout trié comme il fallait. On dirait que tu as détaché deux feuilles de papier l'une de l'autre, comme quand on épluche un fruit. Et les deux moitiés sont là bien en ordre, bien étiquetées, c'est à peine croyable. »

Il s'arrêta d'entasser les livres à côté de la porte et se redressa pour observer les deux forteresses littéraires qui se faisaient face, puis sa femme assise comme à l'abandon dans la vallée qui les séparait. Le chemin traversant cette vallée, jusqu'à l'autre côté de la pièce où elle avait pris place, semblait infiniment long.

À cet instant deux chats noirs, un grand et un petit, surgirent de la cuisine, ricochèrent d'un élément à l'autre du mobilier et quittèrent la pièce, le tout sans un bruit.

Il eut un frémissement de la main. Son pied droit se tourna à demi vers la porte.

« Oh ! non, fit-elle avec vivacité. Je ne veux pas voir de panier à chat ici. Si tu en as apporté un, laisse-le sur le palier. Maude et Maudlin restent avec moi.

— Mais je..., protesta-t-il.

— Pas question », trancha-t-elle.

Encore un long silence. À la fin, il courba les épaules.

« Assez, dit-il à voix basse. Je n'en veux pas, de ces saletés de bouquins. Tu n'as qu'à tous les garder.

— Tu auras changé d'avis dans quelques jours et tu reviendras les chercher.

— Je n'en veux pas, répéta-t-il. C'est toi que je veux.

— Oui, c'est bien ça qui est affreux, répondit-elle sans faire un mouvement. Je le sais, et c'est impossible.

— Bon, oui, tu as raison. Je reviens. Je rapporte les cartons. » Il ouvrit la porte et considéra encore une fois la nouvelle serrure comme s'il ne pouvait en croire ses yeux. Il sortit la vieille clé de sa poche et la posa sur une tablette voisine de la porte. « Je n'en aurai plus besoin.

— Non, plus maintenant, dit-elle d'une voix si imperceptible qu'il l'entendit à peine.

— Je frapperai en revenant. » Il s'apprêta à sortir, puis se tourna vers elle. « Tu réalises que toute cette discussion n'a servi qu'à éviter le vrai sujet que nous n'avons même pas encore abordé ?

— Lequel ? » demanda-t-elle.

Il hésita, se déplaça d'un pas, puis déclara : « La garde des enfants. »

Avant qu'elle ait pu répondre, il franchit le seuil et referma la porte.

Titre original : *Long Division*
Traduit par Alain Dorémieux

Venez, et amenez Constance !

Sa femme ouvrit le courrier au petit déjeuner du samedi. C'était l'avalanche habituelle.

« Nous figurons sur toutes les listes des gens qui comptent en ville, et même plus que ça, observa-t-il. Les factures, passe encore. Mais les invitations aux soirées, aux inaugurations dont on se contrefout, aux galas de bienfaisance qui ne profitent à personne, aux réunions des comités de soutien à...

— Qui est Constance ? demanda sa femme.

— Qui est qui ?

— Constance », répéta sa femme.

Une ombre de novembre passa fugitivement sur le matin d'été.

Elle lui tendit une lettre d'une vieille connaissance, un psy passablement déjanté qui l'invitait à sa villa du lac Arrowhead pour assister à une série de conférences sur le vagissement primal, la transsubstantiation extrasensorielle, la télékinésie et le zen. La signature de l'expéditeur, gribouillée au bas de la feuille, ressemblait à l'assemblage de lettres suivant : *J'ujfl Kikrk.* Comme si on avait recopié sans chercher à le modifier le résultat obtenu par quelqu'un tapant au hasard dans le noir sur les touches d'une machine.

Sous cette signature, un P.-S. mentionnait : *Si vous venez, amenez Constance.*

« Alors ? s'enquit sa femme en tartinant d'une couche de beurre trop épaisse sa tranche de pain grillé.

— Je ne *connais* aucune Constance, affirma-t-il.

— Tu es sûr ?

— *Il n'existe pas* de Constance, insista-t-il.

— Vraiment ?

— Je te le jure sur la tête de ma mère et sur mon honneur d'ancien scout.

— Les scouts sont des tarés et ta mère était une femme de petite vertu.

— Il n'y a jamais eu, il n'y a pas et il n'y aura jamais de Constance, certifia-t-il en jetant la lettre à la corbeille.

— Alors, riposta sa femme en se drapant dans une logique implacable, pourquoi son nom », elle articulait soigneusement chaque mot, « figure-t-il dans cette lettre ?

— Où est la batte de baseball ? questionna-t-il.

— Quelle batte de baseball ?

— Il faut que j'en aie une sous la main, ronchonna-t-il, pour casser quelque chose. »

Tout en parlant, il faisait fonctionner son esprit activement.

Sa femme l'examinait en étalant une deuxième couche de beurre sur son pain. Constance, essaya-t-il de se remémorer, saisi de panique.

J'ai connu une Alicia, j'ai connu une Margot, j'ai rencontré une Louise et autrefois j'ai connu une Allison. Mais...

Constance ?

Jamais. Pas même lors d'une rencontre fortuite à l'opéra ou bien à un thé.

Il téléphona au lac Arrowhead cinq minutes plus tard.

« Passez-moi cet enfoiré ! s'exclama-t-il machinalement.

— Oh ! Mr. Junoff ? tout de suite », répondit une voix de femme comme si la description correspondait parfaitement.

Junoff vint au bout du fil. « Oui-iii... ? » Il était du genre à prononcer ce simple vocable comme s'il comportait deux ou trois syllabes.

« Ma femme ne s'appelle pas Constance, déclara le mari.

— De quoi s'agit-il ? D'abord, qui est à l'appareil ?

— Excusez-moi. » Le mari donna son nom. « Écoutez un peu. Sous prétexte que dans une phase de déprime il y a quatre ans j'ai eu le tort d'accepter de m'allonger sur votre foutu divan pour vous laisser me farfouiller sous le crâne, ça ne vous donne aucun droit de m'envoyer une invitation pour vos conférences à la noix. Surtout quand vous ajoutez à la fin : “ Amenez Constance. ” Ce n'est *pas* le nom de ma femme. »

Il y eut un long silence. Puis le psy poussa un soupir. « Vous en êtes *sûr ?*

— Étant marié avec elle depuis vingt ans, j'ai des raisons de le savoir.

— J'ai peut-être confondu avec...

— Avec personne. Ma maîtresse, quand elle était en vie, ce dont je doute parfois, s'appelait Deborah.

— Je suis désolé, déclara Junoff.

— *Moi aussi.* »

A l'autre bout de la ligne, le téléphone fut lâché momentanément puis repris en main, son interlocuteur s'étant apparemment servi un verre avant de reprendre tranquillement le cours de la conversation.

« Et si j'écrivais à Constance une lettre pour...

— *Il n'y a pas* de Constance ! Il n'y a que ma *femme*. Dont le prénom est... » Il hésita.

« Quelque chose ne va pas ? »

Le mari ferma les yeux. « Non, rien du tout, ne raccrochez pas. Annette. Oui. C'est ça. Annette. Non, c'est le prénom de sa mère. Anne. Voilà. Écrivez à Anne.

— Pour lui dire quoi ?

— Pour vous excuser d'avoir inventé Constance. Vous m'avez mis dans une situation impossible. Elle croit vraiment à l'existence de cette femme.

— C'est *Constance* qui le croit ?

— Annette. Anne. Anne ! Je viens de vous dire que...

— Que Constance n'existe pas, j'ai compris. Ne quittez pas. »

Il y eut un nouveau bruit de liquide versé dans un verre.

« Vous buvez du gin au lieu de m'écouter ?

— Comment savez-vous que c'est du gin ?

— Vous l'agitez sans le secouer.

— Ah ? Je vois. Bon, j'écris cette lettre ou pas ?

— A quoi bon ? Ma femme s'imaginera seulement que vous mentez pour me sauver la mise.

— Oui, mais la vérité...

— Il n'y a pas de vérité valable pour une femme mariée ! »

Un long silence s'ensuivit.

« Alors ? demanda enfin le mari.

— J'attends.

— Vous attendez quoi ?

— Que vous me disiez quoi faire.

— C'est vous le psy, c'est vous l'expert, le conseiller, le mec qui organise des conférences et des séminaires pour plonger dans un bain de savoir le commun des mortels : à vous de trouver une solution !

— Ne quittez pas », répéta la voix qui venait de la villa au bord du lac Arrowhead.

Il y eut comme un claquement de doigts ou un tintement de glaçons contre les parois du verre.

« Je crois que j'ai une idée ! s'exclama le psy. Oui. *J'y suis !* J'ai la formule. Pas à dire, je suis doué ! Vous n'allez pas en revenir.

— Qu'est-ce que vous mijotez encore ?

— Préparez-vous. Parce que vous allez en rester sur le cul ! »

Un bruit sec se fit entendre : un autre claquement de doigts ou encore un tintement de glaçons ou tout simplement le déclic du téléphone raccroché.

« Junoff ! »

Mais il n'y avait plus personne en ligne.

Le mari et la femme se bagarrèrent toute la matinée, se disputèrent au cours du déjeuner, faillirent en venir aux mains au moment du café, déplacèrent le siège du conflit aux abords de la piscine vers deux heures de l'après-midi, firent une brève sieste à quatre heures et se réveillèrent frais et dispos une demi-heure plus tard pour se préparer des boissons assaisonnées au vitriol. Ce fut alors, à cinq heures moins cinq, que retentit un coup de sonnette impérieux à la porte d'entrée. Tous deux restèrent la bouche ouverte, elle en pleine crise de vertueuse indignation, lui au beau milieu de ses dénégations de plus en plus exaspérées.

L'un et l'autre détournèrent leur regard du bar pour le diriger vers la porte.

Le coup de sonnette insistant se renouvela. Un doigt majestueux appuyait avec autorité sur le bouton, comme pour ordonner à une foule entière de manants de se prosterner. Jamais ils n'avaient entendu quelqu'un sonner avec autant de sans-gêne. Ou il s'agissait d'un rustre ne connaissant rien aux usages, ou alors d'une personne si importante qu'elle écrasait le monde entier de sa hauteur.

Le mari et la femme s'ébranlèrent d'un même pas vers la porte.

« Où vas-tu ? cria la femme.

— Voir qui c'est, bien sûr.

— Tu parles ! Et t'arranger pour dissimuler !

— Dissimuler *quoi ?*

— Sale menteur ! Dégage ! »

Et elle le laissa sur place. Il retourna au bar et passa les trente secondes qui suivirent à boire son cocktail à grandes gorgées.

À la trente et unième seconde, il vit son épouse reparaître. Elle semblait ébahie et pétrifiée. Le dos tourné à la porte d'entrée, elle faisait en direction de celle-ci un geste étrange de la main. Il écarquilla les yeux.

« C'est *Constance,* prononça-t-elle.

— Qui ? vociféra-t-il.

— Constance, voyons ! » clama triomphalement une voix.

Et la femme la plus grande et la plus belle qu'il eût jamais vue entra dans la pièce au pas de charge, promena sur les lieux un coup d'œil circulaire comme pour évaluer le mobilier, puis se propulsa vers lui d'une démarche alerte, lui donna l'accolade et lui planta un baiser sur le front, où son rouge à lèvres fit naître un troisième œil.

Elle s'écarta et le jaugea de la tête aux pieds, avec l'air d'examiner non un homme mais une équipe sportive à qui elle aurait dû remettre des médailles.

Il contempla son large visage épanoui et murmura : « Constance ?

— Tu en as, une mine ! On dirait que tu as fait les quatre cents coups ! »

La grande femme pivota pour accorder un regard identique à l'épouse, et celle-ci, faute de ressembler à une équipe sportive, évoquait plutôt une cohorte de supporters.

« Alors c'est... ? demanda la femme.

— Annette, précisa le mari.

— Anne, rectifia son épouse.

— Oui, c'est ça, se reprit le mari. Anne.

— Anne ! Quel joli nom ! Je peux avoir quelque chose à boire, Anne ? »

La grande et superbe femme à la chevelure blonde formant un halo, aux yeux gris comme un matin brumeux, à l'allure conquérante et aux bras de danseuse, s'installa confortablement dans un fauteuil en allongeant des jambes au galbe idéal.

« Mon Dieu, soupira-t-elle, je suis littéralement assoiffée d'un martini-gin. C'est à peine *possible !* »

Le mari s'ébranla, mais son épouse cria : « Ne *bouge* pas ! »

Il s'immobilisa.

Son épouse se pencha en avant pour examiner de haut en bas cette créature, tout comme l'autre l'avait fait à son égard.

« Eh bien ?

— Eh bien, quoi ?

— Pourquoi êtes-vous ici... euh...

— Constance ! »

L'épouse décocha un coup d'œil à son mari. « Alors il n'existe *pas* de Constance, *hein ?* »

La grande femme dévisagea le mari en battant des cils. « Qu'as-tu donc *raconté* à Anne ?

— Rien. » Ce qui était la stricte vérité.

« Mais enfin elle doit *tout* savoir. Je m'envole ce soir pour New Nork et demain je prends Concorde pour Paris. J'ai cru comprendre qu'il y avait un léger malentendu...

— Et comment ! s'exclama le mari.

— Alors j'ai pensé que je devais absolument faire un saut ici pour éclaircir la situation avant mon départ.

— Allez-y, lâcha l'épouse. *Éclaircissez.*

— Je peux d'abord avoir un verre ? »

Le mari remua.

« Tiens-toi tranquille, lui intima sa conjointe d'une voix glaciale.

— Ainsi c'est vous », déclara la dame aussi longue que les ravissants fleuves de France et aussi belle que tous ses châteaux. « Quelle femme *incroyable* vous êtes !

— *Moi ?* fit l'épouse, interloquée.

— Votre mari n'a que vous à la bouche.

— *Lui !?* s'écria l'épouse.

— Sans cesse et sans arrêt. A me rendre malade de jalousie. Votre rencontre, vos premiers rendez-vous, les restaurants où vous alliez dîner, vos plats préférés, le nom de votre parfum : *Comtesse,* votre bouquin favori : *Guerre et Paix,* que vous avez déjà lu sept fois...

— Seulement six..., corrigea l'épouse.

— Mais votre septième lecture est *en cours !*

— Exact, concéda l'épouse.

— Vos films fétiches : *Pinocchio* et *Citizen Kane...* »

L'épouse lorgna son mari qui eut un haussement d'épaules penaud.

« Le sport dans lequel vous excellez : le tennis, où vous le battez tout le temps. Et vous jouez aussi très bien au bridge et au poker, où vous gagnez quatre fois sur cinq. Sans parler de vos brillantes études qui vous ont permis de sortir de fac en tête de votre promotion.

Et puis votre voyage en Angleterre par paquebot pour votre lune de miel, et votre croisière aux Caraïbes l'an dernier. Votre triomphe à un concours de charleston à bord du *Queen Elizabeth II* durant votre trajet de retour de France l'année d'avant. Votre prédilection pour Emily Dickinson et Robert Frost *. Votre interprétation du rôle de Desdémone dans une troupe d'amateurs il y a huit ans, qui ne vous a valu que des éloges. La façon dont vous avez été aux petits soins pour lui quand il a été hospitalisé il y a cinq ans. Vos égards pleins de délicatesse pour sa mère. Votre souci de fleurir la tombe de son père au moins quatre fois par an. Votre résistance à la tentation d'acheter une robe de Dior de deux mille dollars à Paris. Votre dîner en compagnie de Fellini à Rome, où Federico est tombé amoureux de vous et a bien failli vous enlever. Votre deuxième lune de miel à Florence où il a plu pendant une semaine, mais ça vous était égal car vous ne sortiez jamais de la chambre. La nouvelle que vous avez publiée dans l'*Ohio State Monthly* : de la prose magnifique... »

Le mari inclinait le buste vers l'avant, comme hypnotisé.

Et une sérénité intense avait apaisé son épouse.

« Et ainsi de suite », poursuivit la femme dont le nom avait causé toute cette perturbation. Blabla. « Il vous aimait déjà en secret quand vous n'aviez que douze ans. Vous l'aidiez pour ses cours d'algèbre quand vous en aviez quatorze. Et cette maison, vous l'avez entièrement décorée vous-même, des parquets aux lustres, de la salle de bains à la véranda. De vos propres mains vous avez tissé le tapis du hall et façonné les poteries du buffet. Grand Dieu, il ne se taisait *jamais !* Et ma femme par-ci, et ma femme par-là. J'aimerais bien savoir... »

* Poètes américains du XIXe et du XXe siècle. *(N.d.T.)*

La dame au long corps élégant et sculptural marqua un temps d'arrêt.

« Est-ce qu'il lui est déjà arrivé de parler de *moi* de cette façon, quand il est avec vous ?

— Jamais, répondit l'épouse.

— J'ai parfois l'impression, déclara leur éblouissante visiteuse, de ne pas exister dans les moments où je suis en sa compagnie. Comme s'il était *à vos côtés !*

— Je..., hoqueta le mari.

— Silence ! » lui ordonna sa femme.

Il ravala sa salive.

« Continuez, fit-elle en se penchant vers leur interlocutrice.

— Je n'ai pas le temps. Je dois m'en aller. Je peux quand même me servir ce verre ? »

La magnifique créature alla au bar se préparer un martini-gin et revint en le tenant comme s'il se fût agi d'une coupe récompensant le plus beau chat d'une exposition féline.

Elle en avala une gorgée et avoua : « C'est le plus délicieux que j'aie bu. Il n'y a *rien* qui ne soit pas parfait chez vous, hein ?

— Attendez un peu que je réfléchisse. » L'épouse s'assit lentement et observa sa rivale. « Alors vous prétendez qu'il passe son temps à *parler de moi ?*

— C'est pour cette raison que tout est fini, soupira la ravissante. Je ne peux plus supporter d'être traitée ainsi. Si tu es tellement fou d'elle, si tu l'aimes à ce point, je lui ai dit, mais qu'est-ce que tu fiches avec *moi ?* Va-t'en. Tire-toi ! Sors de ma vie. Encore un jour de plus à t'entendre délirer sur l'épouse la plus merveilleuse du monde, et je deviens complètement azimutée. Va la retrouver ! »

La créature de rêve termina son verre, ferma les yeux pour mieux en apprécier le goût, hocha la tête, puis se releva, dressant devant eux, étage après étage, créneau après créneau, tout l'édifice de sa splendeur. Quand elle fut debout, comme un nuage d'été flottant au-dessus d'eux, elle leur fit signe de ne pas quitter leurs sièges.

« Pour l'instant, c'est moi qui ai décidé de partir. Je suis en route pour l'aéroport. Mais j'ai tenu à venir mettre les choses au point. On n'a pas le droit de gâcher des existences sans recoller ensuite les morceaux. Je garderai de bons souvenirs. George...

— Je m'appelle Bill.

— Euh ! oui. Cher Bill, merci beaucoup. Et vous, Annette...

— Anne.

— Anne, vous avez gagné. Je resterai absente quatre mois. Toi, à mon retour, ne me téléphone pas. Je t'appellerai peut-être un jour pour avoir des nouvelles. Adieu, excellente épouse. Adieu, Charlie. » Elle battit des cils et fila vers la porte, sur le seuil de laquelle elle se retourna.

« Merci de m'avoir écoutée. Et soyez heureux tous les deux. »

La porte d'entrée claqua. Le taxi qui attendait dehors démarra et le bruit de son moteur s'éloigna.

Un long silence s'ensuivit. Enfin l'épouse demanda : « Qu'est-ce que c'était que *ça ?*

— Un de ces ouragans, répondit le mari, qu'on nomme des femmes. »

Il gagna la chambre à coucher où elle le retrouva occupé à remplir une valise.

« On peut savoir à quoi tu joues ? questionna-t-elle du pas de la porte.

— Eh bien, après toute cette histoire, je pensais que tu aimerais mieux que je vide les lieux...

— Hein ? Pour aller habiter à l'hôtel ?

— Peut-être que oui.

— Pour qu'*elle* vienne te relancer ?

— Je me disais seulement que…

— Mon pauvre petit agneau ! Tu t'imagines que je vais te laisser libre d'aller dans un monde où des femmes pareilles guettent les hommes pour les gober tout crus ?

— On ne gobe pas un agneau tout cru.

— Possible, mais elle a un solide appétit. Fais-moi le plaisir d'enlever tes chemises de cette valise. Range-moi ces cravates ici, mets ces chaussures sous le lit, et ensuite tu viendras te taper un verre avec moi, bon Dieu, et tu boufferas ce que je te ferai à dîner.

— Mais…

— Tu es un salaud, une ordure, une pourriture, lança-t-elle. Mais… »

Des larmes lui coulaient sur les joues.

« Je t'aime ! Espèce de connard ! Je t'aime. »

Et elle se sauva en courant.

Il l'entendit secouer rageusement de la glace dans un shaker pendant qu'il composait un numéro sur les touches du téléphone.

« Passez-moi ce dégénéré, grommela-t-il.

— Ici Junoff. Alors ?

— Junoff, grand génie méconnu, ami incroyablement inventif volant au secours des ménages en péril ! *Qui* est-elle ? Comment avez-vous réussi à monter un tel coup ?

— Elle ? De qui parlez-vous ? interrogea la voix en provenance du lac Arrowhead.

— Comment avez-vous pu garder en mémoire autant de détails à la suite de mes séances chez vous il y a des années ? Comment vous êtes-vous débrouillé pour recruter cette fille et la mettre *au courant ?* C'est une comédienne professionnelle ? Elle est capable d'apprendre un rôle aussi vite que ça ?

— Je n'ai aucune idée de ce que vous voulez dire. A *quoi* faites-vous allusion ?

— Menteur !

— Votre femme est là ? Comment s'appelle-t-elle déjà ?

— Annette. Non. Anne.

— Passez-la-moi !

— Mais...

— *Allez-y !* »

Il se rendit au bar, bascula la ligne et tendit le récepteur à son épouse.

« Allô », fit la voix de Junoff distante d'une centaine de kilomètres.

Elle était si sonore que son épouse dut écarter le récepteur à plusieurs centimètres de son oreille. Junoff brailla :

« Anne ? Je donne une réception ici le week-end prochain ! »

Puis il ajouta :

« Venez. Et amenez *Constance !* »

Titre original : *Come, and Bring Constance !*
Traduit par Alain Dorémieux

Junior

A son réveil le matin du 1er octobre, Albert Beam, qui était âgé de quatre-vingt-deux ans, découvrit qu'une chose incroyable et proprement miraculeuse lui était arrivée, sinon durant la nuit, du moins aux heures bénies de l'aube.

Un peu plus bas que la moitié du lit, une protubérance singulière soulevait les couvertures, et elle était la source d'une sorte de chaleur rayonnant dans son corps. Il crut tout d'abord qu'il avait dressé un genou dans son sommeil pour calmer une crampe, puis, les yeux béants, il comprit la vérité.

C'était son vieil ami : Albert Junior.

Ou Junior tout court, selon le surnom qu'avait donné à cette partie de sa personne une fille à l'espiègle salacité, il y avait de cela, grand Dieu... une bonne soixantaine d'années !

Et Junior était là, vigoureux et plein d'une vivacité pourtant éteinte depuis longtemps.

Bon sang, réfléchit Albert Beam, c'est la première fois que je le vois reprendre vie depuis juillet 1970.

Juillet 1970 !

Il contempla l'objet. Et plus il le regardait songeusement, plus Junior s'épanouissait avec une magnifique détermination.

Bon, se dit Albert Beam, je vais attendre qu'il se calme.

Il ferma les yeux et attendit, mais rien ne se passa. Ou plutôt la chose *continua* de se passer. Junior ne tenait visiblement pas à se calmer. Il semblait au contraire prendre goût à sa renaissance.

Voyons ! pensa Albert Beam. Ce n'est pas *possible.*

Il se redressa dans son lit, l'air ébahi, le souffle haletant.

« Tu ne vas quand même pas *rester* comme ça ? cria-t-il à son vieil ami revenu lui témoigner sa bravoure et son obéissance.

Si ! crut-il entendre une petite voix prononcer.

Car, étant jeune homme, lui et ses compagnons de débauche s'étaient souvent amusés à tenir des conversations avec Junior, qui était très bavard et se plaisait à débiter des bons mots. Il faut dire que, parmi les multiples dons qui lui avaient valu un diplôme d'éducation physique, Albert Beam avait celui d'être ventriloque.

Ce qui signifiait que Junior avait une voix.

Si ! semblait murmurer avec insistance la petite voix. *Si !*

Albert Beam sauta hors du lit. Il avait déjà feuilleté la moitié de son répertoire téléphonique quand il s'aperçut que tous les vieux numéros traînaient encore dans sa mémoire. Il en composa trois de suite, d'un doigt frénétique, prenant la parole d'une voix croassante.

« Allô !

— Allô !

— Allô ! »

De cette île déserte de la vieillesse où il était maintenant exilé, il téléphonait par-delà une mer glaciale vers des rivages où régnait l'été. Là-bas, trois femmes répondirent. Encore raisonnablement jeunes, piégées entre la cinquantaine et la soixantaine, elles hoquetèrent de surprise, poussèrent des vivats et s'esclaffèrent quand Albert Beam leur assena la nouvelle :

« Emily, tu ne croiras jamais...

— Cora, c'est un *miracle !*

— Elizabeth, Junior est revenu.

— Mais c'est Lazare qui est ressuscité !

— Je laisse tout tomber pour voir ça !

— J'arrive tout de suite !

— Au revoir, au revoir, *au revoir !* »

Il raccrocha, effrayé soudain à l'idée qu'après toute cette agitation la divine surprise puisse donner des signes de ramollissement. Avec un frisson, il pensa que la fière fusée de cap Canaveral allait peut-être retomber piteusement sur elle-même avant que les foules en délire aient pu venir admirer sa splendeur.

Mais en apparence il n'y avait pas de risque.

Junior, inébranlable, continuait d'exhiber une effarante résolution, fermement décidé à se faire applaudir.

Albert Beam, momie desséchée dont un bourgeon de vie insolent avait crevé les bandelettes, parcourut sa demeure nu comme un ver, tout en buvant du café pour donner des forces à Junior et se réveiller tout à fait, et quand il entendit les diverses voitures s'engager dans l'allée, il passa en hâte une robe de chambre. Les cheveux en bataille, il alla ouvrir aux trois filles qui depuis longtemps n'étaient plus des filles, et encore moins des jeunes filles, mais qui aujourd'hui étaient presque devenues des dames respectables.

Avant même qu'il ait eu le temps de leur livrer l'accès de la maison, elles se précipitèrent sur lui comme pour l'écharper, tant leur enthousiasme était forcené.

Elles le renversèrent presque par terre avant de l'entraîner vers le petit salon en le faisant tournoyer dans une valse folle.

L'une avait jadis été rousse, l'autre brune, la troisième blonde. Maintenant, les couleurs de leurs cheveux se confondaient presque sous les rinçages et teintures empêchant de distinguer le vrai du faux. Mais toutes gloussaient de rire comme des gamines autour d'Albert Beam, les joues toutes rouges, sans qu'on puisse dire si c'était de gaieté ou d'émotion à la perspective du miracle réincarné dont elles allaient être témoins. Elles aussi étaient sommairement vêtues, chacune ayant juste enfilé un simple déshabillé avant de courir voir Lazare surgi triomphant de son tombeau !

« Albert, c'est *vrai ?*

— Ce n'est pas une *blague ?*

— Dans le temps tu nous sautais, maintenant tu ne vas pas nous faire *marcher ?*

— Mes enfants ! »

Albert Beam hocha la tête avec un grand sourire chaleureux, sentant chez son vieux copain, encore caché mais impatient de se montrer, un sourire similaire.

« Ce n'est pas une blague. Pas un mensonge. Mes petites, asseyez-vous ! »

Les femmes s'affalèrent dans des fauteuils, tournant leurs visages empourprés et leurs yeux allumés vers le vieux spécialiste en décollage, prêt à entamer le compte à rebours.

Albert Beam saisit les bords de sa robe de chambre qu'il tenait exprès à distance de son corps, en promenant de l'une à l'autre un regard attendri.

« Emily, Cora, Elizabeth, dit-il doucement, vous m'étiez très chères, vous l'êtes encore et le serez *toujours.*

— Albert chéri, nous sommes *mortes* de curiosité !

— Un moment, je vous en prie, murmura-t-il. Il faut d'abord... que je me *souvienne.* »

Et dans le moment paisible qui suivit, elles et lui s'observèrent tous les quatre, et la vérité leur apparut soudain dans son évidence, une vérité qu'ils ne s'étaient jamais avouée dans leur vie passée mais qui désormais s'imposait après la fuite des années.

C'était le simple fait que ni lui ni elles n'étaient jamais devenus adultes.

Ils avaient réussi à en rester une fois pour toutes au stade du jardin d'enfants.

Ils avaient prolongé jusqu'à la plus extrême limite une existence ludique, faite d'interminables déjeuners au champagne et de nuits passées à danser avant de s'écrouler dans l'herbe.

Ils ne s'étaient jamais mariés, n'avaient jamais conçu l'idée d'avoir des enfants et encore moins conçu d'enfants tout bonnement, n'avaient jamais fondé d'autre famille que celle qui était réunie ici en ce jour, ne s'étaient jamais attardés plus loin que sur les bords de l'adolescence. Ils n'avaient toujours obéi qu'aux seuls élans joyeux ou aux caprices débridés de leur humeur et de leurs dispositions génétiques.

« Mes chères, mes très chères petites », murmura Albert Beam.

Ils continuèrent de se dévisager avec une sorte de bienveillance fébrile. Car une autre évidence les avait subitement frappés : ils s'étaient tellement affairés à se donner du bonheur qu'ils n'avaient jamais causé le *malheur* de personne !

C'était phénoménal de prendre conscience qu'ils ne s'étaient infligé que des blessures bénignes et depuis longtemps guéries, puisqu'il leur était possible, au bout de plus de quarante ans, d'être encore amis en souvenir de trois histoires d'amour.

« Des amis », songea Albert Beam en exprimant sa pensée à haute voix. « *Voilà* ce que nous sommes. Des amis ! »

Cela parce que, bien des années auparavant, alors que chacune de ces belles femmes sortait de sa vie en restant avec lui en excellents termes, une autre y entrait tout aussi harmonieusement. C'était cette précision raffinée avec laquelle il avait chronométré leur passage dans son existence qui leur avait permis d'être des femmes ignorant la peur, la mesquinerie et la jalousie.

Combien il s'était montré inventif et ingénieux en les rendant ainsi complètement et absolument heureuses, avant de se décider à mettre le cap vers cette vieillesse dont il avait tant reculé les bornes.

Les regards qu'ils échangeaient étaient radieux.

« Allez, Albert, mon chéri, dit Cora.

— La salle est pleine pour la représentation, insista Emily.

— Où est le fantôme d'Hamlet ? renchérit Elizabeth.

— Prêtes ? demanda Albert Beam. Vous êtes bien accrochées ? »

Il hésita au moment final, sachant bien que ce serait là son dernier coup d'éclat avant qu'il soit emporté par les remous de l'histoire.

Avec des doigts tremblants qui tentaient de se rappeler la différence entre des boutons et le zip d'une braguette, il empoigna les deux bords de sa robe de chambre comme s'il s'agissait d'un rideau de théâtre.

Au même instant, un bourdonnement saccadé imitant des roulements de grosse caisse se fit entendre à travers sa boucle mi-close.

Les dames se penchèrent en avant, toutes pimpantes, les yeux exorbités.

Car c'était comme la minute grandiose où le logo de la Warner Bros disparaissait de l'écran pour laisser flamboyer les noms des vedettes et le titre du film, dans une débauche de cuivres et de cordes signée Steiner ou Korngold *.

Était-ce un déferlement symphonique issu de *Victoire sur la nuit* ou des *Aventures de Robin des Bois* qui émanait de la gorge d'Albert Beam ?

Était-ce la partition de *La Vie privée d'Elizabeth d'Angleterre,* d'*Une femme cherche son destin* ou de *La Forêt pétrifiée ?*

La forêt pétrifiée ! Un sourire craquela les lèvres du vieillard. Comme le terme convenait bien à Junior !

La musique s'enfla, s'amplifia, jaillit de sa gorge.

« Ta-ta-*ta* ! » chanta victorieusement Albert Beam en martelant cette onomatopée claironnante.

Et il leva le rideau.

Les dames poussèrent des cris éperdus.

Car là, rayonnant devant leurs yeux, se dressait Albert Beam II.

Ou plutôt, orgueilleux dans son arrogance, Junior !

Après toutes ces années de vie souterraine et végétative, il flamboyait comme le verger du jardin d'Éden.

Était-il à la fois la pomme et le serpent ?

Oui, il *l'était !*

Les trois femmes, l'esprit chaviré et le regard mouillé, s'abîmèrent dans une béatitude et une vénération quasi religieuse. C'était comme si une illumination sacrée coulait d'une source dans un lieu saint, où elles étaient dévotement assemblées, priant pour que leurs alléluias silencieux prolongent cet état de grâce.

Et il se prolongeait.

Albert Beam et Junior, ne faisant qu'un, se tenaient

* Max Steiner et Erich Wolgang Korngold : compositeurs de musiques de films, liés tous deux à l'âge d'or de la Warner, du milieu des années 30 à la fin des années 40. Ils sont l'un ou l'autre au générique des films cités plus loin. *(N.d.T.)*

devant leurs admiratrices, le vieillard affichant un large sourire et Junior un sourire plus étroit.

Les ombres fugitives de la remontée dans le passé balayèrent le visage des femmes.

Chacune d'entre elles se rappelait Monte-Carlo, Paris ou Rome, ou ce bain de minuit dans la fontaine du *Plaza Hotel* des siècles plus tôt avec Scott et Zelda Fitzgerald. Des soleils et des lunes se levèrent et se couchèrent dans leurs yeux, et nulle jalousie ni envie ne venait ternir leur émotion, il n'y avait que leurs vies englouties et remontées à la surface qui s'épanouissaient autour d'elles.

« Ça alors », murmurèrent-elles enfin l'une après l'autre.

Puis elles s'avancèrent à tour de rôle pour embrasser Albert Beam sur la joue en lui souriant, avant de baisser les yeux pour sourire aussi à l'Enfant royal, au précieux ornement qui méritait d'être l'objet de leurs caresses mais qu'elles n'osaient pas toucher.

Les trois divinités grecques, déesses de l'amour déchaîné devenues vestales du temple, se reculèrent sur un seul rang pour se livrer à une dernière contemplation.

Et vint alors le temps des larmes.

D'abord Emily, puis Cora et enfin Elizabeth éclatèrent toutes les trois en sanglots, comme les rescapées d'un grave accident dû à l'inconscience de la jeunesse.

Devant cet océan de larmes, Albert Beam se mit lui aussi à pleurer.

Cette lamentation célébrait-elle la mémoire assombrie d'un passé qui n'était plus qu'une pavane dorée ? S'agissait-il de plaintes de joie mélancoliques face à un présent plus salubre et enchanteur ? Nul n'aurait pu le dire. En tout cas il leur était impossible de s'arrêter, et ils restaient là à larmoyer en chœur, sans savoir quoi faire de leurs mains.

Finalement, comme des enfants s'observant dans la glace pour saisir le mystère et l'étrangeté du phénomène des pleurs, ils se regardèrent à la dérobée.

Et, en apercevant leurs verres de lunettes mouillés et embués, ils ne purent s'empêcher de céder à une explosion d'hilarité qui leur coupa le souffle.

Alors, privés de forces comme des gosses qui ont trop joué et s'affalent par terre, ils s'abandonnèrent aux lois de la gravité. Les femmes s'effondrèrent les premières, comme des nageuses sur le sable d'une plage. Puis le tremblement de terre qui s'ouvrait sous leurs pieds ébranla aussi le vieillard. Il se laissa choir au milieu d'elles, non sans noter que son vieux frère, son cher Junior, avait fini dans tout ce tumulte par fondre comme neige au soleil et n'était plus qu'un fantôme.

Tandis que s'estompaient rires et pleurs entremêlés, ils se redressèrent pour se ressaisir, mettant leurs cheveux en ordre, calmant leur respiration effrénée, mettant fin à leurs œillades goguenardes.

« Ô mon Dieu », pleurnicha le vieillard avec un soupir de soulagement, « je crois bien que jamais une seule fois dans notre vie on n'avait passé un aussi bon moment. »

Elles acquiescèrent toutes les trois.

« Mais », dit la pragmatique Emily en reprenant son sérieux, « l'attraction est terminée. Notre thé va être froid. Il est temps de partir. »

Elles s'unirent pour relever le corps osseux du vieux guerrier, et celui-ci observa un silence glorieux pendant que ses bien-aimées l'entouraient, lui remettaient sa robe de chambre et l'emmenaient pour qu'il les accompagne jusqu'à la porte d'entrée.

« Mais pourquoi ? s'étonna le vieillard. Pourquoi ? Qu'est-ce qui a pris à Junior de revenir *aujourd'hui ?*

— Gros bêta ! s'écria Emily. C'est ton anniversaire.

— Eh bien, quel cadeau ! Oui, oui. » Il médita. « Vous vous rendez compte, peut-être que l'année prochaine, et puis la suivante, ça *recommencera !*

— Ma foi, dit Cora.

— Sait-on jamais ? dit Elizabeth.

— Dans une autre existence, peut-être, dit Emily tendrement.

— Au revoir, cher Albert, au revoir, gentil Junior, firent-elles à l'unisson.

— Comment pourrais-je assez vous remercier ? » demanda le vieillard.

Il agita la main et elles s'éloignèrent, repartirent dans leurs voitures et disparurent dans la claire lumière du matin.

Il attendit longuement, puis s'adressa à son vieux copain maintenant retombé dans son sommeil éternel.

« Allez, mon coco, on va retourner se payer une petite sieste. Et qui sait, avec un peu de chance on arrivera peut-être à faire de jolis rêves érotiques jusqu'à l'heure du thé ! »

Il crut entendre la petite voix se plaindre : *Mais après ça on ne va pas être à nouveau sur les dents ?*

« J'espère bien que oui ! »

Alors le vieillard, dormant debout à moitié, et Junior, en train déjà de rêver, tombèrent à plat ventre dans un lit en compagnie de trois fantômes chauds et rieurs...

Et sombrèrent dans le sommeil.

Titre original : *Junior*
Traduit par Alain Dorémieux

La pierre tombale

Il y eut d'abord l'interminable voyage, au milieu des nuages de poussière qui piquaient les fines narines de Leota, avec Walter, son mari natif de l'Oklahoma *, dont la carcasse maigre se balançait dans leur Ford Model-T ** et dont l'assurance placide lui donnait envie de lui cracher à la figure ; enfin ils arrivèrent dans cette grande ville aux immeubles de brique qui semblait chargée de l'étrangeté d'anciens péchés, puis se mirent en quête d'un logeur. Le logeur les fit monter jusqu'à une petite chambre dont il déverrouilla la porte.

Le centre de la pièce était occupé par une pierre tombale.

Au premier coup d'œil, Leota feignit aussitôt de se trouver mal, et un noir tourbillon de pensées lui traversa diaboliquement l'esprit. Le rempart de ses superstitions était si solide que jamais Walter n'avait pu l'entamer.

* Les Américains de l'Oklahoma ont longtemps été considérés traditionnellement comme des « ploucs », des « bouseux ». *(N.d.T.)*.

** La Model-T, la plus ancienne des Ford, a été la première grande voiture populaire des États-Unis. Son châssis était recouvert d'une carrosserie rudimentaire et son moteur ne comportait que deux vitesses. *(N.d.T.)*

Bouche bée, elle recula, sous les yeux gris et perçants de Walter à demi cachés par des paupières tombantes.

« Non, non, s'écria-t-elle catégoriquement. Je ne vais pas emménager dans une chambre où il y a un mort !

— Leota ! ronchonna son mari.

— Comment ça ? s'étonna le logeur. Mais, madame, vous ne croyez tout de même pas que... »

Leota sourit intérieurement. Bien sûr qu'elle n'y croyait pas au fond, mais c'était la seule arme dont elle disposait pour pousser à bout son mari de l'Oklahoma, alors pourquoi s'en priver ?

« Je refuse de dormir à côté d'un cadavre, s'obstina-t-elle. Emportez-moi ça ! »

Walter jeta un regard plein de lassitude au lit affaissé, et Leota eut le plaisir d'observer la frustration qu'elle lui causait. Oui, décidément, les superstitions étaient parfois un prétexte fort commode.

Elle entendit le logeur protester : « Cette pierre tombale est en pur marbre. Elle appartient à Mr. Whetmore.

— Le nom gravé dessus est WHITE, remarqua Leota avec froideur.

— Évidemment. C'est le nom du monsieur pour qui la tombe a été prévue.

— Et ce monsieur est mort ? » s'enquit Leota, dans l'expectative.

Le logeur acquiesça d'un signe de tête.

« Vous voyez *bien !* » s'exclama Leota. Walter, de son côté, poussa un grognement signifiant qu'il n'avait pas l'intention de bouger d'un pouce pour chercher une autre chambre. « Ma parole, on dirait qu'on est dans un cimetière ici », poursuivit Leota en observant la colère froide qui se lisait dans les yeux de Walter.

Le logeur expliqua : « Mr. Whetmore, le précédent locataire de cette chambre, était un apprenti tailleur de marbre. C'était son premier emploi. Tous les soirs de sept heures à dix heures on l'entendait travailler là-dessus avec son ciseau.

— Et alors ? » Leota hocha la tête en tous sens comme pour chercher Mr. Whetmore. « Où est-il ? Il est mort lui aussi ? » Elle savourait sa plaisanterie.

« Non, il s'est découragé et il a cessé de tailler cette pierre pour se faire embaucher dans une fabrique d'enveloppes.

— Pourquoi ?

— Il avait commis une erreur. » Le logeur tapota du doigt les caractères gravés sur le marbre. « Le nom qu'il a inscrit est WHITE. Mais il s'était trompé. Il aurait dû l'orthographier WHYTE, avec un Y au lieu du I. Ce pauvre Mr. Whetmore. Il souffrait d'un complexe d'infériorité. A la moindre faute, il paniquait.

— Un pauvre type », grommela Walter en entrant d'un pas traînant dans la chambre pour y déposer les valises aux fermetures métalliques rouillées. Le dos tourné à Leota, il entreprit de les ouvrir. Quant au logeur, il ne put résister à la tentation de raconter le reste de l'histoire :

« Oui, Mr. Whetmore était du genre à se mettre dans tous ses états pour des riens. Tenez, un exemple : quand il se préparait son café le matin, s'il le ratait c'était une vraie catastrophe... Il jetait toute la cafetière et n'en buvait plus pendant des jours ! Vous imaginez un peu ! La plus petite erreur le rendait malade. S'il se chaussait le pied gauche en premier, au lieu du droit, il préférait enlever tout et marcher pieds nus la moitié de la journée, même par les matins froids. Ou alors s'il recevait une lettre avec une faute d'orthographe dans son nom sur l'enveloppe, il la remettait dans la boîte en y écrivant la mention N'HABITE PAS À L'ADRESSE INDIQUÉE. Ah ! c'était quelqu'un, Mr. Whetmore !

— Tout ça ne change rien à la situation, reprit Leota sèchement. Walter, qu'est-ce que tu fabriques ?

— J'accroche ta robe de soie dans cette penderie. La robe rouge.

— Arrête de déballer nos affaires, on ne reste pas. »

Le logeur retint son souffle, incapable de comprendre comment une femme pouvait se montrer aussi stupide. « Je vais tout vous expliquer encore une fois. Mr. Whetmore faisait à domicile une partie de son travail d'apprentissage ; un jour il a pris un transporteur pour qu'on lui livre ce bloc de marbre ici, pendant que j'étais parti acheter une dinde chez le volailler, et à mon retour... tap-tap-tap... j'ai entendu le bruit du rez-de-chaussée : Mr. Whetmore avait déjà commencé à le tailler. Et il était si fier de lui que je n'ai pas osé protester. C'est justement à cause de ça, parce qu'il ne se sentait plus, qu'il a été victime de cette étourderie en gravant le nom de famille. Du coup, il s'est sauvé et je ne l'ai plus revu, il est allé habiter ailleurs, son loyer était payé jusqu'à mardi prochain mais il n'a pas voulu que je le rembourse. Moi, je fais passer demain matin des déménageurs pour retirer cette pierre de la chambre. En attendant, vous accepterez bien de la garder avec vous, uniquement pour la première nuit ? Je suis sûr que vous ne refuserez pas. »

Le mari opina du bonnet. « T'as entendu, Leota ? Y a personne là-dessous. C'est pas une vraie tombe. » Il avait l'air si suffisant qu'elle aurait voulu lui donner des coups de pied.

Elle s'entêta, accrochée maintenant à son idée. Elle menaça le logeur du doigt. « Vous voulez votre argent. Et toi, Walter, tu veux un lit. C'est pour ça que vous mentez tous les deux ! »

Excédé, l'homme de l'Oklahoma paya le logeur sans s'occuper des récriminations de sa femme. Le logeur affecta d'ignorer la présence de Leota comme si elle était invisible, leur souhaita bonne nuit et se retira en les laissant seuls dans la chambre dont il referma la porte pendant qu'elle criait derrière lui : « Sale menteur ! » Son mari se déshabilla et se coucha en disant : « Reste pas là plantée devant cette pierre tombale, éteins la lumière. Quatre jours qu'on roule en bagnole, moi j'en ai plein les bottes. »

Un frisson parcourut les bras de Leota croisés sur sa poitrine plate. « Aucun de nous trois », déclara-t-elle avec un signe de tête en direction de la pierre tombale, « n'arrivera à dormir. »

Vingt minutes plus tard, dérangé par le remue-ménage qui avait lieu dans la pièce, l'homme de l'Oklahoma souleva le drap et dévoila son visage d'oiseau de proie, le regard papillotant. « Leota, t'es encore debout ? Depuis le temps que je t'avais dit d'éteindre et de venir au lit ? Mais qu'est-ce que tu fous ? »

Elle se livrait à un cérémonial dont le sens était clair. Appuyée sur les mains et les genoux, elle venait de poser, au pied de la tombe imaginaire, un pot et un bidon contenant des roses et des géraniums fraîchement cueillis. Un sécateur était par terre à côté d'elle, encore humide d'avoir servi le moment d'avant à couper des fleurs dehors dans la nuit.

Désormais elle nettoyait à la balayette le lino et le tapis élimé, tout en murmurant des prières à voix assez basse pour que son mari ne puisse comprendre les mots. Ensuite elle se releva, contourna soigneusement la pierre tombale comme pour ne pas la profaner, avant de s'en éloigner en disant : « Voilà, c'est fait. » Puis elle plongea la chambre dans l'obscurité et vint s'allonger sur le lit aux ressorts grinçants, auprès de son mari qui demandait : « A quoi ça rime ? » Et elle lui répondit :

« Aucun mort ne peut reposer en paix avec des étrangers qui dorment juste à côté de lui. J'ai conclu un pacte avec lui, j'ai fleuri sa tombe pour qu'il se tienne tranquille et ne nous fasse pas des misères pendant la nuit. »

Ne trouvant rien à répondre, son mari se contenta de marmonner quelques jurons et se rendormit.

Moins d'une demi-heure après, elle lui secoua le coude en lui chuchotant dans le creux de l'oreille : « Walter ! Réveille-toi ! » Sa voix avait une intonation affolée. Elle avait l'intention de continuer son manège toute la nuit, si besoin était, pour lui gâcher son sommeil.

Il sursauta en reprenant conscience. « Quoi encore ?

— Mr. White ! C'est Mr. White ! Son fantôme est là !

— Oh ! ça suffit. Dors !

— Je ne plaisante pas. Écoute-le ! »

L'homme de l'Oklahoma tendit l'oreille. Sous eux, apparemment deux mètres plus bas, s'élevait une voix masculine assourdie et plaintive. Aucun mot ne se distinguait clairement, ce n'était qu'une sorte de lamentation monotone.

L'homme se redressa dans le lit. En le sentant bouger, Leota reprit avec excitation : « Tu as entendu, tu as entendu ? » Il posa les pieds sur le lino froid. La voix au-dessous d'eux changea : elle était devenue plus aiguë. Leota se mit à pleurnicher. « Tais-toi que je puisse écouter », ordonna son mari avec colère. Lentement, il se pencha vers le sol. Leota cria : « Attention de ne pas renverser les fleurs ! » Et lui, en réponse : « La ferme ! » Il resta aux aguets. Puis il lança une imprécation et se recoucha. « C'est le type qui est en dessous, tout simplement, bougonna-t-il.

— C'est ce que je dis. C'est Mr. White !

— Non, c'est pas Mr. White. On est au deuxième

étage d'une maison, et il y a des gens au premier. Écoute. » La voix aiguë résonna de nouveau. « C'est la femme du bonhomme. Elle doit l'engueuler parce qu'il a fait du gringue à une autre ! Ils ont dû picoler tous les deux.

— Tu racontes des blagues ! s'obstina Leota. Tu joues les fiers-à-bras alors que tu meurs de trouille. C'est un fantôme, je te répète, et il parle avec plusieurs voix, comme autrefois la vieille mère Hanlon quand elle se levait de son banc à l'église et qu'elle baragouinait dans des langues inconnues, comme si elle avait eu à la fois un nègre, un Irlandais, deux femmes et trois grenouilles dans le jabot ! Ce mort, Mr. White, il nous en veut d'être avec lui ce soir, je t'assure ! Tu ne l'entends donc pas ? »

Comme pour appuyer ses affirmations, les voix au-dessous d'eux retentirent plus fort. L'homme de l'Oklahoma se tint appuyé sur les coudes, secouant la tête avec accablement, partagé entre l'envie de rire et la fatigue.

Il y eut un craquement.

« Il remue dans son cercueil ! hurla Leota. Il est fou de rage ! Il faut partir d'ici, Walter, sinon c'est nous qu'on retrouvera morts demain. »

D'autres craquements s'élevèrent, ainsi que des frappements, et encore des éclats de voix. Puis ce fut le silence. Qui fut interrompu par un bruit de pas au niveau du plafond.

Leota geignit : « Il est sorti de sa tombe ! Il s'en est libéré et il se déplace en l'air au-dessus de nos têtes ! »

Pendant ce temps-là, son mari s'était rhabillé. Au bord du lit, il enfila ses bottes. « Cette baraque a trois étages, maugréa-t-il en boutonnant sa chemise. C'est les voisins d'en haut qui viennent de rentrer. » Il ajouta à l'intention de son épouse larmoyante : « Allez, viens. Je t'emmène à l'étage du dessus pour les rencontrer.

Comme ça, tu auras la preuve qu'ils sont là. Ensuite on descendra au premier pour aller voir cet ivrogne et sa femme. Lève-toi, Leota. »

On cogna à la porte.

Leota piaula et s'enroula dans les draps comme une momie. « Il est revenu dans sa tombe et il tape à l'intérieur pour en ressortir ! »

Son mari alluma, manœuvra le verrou de la porte et ouvrit celle-ci. Un petit homme jovial, aux yeux bleus perçants derrière des lunettes à verres épais, vêtu d'un costume sombre, entra en gambadant.

« Navré, navré, excusez-moi de vous déranger à une heure pareille, déclara le petit homme. Je suis Mr. Whetmore, l'ancien locataire. J'ai changé de logement, mais me revoilà. Je viens d'avoir un coup de chance incroyable. Oui, ça, on peut le dire. Ma pierre tombale est toujours ici ? » Il la chercha du regard avant de l'apercevoir. « Ah ! elle y est. Oh ! bonsoir, madame. » Il avait entrevu Leota soulevant un coin de drap pour glisser un œil vers lui. « J'ai plusieurs hommes avec moi, et si ça ne vous gêne pas trop, on va vous l'enlever tout de suite. Ce ne sera pas long. »

L'homme de l'Oklahoma eut un rire de soulagement. « Vous pouvez y aller. Bon débarras ! »

Mr. Whetmore fit entrer deux gros costauds dans la chambre. Il était si excité que le souffle lui manquait. « Une coïncidence ahurissante. Ce matin encore j'étais désespéré, écœuré, complètement à bout... mais un miracle a eu lieu. » La pierre tombale fut chargée sur un chariot. « Il y a juste une heure, j'ai appris qu'un Mr. White venait de mourir d'une pneumonie. Un Mr. White, figurez-vous, dont le nom s'écrit bien avec un I et pas un Y. J'arrive de chez sa femme, et elle a été bien contente de savoir que j'avais déjà une tombe toute prête. Quand j'y pense, ce Mr. White qui est encore à peine refroidi et qui a exactement le nom qui correspond ! C'est vraiment inouï ! »

La pierre tombale, calée sur le chariot, fut roulée hors de la chambre pendant que Mr. Whetmore et l'homme de l'Oklahoma s'esclaffaient en se congratulant, sous les yeux soupçonneux de Leota qui demeurait perplexe devant l'enchaînement des événements. « Bon, cette fois on en a fini avec cette histoire », rigola son mari après avoir refermé la porte derrière Mr. Whetmore. Il jeta à la poubelle les fleurs propitiatoires et, ayant replongé la chambre dans le noir, il retourna au lit, indifférent au silence pesant et contrarié de sa femme. Elle resta un long moment sans dire un mot, sans faire un mouvement, écrasée par une sensation de solitude. Son mari s'enfonça entre les draps en prenant une position confortable. « Ça y est, on va enfin pouvoir dormir, soupira-t-il. Cette saloperie a vidé le plancher. Et il n'est que dix heures et demie. On a encore largement le temps de roupiller. » Il éprouvait une satisfaction évidente à gâcher le plaisir de Leota.

Celle-ci allait prendre la parole quand des coups secs et martelés montèrent à nouveau vers eux. Là ! Là ! s'écria-t-elle triomphalement en agrippant le bras de son mari. « Les bruits, ça recommence, comme je te disais. Tu les entends ? »

Son mari crispa les poings et serra les dents. « Combien de temps il faudra que je t'explique ? Est-ce qu'il faut que je te tape dessus pour que tu comprennes ? Fous-moi la paix. Il n'y a rien...

— Mais écoute, voyons, écoute », murmura-t-elle d'un ton suppliant.

Ils se turent et prêtèrent l'oreille dans les ténèbres.

On frappait à une porte à l'étage du dessous.

La porte s'ouvrit. Faible, lointaine, étouffée, une

voix de femme prononça tristement : « Oh ! c'est vous, Mr. Whetmore. »

Et dans les profondeurs nocturnes s'étendant sous le lit de Leota et de son mari de l'Oklahoma, saisis tous les deux par un tressaillement, la voix de Mr. Whetmore répondit : « Encore bonsoir, Mrs. White. Voilà. J'ai apporté la tombe. »

Titre original : *The Tombstone*
Traduit par Alain Dorémieux

La bête de l'escalier

Il était entre deux trains.

Il avait découvert en arrivant à Chicago qu'il devait attendre quatre heures la correspondance.

Il songea à se rendre au musée ; les Renoirs et les Monets avaient toujours retenu son regard et captivé son esprit. Mais il avait mal dormi. Il porta ses yeux clignotants vers la file de taxis rangés à la sortie de la gare.

Pourquoi, se dit-il, ne pas en prendre un pour aller passer une heure dans la vieille bourgade de son enfance, à quarante kilomètres au nord de la ville, avant de lui faire ses adieux pour la deuxième fois de sa vie et de repartir tranquillement pour New York, en ayant peut-être tiré de l'expérience un surcroît de bonheur et de sagesse ?

Une grosse dépense pour un caprice fugitif, mais au diable l'avarice ! Il ouvrit la portière d'un taxi, jeta sa valise à l'intérieur et annonça au chauffeur :

« Green Town, aller et retour ! »

Le chauffeur arbora un sourire réjoui et déclencha le compteur avant même qu'Emil Cramer ait fini de s'affaler sur la banquette arrière et de claquer la portière.

Green Town, pensa-t-il, et puis aussi...

La bête en haut de l'escalier.

Quoi ?

Je débloque, réfléchit-il, quelle idée de me remettre *ça* en tête par cette magnifique journée de printemps !

Le taxi parvint à Green Town à trois heures de l'après-midi et se gara dans la rue principale. Il en descendit, laissa au chauffeur une caution de cinquante dollars en lui demandant de l'attendre et regarda en l'air.

La façade du vieux cinéma proclamait en lettres rouge sang : *Deux films d'horreur. LA MAISON DE LA FOLIE. LE MÉDECIN DIABOLIQUE. Si vous pénétrez dans cette salle, n'essayez pas d'en sortir !*

Non, non, médita Cramer. Le Fantôme, c'était bien mieux. Quand j'avais six ans, il lui suffisait de s'arrêter sur place, de se retourner en un éclair, d'ouvrir la bouche et de fixer la caméra avec sa tête de mort. Ça, c'était de la *vraie* terreur !

Est-ce que c'était à cause d'eux, s'interrogea-t-il, le Fantôme, Dracula, la créature de Frankenstein, que j'avais si peur toutes les nuits quand j'étais môme ?

Et, se mettant à marcher dans la rue, il eut un petit rire à l'évocation des souvenirs qui resurgissaient.

Le rite des questions que lui posait sa mère au petit déjeuner, en le scrutant par-dessus l'assiette de céréales. *Comment* ça s'est passé cette nuit ? Tu l'as *vue ?* Elle était là-haut, dans le *noir ?* Elle était de quelle *grosseur,* de quelle *couleur ?* Comment tu as fait pour ne pas crier *cette fois,* pour ne pas réveiller ton père ? Et quoi... ? Et qu'est-ce... ?

Et pendant ce temps son père, la tête dépassant du journal qu'il tenait déplié devant lui, les dévisageait à tour de rôle, tout en jetant des coups d'œil au cuir à rasoir accroché près du lavabo de la cuisine, avec la furieuse envie de l'utiliser.

Et lui, Emil Cramer, un gamin de six ans, restait assis là sur sa chaise, à se rappeler les élancements cisaillant sa vessie alors qu'il cherchait à monter l'escalier à temps, sans être attrapé au passage par la bête tapie dans les ténèbres sous le grenier, puis ses cris quand il reculait d'un bond au dernier moment comme un chien paniqué ou un chat qui s'est brûlé, pour s'écrouler au bas des marches en geignant :

Pourquoi ? Pourquoi elle est là ? Pourquoi je suis puni ? Qu'est-ce que j'ai fait ?

Avant qu'il reparte en rampant dans le vestibule obscur et retourne grimper à tâtons dans son lit, horrifié de sentir s'écouler de lui la mare qui trempait les draps, marmottant des prières pour que vienne l'aube et que la bête cesse enfin de le guetter, qu'elle se fonde dans le papier peint taché ou s'engloutisse dans les fissures béant sous la porte du grenier.

Une fois il avait dissimulé un pot de chambre sous le lit. Après sa découverte, l'ustensile avait été cassé en morceaux et jeté à la poubelle. Une autre fois, il avait tenté de faire suinter un filet d'eau dans le lavabo de la cuisine pour masquer le clapotis qu'il aurait causé en s'y soulageant, mais l'ouïe fine de son père avait immédiatement décelé le bruit et il s'était levé, animé d'une colère vengeresse.

Eh oui, eh oui, soupira-t-il en déambulant à travers les rues, tandis qu'insensiblement l'éclat du jour s'assombrissait, gagné par des teintes d'orage. Il atteignit soudain la rue qu'il avait habitée autrefois. Le soleil s'occulta. Le ciel était hivernal et fuligineux. Il fut frappé d'ébahissement.

Car une goutte de pluie glacée lui était tombée sur le nez.

« Ça alors, fit-il avec un rire sec, *la voilà.* Ma maison ! »

Elle était inoccupée, ainsi que l'attestait la pancarte À VENDRE placardée devant sa façade.

Celle-ci était toujours recouverte de bardeaux blancs, bordée de la grande véranda sur le côté et de la petite à l'avant. Il y avait la porte d'entrée au milieu et, à sa gauche, la chambre qu'il avait partagée avec son frère, transpirant sur le lit au long des heures nocturnes, pendant que le reste de la famille dormait d'un sommeil peuplé de rêves. Et aussi, sur la droite, la salle à manger dont la porte donnait sur le vestibule au bout duquel, s'élevant vers une nuit sans fin, se trouvait l'escalier.

Il s'engagea dans l'allée et se dirigea vers la porte de la véranda latérale.

La bête, maintenant, quelle forme avait-elle prise, quelle couleur et quelle taille ? Avait-elle une tête environnée de fumée, une gueule profonde comme une caverne et des yeux de braise comme ceux du chien des Baskerville ? Poussait-elle des gémissements, des grognements, des grondements ?...

Il secoua la tête.

Ridicule, puisque la bête n'avait *jamais* vraiment existé !

C'était bien pourquoi son père grinçait des dents chaque fois qu'il observait son trouillard de fils à l'imagination affligeante. Ce gosse ne voyait donc pas que de bas en haut le vestibule était vide, tout ce qu'il y a de plus *vide ?* Ce lardon débile ne comprenait donc pas que tout ça, c'était un cinéma qu'il se jouait, une machine à cauchemars qu'il se vissait dans la cervelle et qui lui expédiait des giclées de peur au fin fond de la nuit, comme une tempête de neige aux flocons prêts à fondre instantanément.

Et *tap !* Les jointures du poing de son père lui

cognaient le front pour exorciser le fantôme. Et *pan!*

Emil Cramer rouvrit les yeux en les écarquillant, surpris de s'apercevoir qu'il les avait fermés. Il monta sur la petite véranda.

Sa main toucha la poignée de la porte.

Mon Dieu! pensa-t-il.

En effet la porte n'était pas fermée à clé. Elle s'entrouvrait d'elle-même sans lui opposer de résistance.

Derrière, la maison vide et son vestibule sombre étaient en attente.

Il poussa la porte. Elle s'ouvrit toute grande, en pivotant silencieusement sur ses gonds.

A l'intérieur du vestibule étroit comme un cercueil régnait toujours la même pénombre de salon funéraire. Il était envahi par l'odeur de moisissure amenée par les pluies d'années révolues et rempli de crépuscules venus un jour en visite pour ne jamais repartir.

Il entra.

Aussitôt, dehors, il se mit à pleuvoir. Des trombes d'eau à couper le souffle, qui inondèrent la véranda et dressèrent une barrière entre lui et le monde extérieur.

Il fit un autre pas dans l'obscurité cendreuse.

Il n'y avait pas la moindre lumière au bout du vestibule.

Évidemment! La lampe fixée au mur, au niveau de la troisième marche de l'escalier, *ne pouvait pas* être allumée.

C'était bien là qu'avait résidé le fond du problème!

Car, dans un souci d'économie, ses parents laissaient *toujours* cette saloperie de lampe éteinte.

Pour faire peur à la bête et la mettre en fuite, on devait franchir en courant les premières marches, sauter en l'air, saisir la chaînette de la lampe et tirer dessus afin qu'elle s'allume!

Alors, à l'aveuglette et en tapant contre le mur, on sautait. Mais dans le noir on n'arrivait *jamais à poser la main sur la chaînette !*

Et on n'avait qu'une seule idée. Surtout ne lève pas la tête ! Si tu *la* voyais, et qu'*elle* te voie ! Non. Non !

Mais on ne pouvait pas s'en empêcher, on avait la tête qui se redressait par saccades, comme irrésistiblement attirée vers le haut. Et on regardait dans le noir. Et on se mettait à crier !

Car la bête d'enfer se précipitait des repaires où elle nichait pour vous assaillir et s'abattre sur votre cri, en vous écrasant comme le couvercle d'une tombe.

« Il n'y a *personne ?* » se risqua-t-il à appeler.

Un vent humide filtra des hauteurs de la maison. Une odeur de cave terreuse et de grenier empoussiéré lui effleura les joues.

« Tant pis, murmura-t-il. *J'y vais.* »

Derrière lui, lentement, doucement, la porte opéra un mouvement de repli, un glissement tranquille, et elle *se referma.*

Il s'immobilisa.

Puis il se força à avancer encore d'un pas, puis d'un second.

Mais qu'est-ce que ça voulait donc dire ? Il avait comme l'impression de... rapetisser. De rétrécir centimètre par centimètre, de diminuer progressivement de taille, comme si la chair de son visage était en train de se liquéfier, comme si ses vêtements et ses chaussures devenaient trop grands...

Je suis venu ici faire *quoi ?* pensa-t-il. Qu'est-ce que je *cherche ?*

Des réponses. Oui. C'était bien ça. Des réponses.

La pointe de son soulier droit entra en contact avec...

Le bas de l'escalier.

Il sursauta. Recula précipitamment son pied. Puis,

avec détermination, s'obligea à toucher de nouveau le bas de la première marche.

Du calme. Ne regarde pas en l'air, songea-t-il.

Espèce de crétin, se dit-il. C'est pour ça que tu es ici. A cause de l'escalier. Et du haut de l'escalier. Voilà la *réponse !*

Alors maintenant...

Très posément, il leva la tête.

Et fixa l'ampoule terne enfoncée dans son socle blanc et mort, à moins de deux mètres au-dessus de sa tête.

Elle paraissait aussi distante que la lune.

Il sentit des picotements dans ses doigts.

Quelque part entre les murs de la maison, sa mère se retournait dans son sommeil, son frère dormait entortillé dans ses draps, son père arrêtait ses ronflements pour... *tendre l'oreille.*

Vite ! Avant qu'il *se réveille.* Saute !

En grognant sous l'effort, il s'arracha du sol. Son pied atteignit la troisième marche. Il leva la main pour s'emparer *enfin* de la chaînette. La *tira.* La tira *encore.*

Rien. Pas de lumière. L'ampoule était grillée. Pas de lumière ! Comme autrefois, comme pendant toutes ces années enfuies.

La chaînette lui échappa des doigts. Sa main retomba.

La nuit. Le noir.

Dehors, la pluie froide se déversait derrière la porte hermétiquement close.

Il battit des paupières, ouvrant et fermant les yeux plusieurs fois de suite, comme si ce cillement pouvait actionner la chaînette, *allumer* l'ampoule ! Il percevait les battements convulsifs de son cœur non seulement dans son thorax, mais aussi au creux de ses aisselles et au centre de sa vessie douloureuse.

Il tituba. Il chancela.

Non, cria-t-il intérieurement. Libère-toi de cette peur. Lève les yeux. *Regarde !*

Enfin il dressa la tête, dirigeant sa vision de plus en plus haut vers les couches de ténèbres amoncelées.

« La bête... ? chuchota-t-il. Tu es *là ?* »

Sous son poids, la maison oscilla comme une balance gigantesque.

En l'air, un drapeau noir, une sombre bannière enroula et déroula ses plis funèbres avec un friselis de papier de soie.

Souviens-toi ! se persuada-t-il. Dehors, c'est une journée de *printemps*.

Derrière lui la pluie martelait obstinément la porte.

« On y va », murmura-t-il.

Se tenant en équilibre entre les murs glacials et gluants de la cage d'escalier, il entreprit de gravir les marches.

« J'en suis à la quatrième, marmonna-t-il.

« Maintenant me voilà sur la cinquième...

« La sixième ! Tu *entends,* là-haut ? »

Silence. Obscurité.

Assez ! pensa-t-il. Il faut partir d'ici, me sauver en courant, franchir le rideau de pluie, retrouver la lumière... !

Non.

« La septième ! La huitième ! »

Les palpitations dans les aisselles, dans le bas-ventre.

« La dixième... »

Sa voix trembla. Il reprit son souffle et...

Se mit à rire ! Grand Dieu, oui ! *A rire !*

C'était comme s'il réduisait en miettes une prison de verre. Sa peur se brisait en morceaux qui s'éparpillaient.

« Onze ! cria-t-il. Douze ! clama-t-il. Treize ! braillat-il en s'esclaffant. Va te faire foutre ! Merde, oui, bon Dieu de merde ! Et quatorze ! »

Pourquoi une tactique aussi élémentaire ne lui était-elle pas venue à l'esprit, quand il était un pauvre môme de six ans ? C'était aussi simple que ça : il suffisait de monter les marches en sautant, avec des éclats de rire tonitruants, pour réduire à néant la bête à tout jamais !

« Quinze ! » fanfaronna-t-il, débordant d'hilarité.

Encore un dernier bond triomphal.

« Seize ! »

Il atterrit sans pouvoir s'arrêter de rire.

Il projeta un poing en avant dans la noirceur dense de l'air.

Son rire s'étrangla dans sa gorge.

Il aspira à petites bouffées l'atmosphère de la nuit hivernale.

L'écho lointain d'une voix enfantine et souterraine venue du tréfonds d'un autre temps résonna en lui. *Pourquoi ?* Pourquoi je suis puni ? Qu'est-ce que j'ai *fait ?*

Son cœur manqua un battement, puis reprit son rythme.

Son bas-ventre se convulsa. Sa vessie déchargea un jet brûlant qui jaillit à l'intérieur de son pantalon et lui dégoulina le long des jambes.

« Non ! » hurla-t-il.

Car ses doigts avaient touché quelque chose...

C'était la bête en haut de l'escalier.

Elle était restée là tout au long de ces années.

A se demander où il était passé.

A attendre qu'il revienne à la maison.

Titre original : *The Thing at the Top of the Stairs*
Traduit par Alain Dorémieux

L'authentique momie égyptienne faite maison du colonel Stonesteel

C'était l'automne où l'on trouva l'authentique momie égyptienne de l'autre côté du lac des Fous.

Comment la momie était arrivée là, et depuis combien de temps elle y était, personne n'en savait rien. Mais elle était là, enveloppée dans des lambeaux de bandelettes traitées à la créosote, quelque peu gâtée par le temps, attendant seulement qu'on la découvre.

La veille, ce n'était qu'un jour d'automne comme les autres — arbres flamboyants qui laissaient tomber leurs feuilles roussies, forte odeur poivrée dans l'air — quand Charlie Flagstaff, douze ans, sortit de chez lui et se figea au milieu d'une rue passablement vide, dans l'espoir que se produise quelque chose d'énorme, de particulier, d'excitant.

« D'accord », dit Charlie au ciel, à l'horizon, au monde entier. « J'attends. Allez-y ! »

Rien ne se produisit. Charlie partit donc à travers la ville en donnant des coups de pied dans les feuilles, jusqu'au moment où il arriva devant la plus haute maison de la plus grande rue, la maison où se rendaient tous les gens de Green Town qui avaient des ennuis. Charlie se renfrogna, brusquement très énervé. Il avait des ennuis, soit, mais il n'arrivait tout simplement pas à mettre la main sur leur forme ou leur taille. Aussi se contenta-t-il de fermer les yeux et de crier en direction des fenêtres de la grande maison :

« Colonel Stonesteel ! »

La porte de devant s'ouvrit immédiatement, comme si le vieil homme avait attendu là, à l'exemple de Charlie, que quelque chose d'incroyable se produise.

« Charlie, lança le colonel, tu es assez grand pour frapper. Qu'est-ce que c'est que cette manie qu'ont les garçons de crier de dehors ? Fais un autre essai. »

Charlie poussa un soupir et vint frapper doucement à la porte.

« Charlie Flagstaff, c'est toi ? » La porte se rouvrit, le colonel glissa un œil dans l'entrebâillement. « Je croyais t'avoir dit de crier bien fort de dehors !

— Zut, soupira Charlie, écœuré.

— Regarde-moi ce temps. Nom d'un chien ! » Le colonel s'avança pour faire aiguiser son nez en lame de couteau par le vent frisquet. « N'aimes-tu pas l'automne, mon garçon ? Une bien belle journée ! Pas vrai ? »

Il se retourna pour plonger son regard sur le visage pâlot de l'enfant.

« Eh bien, mon garçon, tu as tout à fait la tête de quelqu'un dont le dernier ami serait parti et dont le chien viendrait de mourir. Qu'est-ce qui ne va pas ? L'école reprend la semaine prochaine ?

— Ouais.

— Halloween n'arrive pas assez vite ?

— Encore six semaines à attendre. Autant dire un an. Vous avez sûrement remarqué, colonel... » L'enfant poussa un soupir encore plus profond en tournant les yeux vers la ville automnale. « Il ne se passe jamais grand-chose par ici.

— Enfin, c'est demain la fête du Travail, un grand défilé, sept chars, le maire, peut-être un feu d'artifice et... » Le colonel s'arrêta net, nullement impressionné par sa liste de commissions. « Quel âge as-tu, Charlie ?

— Treize ans, presque.

— Les choses ont tendance à se calmer quand on arrive à treize ans. » Les yeux du colonel basculèrent vers les données loqueteuses affichées à l'intérieur de son crâne. « Se trouvent au point mort quand on en a quatorze. Sont à l'agonie à seize. Et c'est la fin du monde à dix-sept. Ça ne repart un petit peu qu'à vingt ans, ou plus. En attendant, Charlie, qu'est-ce qu'on va faire pour survivre jusqu'à l'après-midi en cette veille de fête du Travail ?

— Si quelqu'un doit le savoir, c'est vous, colonel.

— Charlie », dit le vieil homme en évitant le regard limpide de l'enfant, « je peux remuer des hommes politiques gros comme des porcs de concours agricole, secouer les squelettes de la mairie, faire remonter une locomotive en haut d'une côte. Mais les petits garçons désœuvrés qui ont du vague à l'âme en ces longues fins de semaine d'automne ? Eh bien... »

Le colonel Stonesteel contempla les nuages, jaugea l'avenir.

« Charlie, dit-il enfin, je suis ému par ton état, touché par l'image de ta personne couchée en travers des rails dans l'attente d'un train qui ne viendra jamais. Que dirais-tu de ceci ? Je vais te parier six barres de Baby Ruth contre l'obligation pour toi de tondre ma pelouse que Green Town, haut Illinois, cinq mille soixante-deux habitants, un millier de chiens, va se trouver changé à jamais, changé dans le sens d'un mieux, sacré nom, dans les prochaines miraculeuses vingt-quatre heures. Ça te va ? On parie ?

— Et comment ! » Charlie, le visage fendu par un

grand sourire, saisit la main du vieil homme et la secoua vigoureusement. « On parie ! Colonel Stonesteel, je savais que vous pouviez faire ça.

— Rien n'est encore fait, fiston. Mais regarde par là. La ville est la mer Rouge. Je lui ordonne de *s'ouvrir*. Place ! »

Le colonel d'un pas décidé, Charlie en courant, ils pénétrèrent dans la maison.

« Nous y voilà, Charles, la casse ou le cimetière. Lequel des deux ? »

Le colonel renifla en direction d'une porte qui menait à un sous-sol en terre battue, puis d'une autre qui menait à un grenier perclus de sécheresse.

« Voyons voir... »

Un brusque coup de vent fit gémir le grenier comme un vieillard en train de mourir dans son sommeil. D'une secoussse, le colonel ouvrit la porte en grand sur des murmures d'automne, des orages qui frémissaient tout là-haut, prisonniers des combles.

« Tu entends ça, Charlie ? Qu'est-ce que ça dit ?

— Eh bien... »

Une bouffée de vent emporta le colonel dans les escaliers ténébreux comme elle l'aurait fait d'un fétu de paille.

« Le temps, surtout, voilà ce que ça exprime, les choses anciennes, le passé, tout un monde révolu. La poussière, et peut-être la douleur. Ecoute ces poutres ! Laisse le vent ébranler cette vieille carcasse de bois par un beau jour d'automne, et tu entendras la voix même du temps. Feux et cendres, bûchers hindous, fleurs de cimetière devenues fantômes...

— Ça alors, colonel, haleta Charlie en gravissant les marches, vous devriez écrire pour *Le Dessus du panier !*

— Je l'ai fait une fois ! Refusé. Nous y voilà ! »

Et ils y étaient bel et bien, dans un endroit sans calendrier, sans mois, ni jours, ni années, où les ombres tissaient une vaste architecture traversée çà et là par l'éclat de lustres écroulés qui formaient comme de grandes coulées de larmes dans la poussière.

« Ça alors, s'écria Charlie, effrayé et ravi de l'être.

— On se calme, dit le colonel. Prêt pour que je te mette au monde un de ces trucs pas possibles à faire tourner tout le monde en bourrique ?

— Prêt ! »

Le colonel débarrassa une table de son fouillis de cartes, diagrammes, billes d'agate, verres de lunettes, toiles d'araignées et poussière à faire éternuer un régiment, puis remonta ses manches.

« Ce qu'il y a de bien quand il s'agit de mettre au monde un mystère, c'est qu'on n'a pas besoin de faire bouillir de l'eau et de se laver les mains. Passe-moi ce rouleau de papyrus là-bas, cette aiguille à repriser juste un peu plus loin, ce vieux diplôme sur l'étagère, ce paquet de bourre par terre. Et que ça saute !

— Ça saute ! » Charlie se lança dans une série d'allées et venues éclairs.

Des paquets de brindilles sèches, des poignées de roseaux et de branches d'osier se mirent à voler. Les seize mains du colonel s'agitaient frénétiquement, jonglant avec seize aiguilles, bouts de cuir, bruissements d'herbe sèche, ébouriffements de plumes de chouette, éclairs jaunes d'yeux de renard. Le colonel fredonnait et grognait tandis que ses huit miraculeuses paires de bras et de mains descendaient en piqué et faisaient du rase-mottes, cousaient et dansaient.

« Là ! s'écria-t-il en tranchant l'air d'un coup de nez pour désigner son ouvrage. Déjà la moitié de fait. Ça prend forme. Jette un coup d'œil par ici, gamin. A quoi ça commence à ressembler ? »

Charlie fit le tour de la table, les yeux comme des soucoupes, la bouche grande ouverte. « Ça alors... ça alors..., balbutia-t-il.

— Oui ?

— Ça ressemble...

— Oui. Oui ?

— A une momie ? Mais non, ça ne se peut pas !

— Mais si ! En plein dans le mille, mon garçon ! Mais si ! »

Le colonel se pencha sur l'objet vaguement oblong. Les mains plongées jusqu'aux poignets dans sa création, il écouta son murmure de roseaux, chardons et fleurs séchées.

« Maintenant, tu es tout à fait en droit de demander : Quelle idée de fabriquer une momie ? C'est toi, toi, Charlie, qui m'as inspiré ça. C'est toi qui m'as mis sur la voie. Jette un coup d'œil par la fenêtre là-bas. »

Charlie cracha sur la vitre empoussiérée, y ménagea un petit hublot d'observation et regarda dehors.

« Eh bien, fit le colonel. Qu'est-ce que tu vois ? Est-ce qu'il se passe quelque chose en ville, mon garçon ? Des meurtres en cours ?

— Non, malheureusement...

— Quelqu'un en train de tomber du clocher ou de passer sous une tondeuse à gazon en folie ?

— Non.

— Des *Monitors* ou des *Merrimacs* fendant les eaux du lac, des dirigeables dégringolant sur le temple maçonnique et, hop, six mille maçons de moins d'un coup ?

— Allez, colonel, il n'y a que cinq mille habitants à Green Town !

— Aie l'œil, mon garçon. Observe. Fais ton rapport ! »

Charlie ne voyait qu'une ville archi-calme.

« Pas de dirigeables. Pas de temples maçonniques écrabouillés.

— Eh oui ! » Le colonel rejoignit Charlie et inspecta le paysage. Il désigna la petite ville de la main et du nez. « Dans tout Green Town, depuis tout le temps que tu y vis, pas un meurtre, pas un incendie d'orphelinat, pas un de ces maniaques qui s'amusent à graver leur nom sur les jambes de bois des bibliothécaires ! Regarde les choses en face, mon garçon, Green Town, haut Illinois, est la ville la plus ordinaire, la plus étriquée, la plus prodigieusement ennuyeuse de toute l'histoire des empires romain, germanique, russe, anglais et américain réunis ! Si Napoléon était né ici, il se serait fait hara-kiri à l'âge de neuf ans. D'ennui. Si Jules César avait grandi ici, il serait allé au Forum dès l'âge de dix ans et se serait planté son propre poignard...

— D'ennui, fit Charlie.

— Exact ! Continue de regarder par cette fenêtre pendant que je travaille, fiston. » Le colonel revint s'activer autour de l'étrange forme qui grossissait sur la table grinçante. « Ici, l'ennui se mesure au quintal, au kilomètre de cortège funèbre. Les pelouses, les maisons, le pelage des chiens, les cheveux des gens, les costumes dans les devantures poussiéreuses, tout est taillé dans la même étoffe...

— D'ennui, conclut Charlie.

— Et qu'est-ce que tu fais quand tu t'ennuies à mourir, fiston ?

— Euh... je vais casser un carreau dans une maison hantée ?

— Grands dieux ! il n'y a pas de maisons hantées à Green Town, mon garçon !

— Autrefois, il y en avait. La maison Higley. Rasée.

— Tu vois où je veux en venir ? Alors, qu'est-ce qu'on fait *d'autre* pour ne pas périr d'ennui ?

— On organise un jeu de massacre ?

— Il y a belle lurette qu'il n'y a plus de jeu de

massacre ici. Seigneur Dieu, même notre chef de police est honnête ! Le maire... blanc comme neige ! De quoi devenir fou. Toute la ville encalminée dans l'ennui le plus absolu ! Ta dernière chance, Charlie : qu'est-ce qu'on *fait ?*

— On construit une momie ? » Charlie sourit.

« Bingo ! Admire un peu le travail ! »

Et, dans un concert de gloussements, le vieil homme de saisir des morceaux de chouette et de lézard empaillés, de vieux bandages jaunis remontant à une chute de ski qui lui avait démoli une cheville et brisé une idylle en 1895, des bouts de chambre à air Kissel Kar 1922, des restes de feux de Bengale qui avaient fêté le dernier été de paix avant la Grande Guerre, le tout allant et venant, s'entrelaçant sous ses doigts pareils à des insectes en proie à la danse de Saint-Guy.

« Et voilà, Charlie ! C'est fini !

— Oh ! colonel ! » Le garçon ouvrait de grands yeux, le souffle coupé. « Est-ce que je peux lui faire une couronne ?

— Fais-lui une couronne, fiston. Fais-lui une couronne. »

Le soleil déclinait quand le colonel, Charlie et leur ami égyptien descendirent l'escalier enténébré qui donnait sur l'arrière de la maison du vieil homme, deux d'entre eux d'un pas pesant, le troisième flottant, aussi léger que corn flakes grillés, dans l'air automnal.

« Colonel, songea Charlie à voix haute, qu'est-ce qu'on va faire de cette momie, maintenant qu'on l'a ? C'est pas comme si elle pouvait parler, ou se promener...

— Inutile, mon garçon. Laisse les gens parler, laisse les gens s'agiter. Et regarde un peu dehors. »

Ils entrebâillèrent la porte et promenèrent un regard

inquisiteur sur une ville écrasée de paix et accablée de désœuvrement.

« Ce n'est pas assez, n'est-ce pas, que tu sois guéri de ta crise presque fatale de vague à l'âme. Tout le monde en ville remonte soigneusement sa montre, pas besoin d'aiguilles aux horloges, de peur de découvrir en se levant le matin que c'est toujours et à jamais dimanche ! Et de qui va venir le salut, mon garçon ?

— D'Amon Bubastis Ramsès Ra Trois, tout frais arrivé par l'omnibus de quatre heures ?

— Que l'amour de Dieu soit sur toi, mon garçon, oui. Ce que nous avons ici est une graine géante. Et une graine ne sert à rien à moins de faire *quoi* avec ?

— Euh..., fit Charlie en plissant un œil. La planter ?

— Parfaitement ! La planter ! Et la regarder pousser ! Et qu'est-ce qui vient ensuite ? La récolte. La récolte ! Amène-toi, mon garçon. Et... n'oublie pas ton ami. »

Le colonel se glissa dans les premières ombres de la nuit.

La momie suivit peu après, Charlie aidant.

Le jour de la fête du Travail, en plein midi, Osiris Bubastis Ramsès Amon-Ra-Tut remonta du pays des Morts.

Un petit vent d'automne fit frémir le paysage et battre les portes avec un bruit différent de celui du classique défilé de la fête du Travail — sept chars, une fanfare de fifres et de tambours, et le maire — mais fort proche de celui d'une foule grandissante à mesure qu'elle déferlait dans les rues pour finalement se répandre sur la pelouse qui s'étendait devant la maison du colonel Stonesteel. Le colonel et Charlie étaient assis sous la véranda, et cela depuis des heures, à attendre qu'éclate la révolution, que se reproduise la prise de la Bastille. Et maintenant que les chiens, devenus furieux, mordaient les chevilles des garçons et que ceux-ci dansaient aux abords de la foule, le colonel abaissa son regard sur la Création (la sienne et celle de Charlie) et exhiba son sourire secret.

« Eh bien, Charlie..., est-ce que j'ai gagné mon pari ?

— Pour sûr, colonel !

— Viens. »

Les téléphones sonnaient dans toute la ville et les plats prévus pour le déjeuner brûlaient sur les fourneaux quand le colonel s'avança majestueusement pour donner au défilé sa bénédiction papale.

Au centre de la foule se trouvait un chariot tiré par un cheval. Sur le chariot, les yeux chamboulés par l'émotion de la découverte, se trouvait Tom Tuppen, propriétaire d'une ferme agonisante juste en dehors de la ville. Tom n'était qu'un torrent de paroles, et la foule avec lui, parce que l'arrière du chariot contenait la récolte toute spéciale surgie d'un passé de quatre mille ans.

« Eh bien, il ne reste plus qu'à ouvrir les vannes au Nil et à ensemencer le Delta ! s'étrangla le colonel en écarquillant les yeux. N'est-ce pas une authentique momie égyptienne que je vois étendue là dans son papyrus originel et son enduit de coaltar ?

— Et comment que c'en est une ! s'écria Charlie.

— Et comment ! hurla la foule.

— Je labourais mon champ ce matin, dit Tom Tuppen. Et que je te laboure, et que je te laboure... et bang ! V'là la charrue qui me sort ça juste sous le nez ! J'ai cru en avoir une attaque ! Pensez donc ! Dire que les Égyptiens ont dû traverser l'Illinois il y a trois mille ans et que personne n'en savait rien ! Pour une révélation, c'est une révélation ! Écartez-vous, les gosses, que je puisse transporter ma trouvaille au bureau de poste ! Que tout le monde la voie ! Allez, hue, cocotte ! »

Le cheval, le chariot, la momie et la foule s'éloignèrent, laissant le colonel où il était, son regard et sa bouche feignant toujours l'étonnement.

« Nom d'un chien, murmura le colonel, on y est arrivé, Charles. Tout ce tumulte, tout ce bavardage, toute cette hystérie jacassante, vont nous durer un bon millier de jours ou jusqu'à l'Armageddon, peu importe ce qui viendra en premier !

— Oui, *mon* colonel !

— Michel-Ange n'aurait pas fait mieux. Son petit David est une misère morte et enterrée comparé à notre surprise égyptienne et... »

Le colonel s'interrompit ; le maire arrivait au pas de course.

« Salut, colonel, Charlie ! Je viens de téléphoner à Chicago. La presse est là demain au petit déjeuner ! Les gens du Patrimoine au déjeuner. Alléluia pour la chambre de commerce de Green Town ! »

Le maire se précipita à la suite de la foule.

Un nuage automnal traversa le visage du colonel et se stabilisa dans la région de sa bouche.

« Fin de l'acte premier, Charlie. Dépêche-toi de réfléchir. L'acte deux va commencer. Nous *tenons* à ce que toute cette agitation se prolonge à jamais, n'est-ce pas ?

— Oui, mon colonel...

— Creuse-toi le ciboulot, mon garçon. Qu'est-ce que dit oncle Wiggily ?

— Oncle Wiggily dit... euh... de faire deux pas *en arrière ?*

— Vingt sur vingt pour le jeune homme, une médaille en or et un gâteau noix-chocolat ! Ce que le Seigneur donne, le Seigneur le reprend, n'est-ce pas ? »

Charlie dévisagea le vieil homme et entrevit la promesse de terribles catastrophes. « Oui, chef. »

Le colonel regarda la foule qui s'agitait autour de la

poste. Les fifres et les tambours de la fanfare arrivèrent et jouèrent un morceau d'allure vaguement égyptienne.

« Au coucher du soleil, Charlie, murmura le colonel, les yeux fermés. On bouge notre dernier pion. »

Quelle journée ce fut ! Des années plus tard les gens en parlaient encore : Ah ! oui, quelle journée ! Le maire alla chez lui se mettre sur son trente et un et revint faire trois discours et mener deux défilés, l'un en remontant la Grand-Rue en direction du terminus de la ligne de tramway, l'autre en sens inverse, Osiris Bubastis Ramsès Amon-Ra-Tut au centre des deux, souriant tantôt du côté droit quand les lois de la pesanteur déportaient sa forme légère, tantôt du côté gauche lorsqu'on négociait un virage. La fanfare de fifres et tambours, désormais équipée d'un copieux renfort de cuivres, avait passé une heure à boire de la bière et à apprendre la marche d'*Aïda* et joua ce morceau tant de fois que les mères emportaient leurs bébés hurlants à la maison tandis que les hommes se réfugiaient dans les bars pour se calmer les nerfs. Il fut question d'un troisième défilé et d'un quatrième discours, mais le crépuscule prit la ville au dépourvu et tout le monde, y compris Charlie, rentra chez soi pour un dîner plus riche en paroles qu'en nourriture.

Vers huit heures, Charlie et le colonel roulaient le long des rues jonchées de feuilles, profitant de l'air doux de la nuit, dans la Moon 1924 du vieil homme, une voiture qui était prise de tremblements dès que s'arrêtaient ceux du colonel.

« Où allons-nous, colonel ?

— Eh bien », rêvassa à voix haute le colonel en pilotant à ses vingt petits kilomètres à l'heure pleins de philosophie, « tout le monde, y compris ta famille, est en ce moment à l'Esplanade, d'accord ? Les derniers discours du jour. Quelqu'un allumera la baudruche à l'effigie du maire et elle montera à une dizaine de mètres en l'air, exact ? Les pompiers vont tirer un beau feu d'artifice. Ce qui signifie que le bureau de poste, plus la momie, plus le chef de la police, seront aussi vides et vulnérables les uns que les autres. Alors le miracle s'accomplira, Charlie. Il le *faut.* Demande-moi pourquoi.

— Pourquoi ?

— Excellente question. Eh bien, mon garçon, les gens de Chicago vont débarquer du train demain tout chauds tout frais comme les crêpes du petit déjeuner, avec leurs nez fureteurs, leurs binocles et leurs microscopes. Ces fouineurs du Patrimoine, plus la Presse associée, vont examiner notre pharaon sous toutes les coutures et griller leurs fusibles. Cela étant, Charles...

— Nous sommes en route pour semer le caca.

— Ta formulation manque de délicatesse, mais elle a son fond de vérité. Regarde les choses sous cet angle, mon enfant, la vie est un spectacle de magie, ou *devrait* l'être si les gens ne s'endormaient pas les uns sur les autres. Il faut toujours laisser les gens avec un brin de mystère, fiston. Donc, avant que nos concitoyens ne s'habituent à notre vieil ami, avant qu'il n'use la mauvaise serviette de bain, il faut qu'il imite l'invité du week-end qui a du tact et qu'il enfourche le prochain chameau en partance pour l'ouest. Nous y voilà ! »

Le bureau de poste était plongé dans le silence ; une unique lumière brillait dans l'entrée. Par la grande fenêtre ils pouvaient voir le shérif assis à côté de la momie exposée, aussi muets l'un que l'autre, abandonnés par les foules parties assister au feu d'artifice.

« Charlie. » Le colonel exhiba un sac en papier dans lequel glougloutait un mystérieux liquide. « Donne-moi trente-cinq minutes pour amadouer le shérif. Après quoi tu te faufiles à l'intérieur, tends l'oreille, écoutes bien mes répliques et accomplis le miracle. Ni vu ni connu ! »

Et le colonel s'esquiva.

De l'autre côté de la ville, le maire s'assit et les fusées partirent.

Debout sur le toit de la Moon, Charlie regarda le feu d'artifice pendant une demi-heure. Puis, imaginant que le shérif était désormais amadoué, il traversa la rue au petit trot et se glissa dans le bureau de poste en s'arrangeant pour rester dans l'ombre.

« Eh bien, disait le colonel, assis entre le pharaon et le shérif, vous n'allez pas finir cette bouteille ?

— C'est comme si c'était fait », répondit le shérif en joignant le geste à la parole.

Le colonel se pencha en avant dans la pénombre et examina l'amulette d'or sur la poitrine de la momie.

« Vous croyez à ces vieilles histoires ?

— Quelles vieilles histoires ? fit le shérif.

— Comme quoi si on lit ces hiéroglyphes à voix haute, la momie revient à la vie et marche.

— Balivernes !

— Regardez-moi tous ces jolis symboles égyptiens ! poursuivit le colonel.

— Quelqu'un m'a chipé mes lunettes. Lisez-moi donc ces trucs. Faites marcher cette idiotie de momie. »

Charlie vit là le signal de sa propre entrée en action et, toujours tapi dans l'ombre, entama un mouvement tournant en direction du roi égyptien.

« Allons-y. » Le colonel se pencha de plus près sur l'amulette du pharaon, tout en faisant glisser les lunettes du shérif de la paume de sa main dans sa poche latérale. « Le premier symbole est un faucon. Le deuxième un chacal. Le troisième, là, une chouette. Le quatrième un œil de renard...

— Continuez », fit le shérif.

Le colonel ne se fit pas prier. Sa voix montait et retombait, le shérif dodelinait de la tête et toutes les images, tous les mots égyptiens se déroulaient, enveloppaient la momie, jusqu'au moment où le colonel s'étrangla.

« Grand Dieu, shérif, regardez ! »

Le shérif écarquilla les yeux.

« La momie ! dit le colonel. La voilà qui s'en va !

— Ça ne se peut pas ! se récria le shérif. Ça ne se peut pas !

— Si », fit une voix quelque part, tout bas, peut-être celle du pharaon.

Et la momie de s'élever au-dessus du sol et de flotter en direction de la porte.

« Ma parole, gémit le shérif, les larmes aux yeux. On dirait qu'elle... *s'envole !*

— Je ferais bien de la suivre et de tâcher de la ramener, dit le colonel.

— C'est ça, oui ! »

La momie avait disparu. Le colonel se précipita. La porte claqua.

« Oh ! la la ! » Le shérif s'empara de la bouteille et la secoua. « Vide. »

Ils renversèrent la vapeur devant la maison de Charlie. « Est-ce qu'il arrive à tes parents de monter dans ton grenier, mon garçon ?

— Trop petit. C'est toujours moi qu'ils y envoient farfouiller.

— Parfait. Enlève notre vieil ami égyptien du siège arrière et monte-le là-haut, il ne pèse pas lourd, une dizaine de kilos au maximum, tu l'as déjà porté sans problème. Quel spectacle quand tu t'es carapaté du bureau de poste en faisant marcher la momie ! Tu aurais dû voir la tête du shérif !

— J'espère qu'il n'aura pas d'ennuis à cause de ça.

— Oh ! il va se triturer les méninges et inventer une belle histoire. Il peut difficilement admettre qu'il a vu la momie partir faire un petit tour, non ? Il pensera à quelque chose, lèvera une petite troupe, tu verras. Mais pour l'instant, fiston, monte notre vieil ami là-haut, cache-le bien, rends-lui visite chaque semaine. Raconte-lui des histoires. Et dans trente ou quarante ans d'ici...

— Oui ?

— Par une sale année si bourrée d'ennui qu'il te dégoulinera des oreilles, quand tout le monde en ville aura depuis longtemps oublié cette première arrivée-départ, un matin, disons, où tu n'auras pas la moindre envie de quitter ton lit, même pas envie de remuer une oreille ou une paupière, tellement tu te sentiras accablé d'ennui... eh bien, ce matin-*là,* Charlie, tu n'auras qu'à grimper dans ton grenier avec tout son bric-à-brac et à tirer cette momie du lit, la jeter dans un champ de maïs et regarder de nouvelles foules se déchaîner. La vie reprendra en cet instant, en ce jour, pour toi, la ville, tout le monde. Et maintenant, hop, exécution !

— Ça m'embête à mort que cette nuit doive finir, dit tout doucement Charlie. Est-ce qu'on ne pourrait pas faire le tour de quelques pâtés de maisons et terminer par un peu de citronnade sous votre véranda ? Et l'emmener avec nous, *lui aussi ?*

— Va pour la citronnade ! » Le colonel frappa du talon le plancher de la voiture. Celle-ci revint à la vie dans une explosion. « En l'honneur du roi perdu et du fils du pharaon ! »

Tard dans la soirée ils étaient tous deux installés une fois de plus sous la véranda du colonel, doucement ventilés par le balancement de leurs fauteuils, citronnade en main, glaçons en bouche, savourant le goût des incroyables aventures de la nuit.

« Oh ! la la ! dit Charlie. Je vois d'ici les gros titres du *Clarion* de demain : UNE MOMIE SANS PRIX VICTIME D'UN ENLÈVEMENT. RAMSÈS-TUT DISPARAÎT SANS LAISSER DE TRACE. UNE DÉCOUVERTE INESTIMABLE RÉDUITE À NÉANT. OFFRE DE RÉCOMPENSE. LE SHÉRIF SE PERD EN CONJECTURES. CHANTAGE PRÉSUMÉ.

— Continue, mon garçon. Tu te débrouilles vraiment bien avec les mots.

— C'est de vous que je tiens ça, colonel. À votre tour maintenant.

— Qu'est-ce que tu veux que je dise ?

— Ce qu'est véritablement la momie. De quoi elle est vraiment faite. D'où elle vient. Ce qu'elle *signifie... ?*

— Eh bien, mon garçon, tu étais là, tu as mis la main à la pâte, tu as *vu...* »

Charles regarda le vieil homme avec insistance.

« Non. » Grand soupir. « Dites-moi, colonel. »

Le vieil homme se leva pour se planter dans les ombres qui s'étendaient entre les deux fauteuils à bascule. Il tendit le bras pour toucher leur vieux chef-d'œuvre façon tabac-récolté-dans-les-plaines-alluviales-du-Nil appuyé contre le lambris de la véranda.

Les dernières lueurs du feu d'artifice mouraient dans le ciel. Leur reflet s'éteignit dans les yeux de lapis-lazuli de la momie qui regardait le colonel Stonesteel tout comme l'enfant le regardait : dans l'expectative.

« Tu veux savoir qui elle était *vraiment,* autrefois ? »

Le colonel ramassa une poignée de poussière dans ses poumons et l'expulsa doucement.

« Elle était tout le monde, personne, quelqu'un. » Un temps. « Toi. Moi.

— Continuez », murmura Charlie.

Poursuivez, disaient les yeux de la momie.

« Elle était, elle est, murmura le colonel, un paquet de vieilles bandes dessinées provenant des suppléments du dimanche reléguées au grenier pour brûler spontanément du feu de toutes ces choses et idées oubliées. Elle est une botte de papyrus abandonnée dans un champ d'automne bien avant Moïse, un buisson roulant en papier mâché jailli du temps, par ici d'un crépuscule disparu depuis longtemps, par là d'une aube revenue... peut-être une trace de nicotine à donner des cauchemars ou un bouquet de fleurs des champs façon drapeau en haut d'un mât en plein midi, promettant quelque chose, tout... une carte du Siam, de la source du Nil Bleu, un tourbillon de poussière dans la chaleur torride du désert, tous les confetti issus du poinçonnage de billets de tram définitivement perdus, cartes d'état-major jaunies partant en lambeaux dans des dunes de sable, voyages avortés, folles randonnées encore à rêver et à entreprendre. Son corps ?... Mmmm... fait de... l'entassement de toutes les fleurs qui présidèrent à des mariages flambant neufs, à de sinistres enterrements, serpentins déroulés lors de défilés jusqu'au bout du monde disparus à jamais, tickets poinçonnés pour des trains de nuit réservés aux pharaons pris de bougeotte. Promesses écrites, titres sans valeur, actes notariés fripés. Affiches de cirque... tu vois, là ? Le papier qui enveloppe une partie de sa cage thoracique ? Des affiches arrachées à des murs de granges à North Storm, Ohio, reparties vers le sud à Félicité, Texas, ou Terre Promise, Calif-orn-i-e ! Diplômes, faire-part de mariages, de naissances... toutes choses qui furent un jour désir, espoir, premier sou en poche, dollar encadré sur le mur du café. Papier peint roussi par le feu du regard, porteur des projets élaborés par les yeux brûlants de garçons, filles, éternels ratés, orphelines du temps disant : Demain ! Oui ! *Ça* va arriver ! Demain ! Tout ce qui est mort de si nombreuses nuits pour revenir à la vie, loué soit l'esprit humain, à l'aube de tant de nouveaux matins ! Toutes les bêtises, toutes les ombres bizarres qui te sont passées par la tête, mon garçon, ou que j'ai biffées dans la mienne à trois heures du matin. Tout ça, broyé, relégué dans un coin, et à présent converti en une forme sous nos mains et ici sous nos yeux. Voilà, *voilà* ce qu'est notre vieux Roi Pharaon de la Septième Dynastie, Sa Sainte Poussière Elle-Même !

— Ouaaah », souffla Charlie.

Le colonel reprit place dans son fauteuil à bascule pour continuer son voyage les yeux fermés, un sourire aux lèvres.

« Colonel. » Le regard de Charlie se perdit dans le futur. « Et s'il se trouve, même quand je serai vieux, que je n'aie jamais besoin de ma momie à moi ?

— Comment ça ?

— Si j'ai une vie archi-remplie, que je ne m'ennuie jamais, trouve ce que je veux faire, le *fasse,* fasse que chaque jour compte, que chaque nuit soit formidable, si je dors bien, que je me réveille en poussant des cris de joie, que j'aie souvent l'occasion de rire, que je continue de courir vite même en étant vieux, alors *quoi,* colonel ?

— Eh bien, mon garçon, tu seras un des hommes les plus chanceux que la terre ait portés !

— Parce que voyez-vous, colonel. » Charlie posa sur lui des yeux parfaitement ronds qui ne semblaient pas devoir ciller. « J'ai fait mon choix. Je vais être le plus grand écrivain qui ait jamais vécu. »

Le colonel interrompit son balancement et chercha la flamme inoffensive dans le petit visage tourné vers lui.

« Seigneur, je vois ça. Oui. Il en sera ainsi ! Eh bien, Charles, quand tu seras très vieux, tu trouveras sûrement un petit gars, pas aussi chanceux que toi, à qui donner Osiris-Ra. Ta vie sera peut-être bien remplie, mais d'autres, perdus en chemin, auront besoin de notre ami égyptien. D'accord ? D'accord. »

Les dernières pièces du feu d'artifice étaient parties en fumée, les derniers ballons enflammés flottaient dans la pâleur des étoiles. Les gens revenaient chez eux à pied ou en voiture, pères ou mères portant parfois leurs enfants épuisés et déjà endormis. En passant devant la véranda du colonel Stonesteel, certains membres de ce défilé silencieux jetaient un coup d'œil de côté et adressaient un signe de la main au vieil homme, au garçon et au grand domestique qui se tenait entre eux dans la pénombre. La soirée était définitivement terminée.

« Dites-m'en un peu plus, fit Charlie.

— Non. Le magasin est fermé. Écoute ce que *Lui* a à dire maintenant. Laisse-le te conter ton futur, Charlie. Laisse-le te lancer sur des histoires. Prêt... ? »

Une petite brise vint souffler dans le papyrus desséché, s'infiltrer dans les vieux bandages, faire trembler les curieuses mains et frémir les lèvres de leur nouveau vieil ami de quatre mille ans, leur visiteur de la nuit, lui prêtant son murmure.

« Qu'est-ce qu'il dit, Charles ? »

Charlie ferma les yeux, attendit, écouta, hocha la tête, laissa une larme, une seule, couler le long de sa joue, et dit enfin : « Tout. Absolument tout. Tout ce que j'ai toujours voulu *entendre*. »

Titre original : *Colonel Stonesteel's Genuine Home-made Truly Egyptian Mummy*
Traduit par Jacques Chambon

Table

Les auteurs de « Présence du Futur » hors collection :

en littérature générale

Ballard
Empire du soleil

Bradbury
La solitude est un cercueil de verre

Brussolo
La nuit du bombardier

Curval
Ah ! que c'est beau New York !

en collection « Sueurs Froides » :

Brussolo
Le nuisible

Joël Houssin
Mongol

Mondoloni
Le marchand de torture

Pelot
La nuit sur Terre
Noires racines

DÉJÀ PARUS
DANS LA MÊME COLLECTION
« Présence du futur »

Abbott (Edwin)	*Flatland*	110
Adams (Douglas)	*Le guide du routard galactique*	340
—	*Le dernier restaurant avant la fin du monde*	351
—	*La vie, l'univers et le reste*	369
Aldani (Lino)	*Bonne nuit Sophia*	88
—	*Quand les racines*	260
—	*Éclipses 2000*	303
—	*La maison-femme*	499
Aldiss (Brian)	*Croisière sans escale*	29
—	*L'espace, le temps et Nathanaël*	39
—	*Équateur*	58
—	*Airs de Terre*	81
—	*Barbe Grise*	95
—	*L'instant de l'éclipse*	164
—	*Nouveaux venus, vieilles connaissances*	312
Anderson (Poul)	*Les croisés du cosmos*	57
—	*Le monde de Satan*	130-131
Andrau (Marianne)	*Les faits d'Eiffel*	37
Andrevon (J.-P.)	*Les hommes-machines contre Gandahar*	118
—	*Aujourd'hui, demain et après*	124
—	*Cela se produira bientôt*	135
—	*Le temps des grandes chasses*	162
—	*Retour à la Terre 1*	189
—	*Repères dans l'infini*	198
—	*Retour à la Terre 2*	216
—	*Le désert du monde*	235
—	*Paysages de mort*	253
—	*Retour à la Terre 3*	242
—	*Dans les décors truqués*	269
—	*Compagnons en terre étrangère 1*	284
—	*Compagnons en terre étrangère 2*	293
—	*L'oreille contre les murs*	310
—	*Neutron*	320
—	*Il faudra bien se résoudre à mourir seul*	363
—	*C'est arrivé, mais on n'en a rien su*	383
—	*Šukran*	493
Andrevon (J.-P.) et Cousin (Ph.)	*L'immeuble d'en face*	344
—	*Hôpital Nord*	373
—	*Gare centrale*	424
Arnoux (Alexandre)	*Le règne du bonheur*	40
Asimov (Isaac)	*Fondation*	89
—	*Fondation et empire*	92
—	*Seconde Fondation*	94
—	*Fondation foudroyée*	357
—	*La fin de l'éternité*	105
—	*Histoires mystérieuses 1*	113
—	*Histoires mystérieuses 2*	114
—	*Quand les ténèbres viendront*	123

Achevé d'imprimer en décembre 1989
sur les presses de l'Imprimerie Bussière
à Saint-Amand (Cher)

N° d'Édition : 3097. N° d'impression : 10221.
Dépôt légal : janvier 1990.

Imprimé en France

3097